Férias de matar

TESSA BAILEY

Férias de matar

Tradução de
Isadora Prospero

Copyright © 2022 by Tessa Bailey

Tradução publicada mediante acordo com Taryn Fagerness Agency e Sandra Bruna Agencia Literaria, SL. Todos os direitos reservados.

TÍTULO ORIGINAL
My Killer Vacation

COPIDESQUE
Agatha Machado

REVISÃO
Ana Sara Holandino
Rachel Rimas
Thais Entriel

DIAGRAMAÇÃO E IMAGENS DE MIOLO
Henrique Diniz

ARTES E DESIGN DE CAPA
Okay Creations

CIP-BRASIL. CATALOGAÇÃO NA PUBLICAÇÃO
SINDICATO NACIONAL DOS EDITORES DE LIVROS, RJ

B138f

    Bailey, Tessa
    Férias de matar / Tessa Bailey ; tradução Isadora Prospero. - 1. ed. - Rio de Janeiro : Intrínseca, 2025.

    Tradução de: My killer vacation
    ISBN 978-85-510-1274-1

    1. Ficção americana. I. Prospero, Isadora. II. Título.

25-96739.0   CDD: 813
                         CDU: 82-3(73)

Gabriela Faray Ferreira Lopes - Bibliotecária - CRB-7/6643

[2025]
Todos os direitos desta edição reservados à
EDITORA INTRÍNSECA LTDA.
Av. das Américas, 500, bloco 12, sala 303
Barra da Tijuca, Rio de Janeiro – RJ
CEP 22640-904
Tel./Fax: (21) 3206-7400
www.intrinseca.com.br

Capítulo 1

TAYLOR

Para todo mundo que já me chamou de mão de vaca...

O que acham de mim *agora*, babacas?

Foi contando moedinhas e controlando o orçamento por anos que consegui bancar essa casa de praia luxuosa por seis dias, mesmo com o salário de professora de segundo ano do ensino fundamental. A preciosidade branca com janelas reluzentes fica em Cape Cod, bem pertinho do mar, e tem uma varanda que circunda todo o perímetro do imóvel e uma passarela que dá acesso a uma praia semiprivada. Meus dedos dos pés já estão se agitando com a expectativa de se enterrarem na areia enquanto o sol da Nova Inglaterra frita minha pele até ela deixar de ser translúcida, e, o mais importante de *tudo*, a mudança de ares vai ajudar meu irmão a se recuperar de um coração partido.

Arrastando minha mala de rodinhas com uma das mãos e segurando a chave da casa na outra, pronta para enfiá-la na fechadura, olho para trás e vejo a vida retornando às feições bonitas e juvenis de Jude.

— Cacete, Taylor. Acho que dividir seus guardanapos em dois valeu a pena.

— Ninguém precisa de um guardanapo inteiro se comer com cuidado — cantarolo, feliz da vida.

— Não vou discordar. Não depois de você descolar essa vista pra gente. — Jude ajeita a prancha de surfe embaixo do braço. — Então, como o dono aluga esse lugar? Não consigo imaginar alguém não querendo morar aqui o ano inteiro.

— O pior você não sabe. A maioria das casas dessa rua está alugada. — Inclino a cabeça para uma construção idêntica, do outro lado da rua estreita, com revestimento externo de madeira e hortênsias roxas desabrochando por todo o jardim da frente. — Eu olhei aquela ali também, mas não tinha uma banheira vitoriana lá.

— Deus me livre — ironiza ele, arrastando as palavras. — Seria quase a mesma coisa que estar num camping.

Mostro a língua para ele, paro diante da porta e enfio a chave na fechadura, virando-a com um entusiasmo crescente.

— Só quero que tudo seja perfeito. Você merece férias legais, Jude.

— E você não, T? — pergunta meu irmão.

Mas eu já estou entrando na casa e… Ah. Ah, sim. É tudo que o dono prometeu na nossa conversa on-line. E mais! Janelas panorâmicas com vista para o Atlântico revolto e uma colina coberta de algas marinhas e flores silvestres descendo até o oceano cor de safira. Pé-direito alto com vigas de madeira, uma lareira que acende ao toque de um botão, sofás grandes e convidativos e uma decoração com temática náutica de bom gosto. Há até um cheiro no ar… um aroma que não consigo identificar, mas que é forte. E o melhor de tudo: em todos os cômodos da casa dá para ouvir a trilha sonora suave do oceano.

— Você não me respondeu — insiste Jude, apoiando a prancha na parede e me cutucando. — Não acha que *você* também merece umas férias legais? Depois de um ano dando aulas por Zoom para crianças que na verdade estavam jogando *Minecraft*? Que foi emendado em mais um ano colocando a turma nos eixos, basicamente cobrindo o conteúdo de dois anos letivos? Você merece uma viagem ao redor do mundo a essa altura.

Pensando bem, acho que mereço mesmo essas férias. Eu *vou* me divertir, mas fico muito mais confortável focando no bem--estar de Jude. Ele é meu irmão caçula, afinal, e é meu trabalho cuidar dele. Tem sido assim desde que somos crianças.

— Esqueci de perguntar se você tem falado com a mamãe e o papai. — Sempre preciso me preparar para a resposta depois de fazer essa pergunta. — Eles estavam na Bolívia da última vez que conversamos.

— Ainda estão, acho. Tem um possível protesto para acontecer e o pessoal está esvaziando o museu nacional, só por desencargo de consciência.

Nossos pais sempre tiveram o emprego mais estranho de definir no dia de apresentar as profissões na escola. Oficialmente são arqueólogos, mas o título é muito mais entediante do que as funções que os dois cumprem, que incluem serem contratados por governos estrangeiros para proteger e preservar obras de arte durante épocas de agitação civil, em que tesouros inestimáveis podem ser destruídos. Quando iam a nossa escola, era inevitável: uma criança na fileira da frente concluía "Vocês são tipo o Indiana Jones", e meus pais — preparados para isso — gritavam "Cobras! Por que sempre tem que ser cobras?" em perfeita sincronia.

Eles são pessoas fascinantes.

Eu só não os conheço muito bem.

Mas eles me deram o maior tesouro da minha vida, que no momento está se esparramando no sofá mais próximo, como costuma fazer, encaixando-se sem esforço em qualquer ambiente, com sua camisa de flanela e sandálias papete.

— Você fica com o quarto maior, tá bom? — sugere ele com um bocejo, arrastando os dedos queimados de sol pelo cabelo loiro-escuro desgrenhado. Quando começo a protestar, ele aponta para a boca e finge estar fechando um zíper, indicando que eu deveria ficar quieta. — Não está aberto para discussão.

Eu nem pude ajudar a pagar as diárias desse lugar. Você fica com o quarto de casal.

— Mas depois de tudo com o Bartholomew...

O semblante dele fica anuviado.

— Eu estou bem. Você não precisa se preocupar tanto comigo.

— Quem disse? — Inspiro fundo, arrastando a mala em direção à cozinha. Sério, que cheiro é *esse*? É como se... um banquete tivesse sido preparado na cozinha há pouquíssimo tempo e o alho e os temperos ainda pairassem no ar. — Tira um cochilo e...

Rio baixinho quando o ronco dele me corta. Meu irmão conseguiria dormir até na asa de um Boeing 747 em pleno voo. Já eu tenho que realizar um ritual muito específico toda noite e me alongar, esfoliar e colocar o travesseiro numa determinada posição para conseguir míseras quatro horas de sono. Mas quem sabe as ondas me embalem enquanto estiver aqui. Só me resta torcer.

Dou um suspiro esperançoso, endireito os ombros, baixo a alça da mala de rodinhas e a ergo contra o peito, minhas sapatilhas de professora me levando escada acima. A banheira vitoriana está chamando meu nome desde que a vi na internet, escondida nos fundos de uma das fotos. Não no centro, como deveria. No meu apartamento em Hartford, Connecticut, só tem um chuveiro mesmo, então eu *sonho* com banheiras. Vários perfis que sigo no Instagram são dedicados a rituais de banho extravagantes, incluindo pessoas que fazem refeições inteiras enquanto estão submersas em bolhas e água quente. Espaguete com almôndegas, bem no meio da espuma. Não sei se um dia vou levar um banho tão longe, mas respeito o entusiasmo.

A suíte é grande e convidativa, decorada também com o tema náutico, a paleta consistindo em tons de creme, branco e azul-claro. Embora estivesse ensolarado quando chegamos, as nuvens estão encobrindo o sol agora, escurecendo as paredes. Está silencioso. Até demais. A cama me convida para um cochilo, mas só um aviso de furacão vai me impedir de tomar o banho que estou imaginando há semanas.

Quando entro no banheiro, nem tento conter um gritinho ao avistar a banheira na parede oposta, emoldurada por uma janela panorâmica que vai do chão ao teto. Deixo a mala do lado de fora e tiro as sapatilhas com um chute, meu corpo formigando de empolgação... ainda que o cheiro pungente também esteja aqui em cima. Não é estranho? Talvez o hóspede anterior fosse do tipo que comia as próprias refeições na banheira e sem querer as deixou estragar?

Humm. O resto da casa é impecável. Não faz sentido.

Deve ter um rato morto dentro da parede, mas não vou deixar isso atrapalhar nossa diversão. Vou só ligar para o dono e pedir a ele que mande a dedetizadora. É só um pequeno contratempo que será resolvido rapidinho. Jude nem vai precisar acordar do cochilo.

A banheira vitoriana me chama do outro lado do banheiro, e já consigo ouvir o ruído da água corrente. Já consigo ver o vapor se enrodilhando e embaçando o vidro da janela. Talvez eu consiga encaixar um banhozinho rápido antes de ligar para o dono e falar sobre o cheiro...

Experimento fechar a porta do banheiro, e o fedor diminui consideravelmente.

Hora do banho, então.

Faço uma dancinha a caminho da banheira, girando a torneira de água quente com um floreio e suspirando ao observar a praia pouco movimentada. Provavelmente todo mundo está em casa se recuperando do Quatro de Julho, que foi ontem. O valor dos aluguéis tem uma queda significativa depois da data, e, de toda forma, meu irmão muito popular tinha vários churrascos marcados durante o feriado prolongado, então chegar no dia 5 — uma terça-feira — foi melhor para nós dois.

Com a banheira cheia até a metade, volto ao quarto rapidamente para tirar a roupa e dobrar tudo com cuidado na cama — assim que eu desfizer a mala oficialmente, vou colocar as peças na sacola de roupa suja. Prendendo a respiração para não sentir o cheiro, me viro para o banheiro quando algo importante me ocorre. Encontrei essa casa no StayInn.com, e bem no topo da checklist dos locatários estava: sempre se certifique de que os alarmes de incêndio e de vazamento de gás estão funcionando quando chegar na casa.

— Melhor fazer isso antes que eu esqueça... — murmuro, olhando para o teto, embora os detectores provavelmente estejam no corredor...

Dois buraquinhos.

Há dois buraquinhos na cornija.

Não. Não, de jeito nenhum. Eu devo estar imaginando coisas.

Sinto um calafrio e cruzo os braços. A pulsação em minhas têmporas começa a latejar, e eu estremeço. É só uma resposta condicionada à surpresa, nada mais. Tenho certeza de que devia ter uns pregos ali. Com certeza não são *buracos para espiar os hóspedes*. Merda, eu sabia que estava exagerando nos podcasts de crimes reais. Agora tudo é uma situação de vida ou morte, o começo de um assassinato medonho que os policiais inevitavelmente vão alegar ser o pior que já viram em vinte anos de carreira.

Não é isso que está acontecendo aqui. Este não é um novo episódio de *Gravado em Osso*.

Keith Morrison, do *Dateline*, não está narrando o meu breve ataque de pânico.

Essa é só a minha vidinha simples e entediante. Sou só uma mulher em busca de um banho de banheira.

Examino o teto em busca de quaisquer outros buracos do mesmo tamanho e não encontro nada. Droga. Claro que aqueles dois buracos estão na parede que é voltada para dentro da casa. Pode haver um sótão ou um armário do outro lado. Que nojo. *Por favor, que minha imaginação esteja só fazendo hora extra.*

Ainda assim, eu jamais conseguiria relaxar agora, então fecho a torneira da banheira com um arrependimento considerável e me enrolo numa toalha, voltando ao espaço sob os buracos e os estudando, desconfiada, como se fossem saltar da parede e me morder. Já ouvi falar sobre esse tipo de coisa, óbvio. Voyeurismo. Todo mundo conhece. Mas não é o tipo de problema que você esperaria encontrar numa propriedade à beira-mar que custou um mês de salário. Não podem ser buracos para voyeur. De jeito nenhum. São só um defeito na madeira. Assim que confirmar isso, vou mergulhar até o pescoço na água quente e essas férias vão começar da melhor maneira possível.

Sem dar chance para o medo, eu me aventuro no corredor fora do quarto e abro o armário adjacente, soltando a respiração que estava segurando, quando vejo que não há ninguém espiando lá dentro. Mas... não há buracos também. Não no armário em si. Só um painel removível na parede compartilhada. Seria uma abertura para um vão abaixo do teto?

Bem, em vão vai ser ficar aqui parada, mas sinto um arrepio no corpo inteiro.

A casa estava escura e silenciosa assim quando chegamos? Nem consigo mais ouvir Jude roncando. Só o gotejar distante da torneira da banheira. Gota. Gota. E o som da minha respiração, agora acelerada.

— Jude? — chamo, minha voz soando como uma cortina rasgando no silêncio absoluto. — Jude? — chamo mais alto.

Vários segundos se passam. Não ouço nada.

Então escuto passos subindo as escadas. Por que minha boca está seca? É só meu irmão. Mas, quando minhas costas atingem a parede, percebo que estou encolhida, meu instinto me preparando para correr até o quarto e trancar a porta se... O quê? Se alguém que não for meu irmão estiver subindo as escadas? Que tipo de filme de terror acho que estou vivendo? *Fica calma.*

Meus pais se infiltram em motins para salvar obras de arte a fim de preservar a história. Mas obviamente a coragem não é uma característica hereditária. Dois buraquinhos na parede fizeram meu coração disparar. Até mais do que no primeiro dia de aulas presenciais, diante de uma multidão de crianças que ficaram trancadas por um ano com possibilidades limitadas de atividades físicas.

Daria para você ser mais patética que isso, Taylor?

Se eu precisava de provas de que — aos vinte e seis anos — minha vida é segura e previsível demais, aqui está. O primeiro probleminha aparece, e minha cabeça dependente da rotina está pronta para se autodestruir.

Eu me jogo contra a parede quando Jude aparece, bocejando.

— Que foi?

Engulo o nervosismo e gesticulo vagamente para o armário.

— Então, provavelmente estou sendo paranoica, mas tem dois buracos perto do teto no quarto. E acho que eles dão para esse espaço aqui.

Jude desperta de vez.

— Tipo pra espiar?

— Sim? — Faço uma careta. — Ou será que só estou imaginando coisas?

— Melhor garantir — murmura ele, passando por mim e entrando no quarto.

Com as mãos na cintura, ele observa os buracos por um bom tempo antes de encontrar meu olhar. E é aí que um calafrio percorre minha espinha. A expressão dele está desconfiada. Jude não está tirando sarro de mim, como eu esperava.

— Que porra é essa? — pergunta meu irmão.

— Certo. — Solto o ar um tanto trêmula. — Você não está rindo e apontando algum defeito na construção, como eu esperava.

— Não, mas vamos pensar, T. Se são buracos para espiar, não tem ninguém espiando agora. — Ele se vira para o corredor e fica ao meu lado. Ambos erguemos o olhar para o que deve ser o espaço abaixo do teto. — Mas nenhum de nós vai ficar de boa até termos certeza, né?

Solto um grunhido, meu sonho de tomar um banho se dissipando como fumaça.

— É melhor chamar a polícia?

Ele pensa na minha pergunta completamente irracional. Reflete mesmo, passando a mão pela barba rala. Esse é um dos motivos que me fazem amar tanto Jude. Somos irmãos, então naturalmente já tivemos nossa cota de discussões bestas e até brigas explosivas ao longo dos anos, mas ele está do meu lado. Isso é certo. Ele não me acusa de estar louca. Me leva a sério. As coisas que são importantes para mim são igualmente importantes para ele, e eu sempre, sempre, faço tudo que posso para facilitar a vida dele, como meu irmão tem feito por mim na ausência quase constante dos nossos pais.

— Acho que vou só afastar esse painel e dar uma olhada — diz Jude por fim.

— Não gosto disso. — Jude pode ter vinte e três anos e mais de um metro e oitenta agora, mas sempre será meu irmãozinho. Pensar nele confrontando um possível voyeur embrulha meu estômago. — No mínimo, devíamos ter uma arma à mão.

— Preciso te lembrar que fiz jiu-jítsu por seis meses?

— Preciso *te* lembrar que você só ficou lá esse tempo todo esperando o instrutor terminar com o namorado?

— Eles já estavam claramente em crise.

— Tenho certeza de que suas covinhas ajudaram a acelerar as coisas.

— Tem razão. — Ele me dá um sorriso macabro. — Elas são minha verdadeira arma.

Balanço a cabeça, mas por sorte os calafrios estão diminuindo. Ainda bem.

— Certo. — Ele bate palmas uma vez. — Vamos dar uma olhada rápida e rezar pra não encontrarmos uma jarra de unhas ou alguma merda do tipo.

— Ou uma câmera — murmuro, me escorando na parede e cobrindo o rosto com as mãos.

Assisto entre os dedos enquanto Jude entra no armário, ergue a mão e desliza o painel para o lado, revelando um espaço pequeno. Muito pequeno. Imediatamente, porém, a luz do dia entra pelos dois buracos, e é impossível ignorar o fato de que eles estão na distância exata de um par de olhos e miram diretamente para o quarto. São buracos para um voyeur. Com certeza absoluta.

— Ai, meu Deus. Que nojo. Tem alguma coisa... ou alguém lá em cima?

Jude segura a beirada da abertura e se impulsiona para cima rapidamente.

— Não. Nada. — Ele desce. — A pessoa teria que ser minúscula pra caber ali em cima. Ou muito flexível. Então, a não ser que meus poderes de dedução tenham falhado, nosso voyeur é um ginasta.

— Ou uma mulher pequena? — Trocamos um olhar cético.

— É, não encaixa muito no perfil de voyeur, né? — Aperto a toalha com mais força ao corpo. — Então o que a gente faz?

— Me manda o contato do dono da casa. Vou ligar pra ele.

— Ah, não. Eu ligo. Não quero que isso atrapalhe suas férias. Vai tirar seu cochilo.

Ele já está na escada.

— Me manda o número, T.

Por algum motivo, ainda não quero ficar sozinha com os buracos, então saio correndo atrás do meu irmão com a toalha enrolada no corpo.

— Tá bem. — Mordo o lábio. — Acho que vou ver se tem um banquinho e uma fita-crepe na lavanderia para cobrir os buracos.

Ele dá uma piscadinha para mim.

— No caso de o voyeur ser um fantasma?

— Ah, claro. É engraçado agora, mas assim que escurecer um fantasma voyeur vai se tornar uma possibilidade totalmente realista.

— Pode ficar com o outro quarto, se quiser. Não me importo se o Gasparzinho me espiar.

Estou rindo quando chegamos ao pé da escada e ambos viramos à direita, para a cozinha, onde fica a porta da lavanderia.

— Você provavelmente ia gostar disso — brinco.

— Você anda lendo meu diário de novo?

Quando abro a porta da lavanderia, estou rindo tanto com meu irmão que não acredito no que vejo a princípio. Deve ser uma piada. Ou uma tela de TV passando uma recriação da cena de algum documentário de crimes reais da Netflix. Não é possível que haja um homem grande e morto preso entre a máquina de lavar e a secadora, o rosto roxo com hematomas, os olhos apáticos e sem vida. E ali, bem no meio da testa, um buraco de bala perfeito, com as bordas pretas. Isso simplesmente não pode estar acontecendo. Mas a bile que sobe pela minha garganta é real. Assim como o pavor que paralisa meu corpo da cabeça aos pés, enquanto um grito fica preso na minha garganta. Não. Não, não, não.

— Taylor? — Jude se aproxima, preocupado.

Por instinto, tento empurrá-lo para longe. Meu irmão mais novo não deveria ver coisas assim. Tenho que poupá-lo disso. Mas minhas mãos infelizmente se provam incapazes e, antes que eu consiga reunir força e presença de espírito para impedi-lo de olhar a lavanderia, ele está do meu lado. E então me puxa bem para trás, gritando:

— Que porra é essa?!

Um silêncio macabro com um leve zumbido de fundo paira no ar. A imagem não desaparece. Ele ainda está lá. Ainda morto. O homem é vagamente familiar por algum motivo, mas estou tremendo e tentando não vomitar, e isso exige toda a minha concentração. *Ai, meu Deus,* o que está acontecendo? Isso não é uma piada?

— Certo — sussurro. — *A-agora* acho que deveríamos chamar a polícia.

Capítulo 2

TAYLOR

Estou enrolada num cobertor sob o brilho de luzes azuis piscantes. Esse tipo de coisa não deveria acontecer na vida real. Estou presa em um episódio de *Gravado em Osso*. Sou a testemunha inocente que tropeçou na cena macabra. É claro, os anos de terapia que vou precisar fazer para me recuperar nem serão mencionados nos créditos do podcast. Os apresentadores engraçadinhos nem vão pronunciar meu nome direito. Mas eu? Duvido que eu vá esquecer a imagem daquele homem assassinado enquanto estiver viva.

A não ser que... eu esteja tendo um pesadelo bem vívido?

Não. Definitivamente há um enorme saco preto sendo retirado da casa numa maca com rodinhas pelos legistas. Sendo retirado da *cena do crime*, e Jude e eu observamos tudo acontecer com o queixo caído. Estamos tentando nos concentrar no que o policial está dizendo, sentado do outro lado da mesa de centro, mas já demos nossa declaração para ele três vezes cada um. Nem um único detalhe mudou. E agora que a adrenalina de encontrar uma vítima de homicídio está começando a diminuir, passei a ter sintomas fortes de suma-desse-lugar.

— Só pode ser homicídio, né? — digo, quase para mim mesma. — Ele não conseguiria atirar na própria testa daquele jeito.

— Não — admite o policial, um homem de quarenta e poucos anos chamado Wright que é incrivelmente parecido com Jamie Foxx. Tanto que fiquei encarando quando ele chegou. — É quase impossível.

— Então o assassino... ainda está por aí — conclui Jude. — Talvez até na casa do lado.

O policial suspira.

— Bem, sim. É outra possibilidade. E isso vai tornar nosso trabalho bem difícil. Quase todas essas casas ficam alugadas no verão, o que significa que não são os moradores locais que estão residindo nelas. Pode ser qualquer pessoa de qualquer lugar. Um visitante de um visitante de um visitante. Esses sites de aluguel se tornaram um verdadeiro transtorno. Sem ofensas.

— Imagina — digo automaticamente, vendo a última ponta do saco preto enfim desaparecer pela porta da frente. É aí que me ocorre por que o homem parecia tão familiar. — Era o dono da casa. Oscar. Lembrei agora. — Eu me atrapalho para pegar meu celular. — A foto dele está no anúncio...

O policial coloca a mão na minha, parando meus movimentos.

— Já sabemos que ele é o dono. Na verdade, sabemos muito bem.

Um outro policial passa por nós e pigarreia alto.

O detetive Wright se cala.

Assim que o outro homem sai da casa, Jude e eu nos inclinamos na direção dele quase ao mesmo tempo.

— O que o senhor quis dizer com isso? — pergunta Jude. — Que sabem muito bem.

Wright olha para trás, suspira e finge estar escrevendo alguma coisa no seu bloquinho.

— Alguém da StayInn deveria ter entrado em contato com vocês. Nós explicamos toda a situação para a empresa, tim-tim por tim-tim. Jamais deveriam ter deixado vocês virem para cá.

— Peraí, vamos com calma. — Jude passa a mão pelo rosto, claramente precisando de uma pausa para organizar os pensamentos. — A que situação o senhor se refere?

— Fomos chamados algumas noites atrás por conta de uma perturbação doméstica. — A voz do policial está tão baixa que temos que nos inclinar ainda mais para distinguir suas palavras. A essa altura, consigo praticamente contar os pelos do seu cavanhaque. — Um dos locatários neste quarteirão ligou e relatou gritos e batidas altas. — Ele bate a caneta na coxa e espia de um lado para o outro de novo. — Acontece que um grupo de garotas estava alugando esta casa e encontrou os buracos na parede lá em cima...

— Ai, meu Deus! — Bato uma palma na testa. — Eu tinha me esquecido disso.

— Você estava distraída com outras coisas — diz Jude, dando tapinhas nas minhas costas, mas sem tirar os olhos do detetive. — Então não fomos os primeiros a descobrir aquela comodidade bônus?

Wright balança a cabeça.

— A garota que os encontrou ligou para o pai. Um cara enorme, caminhoneiro. Bem, ele chegou aqui furioso, e com razão, mas, em vez de ligar para a polícia, fez a filha ligar para o dono da casa e chamá-lo até aqui. O pai tinha dado uns bons socos nele antes de chegarmos para apartar a briga. As garotas concordaram em não prestar queixa se conseguissem reembolso, e no fim nenhuma acusação de agressão foi feita contra o pai. Mas a polícia de Barnstable contatou a StayInn e relatou o ocorrido. Vocês deveriam ter sido informados.

— Sim, é verdade. — Mentalmente, já estou escrevendo um e-mail mal-educado para a StayInn. Talvez inclua até umas palavrinhas especiais como *trauma emocional* e *meus advogados*... e *conta-corrente*. — Mas eles chegaram a pegar Oscar *espiando* pelos buracos?

— Não. — Wright rumina a parte seguinte antes de soltá-la de uma só vez: — Mas tinha uma câmera instalada num tripé.

Sem nem olhar para meu irmão, sei que meu rosto estampa o mesmo asco que o dele.

Tentando me livrar do calafrio que me dá saber que um homem vinha espiando mulheres ilegalmente nesta casa — e que eu estava prestes a passar seis dias aqui —, volto a tentar encontrar uma explicação.

— Acho que a briga com o pai furioso explica os hematomas no rosto de Oscar, mas o cara não o *assassinou*, né? Oscar estava vivo quando a situação toda se resolveu?

Wright dá de ombros.

— Um dos meus homens acha que o pai ainda estava furioso, no fim das contas, e voltou para terminar o serviço. O dono da casa é espancado por um suspeito, depois acaba sendo assassinado por outro cara? Na mesma *semana*? Não. Não acreditamos em coincidências. Não tão grandes assim.

— É, se bem que...

Algo na situação está me incomodando. As coisas não batem. E eu realmente deveria só parar de tentar encaixar as peças numa imagem bonitinha quando nada nessa história é bonitinho ou simples, mas sempre tive dificuldade em deixar quebra-cabeças inacabados. No entanto, os meus quebra-cabeças em geral vêm com cinco mil peças, e não buracos na parede e ferimentos a bala.

Mesmo assim, minha natureza inquisitiva e curiosa é a única coisa que herdei dos meus pais. Definitivamente não nasci com um pingo da coragem deles, um fato que os dois lamentaram várias vezes ao longo dos anos, com tapinhas na cabeça e sorrisos forçados.

Essa é a nossa professorinha. Nunca se arrisca.

Jude já foi surfar na Indonésia. Pulou de paraquedas em Montana. Ele trabalha em um santuário de animais, principalmente com os pandas, mas às vezes chega a *alimentar leões*.

Tem um vídeo dele na internet abraçando um. Tipo, rolando na grama com o felino gigante enquanto ri e esfrega a juba do leão. Quase caí dura no chão quando alguém me mandou por e-mail. É claro, ninguém cogitou consultar a irmã mais velha de Jude sobre essa ideia perigosa, mas *não* estou mais brava com isso. Praticamente.

Então, ok. Não tenho um grande suprimento de coragem. Essas férias estão entre as coisas mais aventureiras que fiz nos últimos tempos. Cheguei a morder o travesseiro depois de clicar em "reservar" no site. Mas alguma coisa aconteceu dentro de mim quando entrei na lavanderia e vi os olhos sem vida de Oscar.

Quer dizer... *nada* aconteceu.

O mundo não acabou, apesar das circunstâncias assustadoras.

Eu fiquei ali, parada. Talvez agora... eu esteja curiosa sobre o que posso fazer *além* disso. Ou curiosa para ver se consigo ajudar, se consigo ter a coragem de meus pais e Jude. Ou dos apresentadores de *Gravado em Osso*, que se infiltram nas cenas de crime dos assassinatos de cidade pequena que investigam, fazendo as perguntas difíceis. Eu poderia ser corajosa assim? Sou mais corajosa do que sempre imaginei?

Ainda não sei, mas tenho, sim, um superpoder que envolve pensar demais sobre tudo até não aguentar mais — que é o que estou fazendo agora. Remoer os fatos... e encontrar os furos na trama. Talvez não seja da minha conta, talvez eu devesse me concentrar em encontrar outro lugar para ficarmos, mas não posso evitar me sentir pessoalmente envolvida, já que fui eu quem descobriu o corpo de Oscar. Eu o encontrei. E, por mais estranho que pareça, sinto certa obrigação de achar o assassino e terminar o quebra-cabeça. Não sei se vou conseguir superar toda essa história horrível até colocar um ponto-final no caso.

— Detetive Wright...

Um grito de dor chacoalha as janelas, seguido por outro grito de negação.

— Não! Meu irmão, não! *Oscar?* Oscar!

Jude e eu nos entreolhamos e viramos depressa para a porta da frente. Na ambulância, uma mulher desaba nos braços de um socorrista, a cabeça jogada para trás com um berro angustiado. Uma voz estala no rádio preso no ombro de Wright.

— A irmã da vítima está aqui. Alguém pode chamar a assistente social?

— Ah, não. — A ponta do meu nariz começa a arder, e eu aperto o braço de Jude sem pensar. — Coitada. Ela acabou de perder o irmão. Imagina o que está sentindo...

O policial na nossa frente resmunga.

— Ela provavelmente vai se sentir diferente quando descobrir o que ele estava fazendo.

— Confusa, talvez, mas ainda triste — murmura Jude, apoiando-se nas almofadas, visivelmente exausto.

Meu pobre irmãozinho nem conseguiu tirar o cochilo em paz. Preciso encontrar uma cama segura para ele dormir esta noite.

— Sim — concordo com Jude. Então pergunto para Wright: — Temos *certeza* de que Oscar era o voyeur? Os buracos...

Sou interrompida outra vez quando a mulher aos prantos entra cambaleando na casa. Escorando-se na parede, ela dá um passo na sala de estar, seguido por mais dois, e então cai no sofá à minha esquerda. Meus olhos ficam marejados, as lágrimas prestes a cair, só de imaginar o luto dela. Se eu perdesse meu irmão, não saberia o que fazer.

— Sinto muito por sua perda terrível — ofereço.

Ela se vira para mim e...

Não *quero*, mas reparo que seus olhos estão secos.

Todo mundo vive o luto de uma forma diferente — como Amanda Knox bem sabe. Não estou julgando. Foi só uma observação inteiramente casual, sem julgamentos. Um cacto poderia crescer naquelas bochechas totalmente secas.

— Pode me informar seu nome, senhora? — pede Wright.

— Lisa. Lisa Stanley. — Ela olha fixamente para mim e para Jude. — Quem são vocês?

— Meu nome é Taylor Bassey. Esse é meu irmão, Jude. Estávamos hospedados aqui. Ou deveríamos estar, no caso. Mas... encontramos Oscar assim que chegamos.

— Ah. Bem, sinto muito por meu irmão morto ter estragado suas férias — dispara ela.

Antes que eu possa assegurá-la de que não estamos reclamando, a mulher franze a testa.

— Desculpa, eu só... Eu não quis ser grossa — continua ela. — Só não acredito que isso está acontecendo. Eles disseram que Oscar levou um tiro! Quem daria um tiro no meu irmão? Ele nunca fez mal a ninguém. Não tem inimigos...

Ninguém diz nada. Mas Wright obviamente faltou ao treinamento de fazer cara de paisagem na academia de polícia, porque parece prestes a explodir.

— O quê? — pergunta Lisa, endireitando a postura. — O que que foi?

A conversa mais desconfortável do mundo se segue enquanto Wright conta a Lisa sobre o confronto com o pai da hóspede devido aos buracos de voyeur e à câmera. Quando ele termina de relatar os detalhes, Lisa encara o nada.

— Por que ele não me contaria que foi espancado?

— Provavelmente estava envergonhado, considerando as circunstâncias. — Com um suspiro, Wright nos estende seu cartão e se levanta. — Me avisem se lembrarem de mais alguma coisa. Se estiverem procurando um lugar para ficar esta noite, tem um hotel bacana em Hyannis. A piscina é decente.

— Obrigada — diz Jude, aceitando o cartão. Assim que Wright sai, meu irmão se levanta. — Vou ligar pro hotel.

— Não precisa — intervém Lisa rapidamente, parecendo surpreender a si mesma. Como só a encaramos, impassíveis, ela revira a bolsa e saca um molho de chaves. — Meu irmão tem mais três casas aqui no quarteirão. Eu agendo a manutenção para ele. Inspeciono os locais antes que os novos hóspedes cheguem etc. Me atrasei para verificar essa casa, senão *eu* o teria encontrado. — Ela solta o ar devagar. — Ele é... *era...* bem tranquilo com o negócio todo. Um cara normal. Antes de entrar para o ramo imobiliário, era carteiro. Amo meu irmão, mas só Deus sabe como era preguiçoso. Delegava tarefas. É por isso que...

— Ela balança a cabeça. — Não faz sentido. Oscar não *espiaria* ninguém.

— Não, não faz sentido — deixo escapar, sem conseguir me conter.

— Taylor — murmura Jude pelo canto da boca. — Dá uma segurada aí.

— É o irmão dela — sussurro de volta. — Eu iria querer saber tudo.

— Eu te amo, mas, por favor, não se envolva numa investigação de homicídio.

— Não estou me envolvendo. Só estou transmitindo alguns detalhes.

— Isso é a definição de envolvimento.

Lisa desaba do outro lado da mesa de centro, ocupando o lugar onde Wright estava. Com os cotovelos nos joelhos, ela se inclina para a frente, e, assim de perto, consigo ver as semelhanças físicas que compartilha com Oscar. Ambos estão na faixa dos cinquenta, têm um nariz levemente aquilino, testa alta e cabelo grisalho. Mas Lisa é miúda, enquanto o irmão era...

— Grande demais — disparo. — Oscar era grande demais para caber naquele vão.

Lisa ergue a cabeça bruscamente.

— O espaço onde encontraram os buracos?

— Isso. — Ignoro o grunhido de Jude. — Ele jamais conseguiria subir lá.

— Ele pode ter usado uma escada, T. — Meu irmão se junta à conversa com evidente relutância, acrescentando, pelo bem de

Lisa: — Hipoteticamente, claro. Teria sido bem fácil furar aqueles buracos de qualquer um dos lados. E ele não *precisava* entrar no vão. Só precisava enfiar a câmera ali.

— Sim, se nunca pretendesse olhar pelos buracos. — Por um momento fugaz, me sinto a própria Olivia Benson, de *Law & Order*. Só falta o sobretudo, os olhos castanhos misteriosos e Stabler ao meu lado, rabugento e bonitão. — Então por que ele teria feito *dois* buracos? — Alterno o olhar entre meu irmão e Lisa. — Aqueles buracos foram abertos com o objetivo claro de permitir que alguém olhasse através deles. Hipoteticamente, se Oscar só queria filmar os hóspedes, teria precisado de um único buraco. Não dois.

Jude franze a testa, olhando para as mãos por um momento.

— É verdade. É no mínimo estranho.

— Você está dizendo que quem quer que tenha furado aqueles buracos é pequeno o bastante para caber no vão — diz Lisa, assentindo devagar. — Uma mulher, talvez?

Não pense no fato de que ela ainda não chorou. Nem sequer uma lagrimazinha.

— Talvez.

Jude está começando a sentir uma vibe esquisita. Sei disso porque ele está com aquele tique nervoso em que não consegue parar de arrumar e desarrumar a parte mais desgrenhada do cabelo, no topo da cabeça.

— É melhor ligarmos para o hotel, Taylor. Tenho certeza de que a sra. Stanley tem muitas ligações para fazer…

— A polícia já tem certeza de que foi o pai da última hóspede… — Lisa olha pela janela, para onde os policiais estão amontados no fim da entrada de carros. — E, sejamos honestos, não vão se esforçar muito por alguém que acreditam ser um pervertido, né? — Engrenagens estão girando atrás dos olhos dela. — Talvez eu devesse procurar um detetive particular. Meu namorado está servindo no exército fora do país, mas cresceu com um cara de Boston. Um ex-detetive que virou caçador de recompensas. Alguém que poderia fazer esses caras daqui se esforçarem mais e talvez limpar o nome do meu irmão.

Viu? Todos nós vivemos o luto de formas diferentes.

Eu choro. Lisa se vinga pelos seus entes queridos.

A moral da história é que todo mundo é mais corajoso que eu.

— Acho que não faria mal contratar um detetive particular — digo, finalmente me compadecendo de Jude e levantando do sofá, deixando o cobertor deslizar dos meus ombros. — Mais uma vez, Lisa, sinto muito por sua perda. — Estendo a mão e aperto a dela. — Queria que tivéssemos nos conhecido em circunstâncias melhores.

Ela me puxa para um abraço.

— Você me deu esperança, Taylor. Obrigada. Não quero que ele seja lembrado como um pervertido. Vou descobrir o que realmente aconteceu. — Algo frio e metálico é empurrado para a minha mão, e eu me vejo com um molho de chaves. — É logo ali mais para o fim do quarteirão. Casa 62. Eu insisto.

Tento devolver as chaves.

— Ah, não, a gente não pode…

— Tem certeza? — Ela ergue as sobrancelhas. — Tem uma banheira vitoriana.

Estou com uma placa pregada na testa ou algo assim?

— Ah — solto, com um suspiro. — Sério?

Jude abaixa a cabeça por um momento e, relutante, vai pegar as malas.

— Sessenta e dois, você disse?

Antes de sair da casa, paro de repente ao lado da mesa lateral perto da porta.

Lendo as avaliações da casa, vi fotos de um livro de hóspedes. É bem bobo da minha parte, mas eu estava animada para escrever uma mensagem nossa em uma das páginas para futuros hóspedes lerem. Eu ia desenhar uma lula nas margens.

Abro a gaveta da mesa e acho o livrinho de couro branco gravado com letras douradas. *Experiências dos hóspedes.* Não sei o que me inspira a pegá-lo, deslizá-lo com agilidade para dentro da bolsa e cobri-lo com meu pacote de lenços desinfetantes e a capa dos óculos de sol enquanto Jude balança a cabeça para mim, nervoso. Talvez eu tenha me surpreendido com minha postura tão astuta esta noite depois de encontrar um corpo... e quero saber o que mais posso fazer. Se tenho o necessário para resolver um mistério e encontrar a ousadia que sempre me faltou. Ou talvez eu duvide da vontade da polícia de investigar esse assassinato e ir além de sua teoria original. E a verdade é que a falta de emoção de Lisa não para de cutucar meu sexto sentido. Eu nem sabia que *tinha* um sexto sentido.

Qualquer que seja a causa do meu roubo improvisado de evidências, vou devolver o livro amanhã depois que eu der uma olhadinha. Não tem nada de mais nisso, né?

Capítulo 3

MYLES

Desço da moto e jogo um antiácido na boca.

Não é que Cape Cod está animada nesta tarde de quinta-feira ensolarada?

Plaquinhas pendendo de todas as portas proclamam que o verão é vida. A vida de praia. A vida é melhor na praia. "Apraioveite" o dia. Não sei como alguém consegue se emocionar tanto com um lugar tão cheio de areia. Não vejo a hora de voltar para a estrada. Infelizmente, já dei para trás muitas vezes, mas não consigo fazer isso com meu amigo Paul. Não enquanto ele está servindo no exterior e não consegue resolver essa bagunça para a namorada pessoalmente. Paul uma vez se recusou a me dedurar quando quebrei um vitral de igreja jogando beisebol.

Estou aqui porque lhe devo uma e nós crescemos juntos em Boston... mas, assim que resolver o caso, vou embora.

Até lá, meu trabalho é encontrar o "verdadeiro assassino" de Oscar Stanley.

Isso acontece muito no meu trabalho como caçador de recompensas. A família está em negação. O filho violou a liberdade condicional, mas está tentando mudar de vida. A filha está foragida, mas só porque é inocente daquela acusação de porte de drogas e ninguém acredita nela. Já ouvi tudo isso antes. Entra por um ouvido e sai pelo outro. Meu trabalho é entregar os bandidos às garras da lei e ir embora assobiando com um cheque na mão e sem ter que lidar com burocracia ou papelada nenhuma.

Esse caso é levemente diferente porque não há recompensa a coletar. Não há criminoso à solta. Eu não tenho um nome, um rosto ou um histórico prisional à disposição. Tudo que tenho é um grande ponto de interrogação e um favor a retribuir. No entanto, depois que ouvi de Paul uma descrição de Oscar Stanley e como seus hábitos voyeuristas o fizeram levar uma surra antes do assassinato, estou inclinado a concordar com a polícia neste caso. O pai daquela garota voltou para terminar o serviço. Devo levar um ou dois dias para provar isso, sem sombra de dúvida, e voltar para a estrada, sem dever mais favor nenhum para ninguém.

A caminho daqui — Coriander Lane —, parei na casa de Lisa Stanley e peguei o molho de chaves que estou segurando. Teoricamente, esta é uma cena de crime e há uma fita de isolamento amarela na frente da casa, mas obedecer a regras não é o meu forte. Nunca foi. É por isso que fui um detetive de merda e um marido ainda pior. Posso ter sido fiel, mas a fidelidade só ajuda até certo ponto quando um homem esquece a parte dos votos sobre amar e respeitar a esposa.

Risadas ecoam da praia, sons misturados com a voz de Tom Petty. Uma pipa mergulha e dá voltas no céu. O cheiro de cachorro-quente e hambúrguer toma conta da brisa. É para cá que as pessoas vêm nas férias com a família. Para serem felizes.

Cacete, não vejo a hora de ir embora desse lugar.

Jogo as chaves para o alto e as pego, continuando a atravessar a rua até a casa onde o homicídio supostamente ocorreu. Não vi as fotos da cena do crime, mas tenho a descrição da vítima e é improvável que um homem da estatura de Oscar tenha sido transportado pelo assassino após a morte. Além disso, por que o assassino levaria o corpo para um lugar onde seria mais fácil de o encontrarem? Não, isso foi um crime passional. Raiva pura e simples.

Acabe logo com isso.

Estou no meio da rua quando sinto um olhar nas minhas costas. Lentamente, espio por cima do ombro e vejo uma mulher jovem, de cabelo castanho-claro e talvez vinte e poucos anos, regando um vaso de flores na varanda de uma casa. Só que ela está errando o vaso completamente. A água escorre do bico do regador direto no assoalho da varanda, molhando as panturrilhas nuas dela. E ela não parece reparar em nada disso.

— Posso ajudar? — vocifero.

Ela derruba o regador, fazendo um estrondo metálico, então gira num pé e bate a cabeça na porta da frente, voltando um passo. Mesmo a uns noventa metros de distância, consigo ver as estrelinhas girando ao redor da sua cabeça. *É o que você ganha por ser enxerida.*

Tiro outro antiácido do bolso da calça jeans, jogo-o na boca e continuo meu lindo trajeto, arrancando a fita de isolamento da porta e deixando-a pairar até o chão. Estou quase entrando quando ouço passos atrás de mim. Passos ágeis. No reflexo do vidro da porta de proteção térmica, a vizinha intrometida se aproxima. Pronto, já estou irritado.

— Escuta, quer chamar a polícia? — Eu me viro brevemente para ela, com a testa franzida. — Fique à...

Então, eu simplesmente esqueço o que estou dizendo. É bem esquisito.

Isso nunca aconteceu comigo. Toda palavra que sai da minha boca tem um propósito, e é bom para a pessoa com quem estou falando que escute. Eu só... não sei direito por que planejava ser tão grosseiro com ela, só isso. Ela não acabou de bater a cabeça numa porta? Deve ter doído. Além disso, há respingos de água em suas pernas, e ela é...

Fatos são fatos. Ela é uma gracinha.

Eu mal costumo reparar em mulheres fofas. Em *nada* fofo, na verdade. Seria como um trator admirando um dente-de-leão. Olhar pode parecer uma boa ideia, mas tratores são construídos para esmagar dentes-de-leão. É isso que fazem. Então não adianta muito eu notar que as sardas dela meio que... descem do nariz até o pescoço. Até os peitos. Que estão cobertos por um biquíni. Cor-de-rosa. Só a cor já me faz sentir culpa por olhar, mas, caralho, eles caberiam direitinho nas minhas mãos. Boa parte dela caberia. Aqueles quadris. Os joelhos. As laterais do rosto bonito.

Meu Deus. O topo da cabeça dela mal bate no meu queixo. Qual é a porra do meu problema?

Pigarreio. Com força.

— Como eu estava dizendo, quer ligar para a polícia, tampinha? Fique à vontade. Eles sabem que estou aqui.

— Tampinha? — balbucia ela, revoltada. Então prende uma mecha grande de cabelo atrás da orelha, e é aí que sinto o impacto total de seus olhos. Verdes. Porra. — Pois fique sabendo — continua ela — que sou a pessoa mais alta onde eu trabalho.

— Ou você trabalha sozinha ou é professora do jardim de infância.

Ela hesita por um segundo. Há uma troca de peso sutil da perna direita para a esquerda.

— Errado.

Dou uma piscadinha, e ela se irrita.

— Eu nunca estou errado.

O pescoço dela está ficando vermelho? Meu Deus, ela deve ser uns oito ou nove anos mais nova que eu. Vinte e poucos anos, enquanto eu tenho trinta e poucos. Então definitivamente não estou reparando no ponto em que a alça do biquíni afunda bem de leve a pele em seu ombro. Só um pouquinho apertada demais. Definitivamente não estou pensando em enfiar um dedo ali embaixo e arrastar a alcinha pelo braço dela, desembrulhando-a como um presente.

Jesus, preciso transar. Esse fato não era óbvio até eu me encontrar babando por uma desconhecida no coração desse Festival de Férias da Classe Média, me perguntando como os mamilos dela ficariam à luz do sol, molhados com a minha saliva. Ela provavelmente é casada. Mulheres solteiras na faixa dos vinte anos não passam férias em Cape Cod. Provincetown, talvez. Mas não nessa área de Falmouth, onde só há famílias. Então por que ela não está usando uma aliança?

Ela repara que estou procurando uma aliança.

Caralho.

Em resposta, sua postura muda. As mãos caem ao lado do corpo, e ela troca o peso da perna esquerda para a direita, inconscientemente jogando o cabelo por cima do ombro. Meio como se só agora estivesse percebendo que sou um homem e que ela se aproximou usando um biquíni e um short jeans ridículo de curto que só cobre um pouco mais que uma calcinha. E que estou interessado o suficiente para querer saber se essa garota já tem um homem esperando por ela naquela casinha melosa com estampa de corações nas cortinas. Ela está entendendo tudo isso e não esconde nada no seu rosto espetacular.

Ótimo. Passamos de bonito para espetacular.

Ela é definitivamente casada, seu idiota.

Faça seu trabalho e suma daí.

— Vá regar suas flores. Estou ocupado.

— Eu sei. Eu só... — Ela gesticula, então apoia as mãos na cintura. — Bem, estava me perguntando se você já tinha alguma teoria.

— Acabei de chegar. — Inclino o queixo para a moto. — Você me viu, não viu?

— Na sua máquina mortífera, sim. Mas imagino que tenha recebido algum tipo de... dossiê. Ou arquivo do caso. Certo?

Estreito os olhos, esperando que ela se encolha e se afaste depressa, como todos que têm o azar de receber esse olhar fazem.

— Tudo bem. Guarde seus segredinhos, senhor...

— Não se preocupe com meu nome.

Isso a deixa sem palavras por um segundo, quase como se estivesse decepcionada. Mas, por fim, ela dá de ombros.

— Só achei que você poderia querer falar comigo. — Depois de um olhar esnobe, ela se vira e começa a atravessar a rua. — Já que fui eu que encontrei o corpo e tal.

— Volte aqui.

— Não quero.

— Tampinha.

— Eu tenho *nome*.

— Volte aqui e me diga qual é, então.

Pelo amor de Deus, qual é o meu problema? Estou mesmo indo atrás dessa mulher — que *com certeza* é casada, provavelmente com um cara chamado Carter ou Preston — até o outro lado da rua? Eu deveria estar na cena do crime tirando fotos, procurando respingos de sangue ou evidências que a polícia não viu. Não deveria estar subitamente desesperado para saber o nome dessa mulher. Mas não consigo me impedir de segui-la quando aquela bunda se move exatamente como uma bunda *deveria* se mover. *Cacete.*

Ela dá meia-volta, e eu quase a derrubo, assim como um trator sempre faz com um dente-de-leão. Ficamos cara a cara, só que sou uns vinte e cinco centímetros mais alto, então o rosto dela está inclinado para o céu e banhado pela luz do sol. Algo dá uma cambalhota no meu peito. Algo de que definitivamente não gosto.

— Você encontrou o corpo — digo, tentando ao máximo me ater ao trabalho.

É só disso que se trata. Entrar e sair sem se envolver. É isso que eu faço. É assim que eu gosto.

O olhar dela pousa na minha boca por um segundo, mas é o suficiente para fazer minha cueca parecer G em vez de GG.

— Aham.

Por que começo a suar só de pensar nela perto de um homem morto? Um homem que acabou de ser assassinado? Essas coisas não são para os olhos dela. Não dessa mulher que rega flores e bate com a cabeça em portas.

— Me diga que você saiu da casa na hora, já que o assassino ainda podia estar na propriedade.

— Ah. — Ela franze o nariz. — Não... nós não saímos.

Nós. Aí está. Solto um grunhido, porque não é uma boa ideia falar com a azia atacada. É isso que tem de errado comigo. É por isso que tudo do meu pescoço para baixo está bagunçado.

— Você e seu marido.

— Eu e meu irmão.

Cadê a azia? Deve estar vindo em ondas.

— Você está aqui com seu irmão — tento confirmar, encolhendo-me ao ouvir o alívio em minha voz.

Ela assente, o olhar sério.

— Quem descobriu o corpo é uma informação muito importante. Provavelmente deveria estar no dossiê.

Agora sinto uma vontade irresistível de sorrir. Obviamente preciso ir ao médico.

— Não chamamos de dossiê, tampinha.

Ela inclina a cabeça, curiosa.

— E como chamam?

— De anotações. Só anotações velhas e chatas. E é isso que esse caso vai ser. Chato, rápido e óbvio. O cara estava espionando um monte de garotas e foi pego. O pai de uma delas perdeu a cabeça. Discussões acaloradas acabam em morte com muito mais frequência do que você imagina. Ou alguém perde a briga e quer vingança, ou um deles não consegue largar o osso. É isso que aconteceu aqui.

— Mas você foi contratado por Lisa Stanley? A irmã do Oscar?

— Teoricamente, mas só estou fazendo um favor para o namorado dela.

— Mas *falou* com ela? Ela não te contou sobre os furos na teoria do voyeur?

Jogo a cabeça para trás com um suspiro profundo.

— Você é uma daquelas detetives amadoras, né? Viu uns documentários sensacionalistas na Netflix e agora acha que é um membro honorário da polícia.

— Eu gosto mais de podcasts, na verdade...

Solto outro grunhido em direção às nuvens.

— ... mas isso não é relevante. Eu *sempre* gostei de deixar as coisas arrumadinhas. Por exemplo, tem um fio solto na sua camisa que estou morrendo de vontade de cortar. — Ela agita os dedos para o fio, e eu quase dou um passo à frente para que ela possa tirá-lo, só para que encoste em mim. — Não tem por que ter dois buracos na parede se o objetivo era filmar os hóspedes. Ele só precisaria de um. Alguém deve ter espiado com ambos os olhos em algum momento. E Oscar Stanley nunca teria cabido naquele vão.

— Talvez ele tenha feito os buracos primeiro, depois percebeu que jamais caberia ali. — Ela não diz nada, mordiscando o lábio. — Às vezes o comportamento das pessoas não tem pé nem cabeça. Muitas vezes, elas só cometem erros e pronto. Tipo eu, aceitando esse trabalho. — Gesticulo para que ela se afaste. Sério, preciso que essa mulher volte para sua casa de férias perfeitinha do outro lado da rua, porque ela está destruindo minha paz de espírito. Estou começando a notar alguns detalhes nela. Uma pinta embaixo do umbigo. O jeito como puxa o ar antes de falar. Seu cheiro de maçã. — Volte pra casa. Eu tenho tudo sob controle. Como disse, vou resolver isso rápido.

Depois de um momento, ela assente e faz menção de ir embora.

E é como se levasse meu estômago junto.

A sensação esquisita de perda não faz sentido nenhum. *Ignore.*

— Certo — murmura ela, ajustando a alça do biquíni. — Bem, quando quiser o livro de hóspedes, está na minha mala.

— Aham — digo. Já estou me virando quando assimilo as palavras. — Peraí. Você pegou o livro de hóspedes da casa?

Ela continua andando, a bundinha sexy rebolando de um lado para o outro.

— Avise se precisar dele.

— Não pode sair pegando provas de uma cena de crime.

— Oi? — Ela faz uma concha com a mão no ouvido. — Perdão, não consigo ouvir com o barulho que você fez arrancando a fita de isolamento.

— Não me venha com gracinhas — rosno. — Eu sou profissional.

Parando ao pé da escada da varanda em frente, ela empina o quadril para o lado.

— Nenhum de nós é qualificado para coletar provas porque não somos policiais. Lisa disse que você é um caçador de recompensas, certo? E eu sou professora do fundamental.

Professora do fundamental.

Eu estava quase certo. É por isso que ela é a mais alta no trabalho.

Ela deve saber o que estou pensando, porque me dá um sorriso relutante.

Antes que eu consiga me impedir, sorrio de volta.

Eu sorrio de volta.

O sorriso se desfaz mais rápido do que papel na água.

— Me dê o livro, tampinha.

Ela está subindo as escadas como se não se importasse nem um pouco.

— Só se você me mantiver informada da sua investigação! — grita ela por cima do ombro.

Hora de encarar os fatos. Eu sou um sujeito enorme com cara de poucos amigos, e essa professora com o rosto cheio de sardas não poderia sentir menos medo de mim nem se tentasse.

— *Nem fodendo!* — grito de volta.

Ela se despede me dando um tchauzinho e fecha a porta.

Sua ausência é como uma nuvem passando na frente do sol, e o fato de que começo a sentir muita falta dela não me agrada nem um pouco. Eu só a conheço há dez minutos. Ela está se recusando a entregar algo que pode facilitar meu trabalho. E, o mais importante, ela nem é meu tipo. Não está nem na *estratosfera* do meu tipo. De vez em quando, fico com uma mulher de idade apropriada, geralmente divorciada, como eu, que partilha do meu desdém por romance, amor verdadeiro e finais felizes. A Disney vende essa merda para a população feminina desde que elas nascem, e os homens têm que lidar com essas expectativas a vida toda. Não. Eu, não. Uma olhada para essa mulher e é fácil ver que as expectativas dela estão na porra da lua. Trazer flores para ela? Não seria suficiente. Provavelmente eu teria que plantar um jardim e dançar valsa nele sob as estrelas. Ela é pra casar — posso garantir isso, não à toa está passando as férias em Cape Cod, e não em Jersey Shore ou Miami. Ela não é uma transa de uma noite, que é mais o meu tipo de coisa.

Não estou interessado em mais nada.

Fazendo o máximo para tirar essa ameaça de olhos verdes da cabeça, chuto a porta da casa e entro pisando forte. O cheiro de decomposição paira no ar, mas não a ponto de me fazer cobrir o nariz. É um lugar bacana. Não o tipo de casa que faria alguém correr para procurar buracos de voyeur ou câmeras escondidas. Primeiro vou até a lavanderia, com a câmera do celular aberta. Respingos de sangue na parede e a poça escura de fluidos corporais no chão indicam que a vítima levou o tiro aqui mesmo. O criminoso provavelmente entrou pela porta dos fundos, então vou para lá em seguida. A fechadura está intacta, o que quer dizer que não foi quebrada, mas isso não significa nada. Podia estar destrancada na hora do crime. Não seria preciso arrombar a porta.

Sigo até o quarto de casal e, para a minha irritação, começo a me perguntar se estou olhando para a cama onde ela pretendia dormir. O colchão gigante a teria engolido. Agora, se eu estivesse dormindo com ela...

Meu pau lateja só com esse pensamento. Nós na cama juntos. Mas ela teria que montar em mim. Eu não poderia só ficar por cima e ir com tudo. Não com a nossa diferença de tamanho. Eu não sou delicado na cama, e ela... precisaria disso. De ternura. Não é?

— E ela com certeza não vai conseguir isso com você — murmuro, esfregando a nuca, sem conseguir localizar a coceira que vem me atormentando.

Provavelmente só estou incomodado porque há uma prova que eu deveria ter à disposição e que foi roubada. Bem debaixo do nariz da polícia também.

Humm.

Ela pode parecer inocente, mas tem um lado rebelde, né?

Não pense nisso. Não pense no que esse lado poderia levá-la a fazer.

Tipo transar com um caçador de recompensas grosseiro e mal-educado nas férias dela.

— Não é meu tipo — repito, rouco, erguendo a câmera para tirar uma foto dos buracos de voyeur...

E paro. Inclino o queixo e me aproximo mais.

As bordas dos dois buracos estão voltadas para fora, em direção ao quarto.

Eles foram furados de dentro do vão.

— Caralho.

Oscar Stanley era um homem grandalhão. Teria precisado se contorcer muito para furar esses buracos sem estar dentro do vão. E, sim, tudo bem, por que ele precisaria de dois buracos se não planejasse olhar através deles?

Não estou nem perto de abandonar a teoria mais óbvia de que Oscar Stanley era um voyeur que espiava seus hóspedes, mas esse detalhe das bordas está me intrigando um pouco. Por mais que queira terminar esse trabalho o mais rápido possível, não sou nem nunca serei do tipo que deixa perguntas sem resposta ou encerra um caso com o dedo apontado para o suspeito errado só para acabar logo com a investigação.

De acordo com Paul, a polícia já falou com o pai que bateu na vítima, Judd Forrester. Ele nega ter matado Oscar Stanley. Só admitiu a surra de uns dias antes. Mas preciso falar com ele para determinar se está ou não falando a verdade.

Além disso...

Quem mais tinha — ou teve — acesso a esse lugar?

— Não sei, sei? — resmungo, descendo as escadas. — Porque não tenho a porra do livro de hóspedes.

Quando abro a porta dianteira, ela está me observando da janela da casa em frente, mordendo o lábio. Tenta sair de vista às pressas, mas balanço a cabeça e faço um gesto para ela vir até mim. Agora é a vez dela de balançar a cabeça. Sigo em frente até subir os degraus da sua varanda e bater na porta.

— Você vai me manter informada? — pergunta ela atrás da porta.

— Não.

— Eu realmente gostaria que me mantivesse informada.

— Esquece.

— Por favor?

Estou prestes a anunciar minha intenção de arrancar a porta das dobradiças com um chute, mas minha boca se fecha quando ouço as palavras "por favor". Não sei por quê. São só palavras, mas vindas dela me fazem suar. Quem diz não a essa mulher? Especialmente quando ela fala nesse tom de princesa cheio de esperança? O fato de eu continuar negando o que ela quer a deixa decepcionada. Consigo ouvi-la ficar cada vez menos otimista e... não gosto disso. Na verdade, decepcioná-la é como cravar cacos de vidro na minha barriga. Vou mesmo falar sim *só* para deixá-la feliz? Caralho, não sei. Mas me vejo muito relutante a fazer o contrário.

— Por quê? — pergunto, cruzando os braços. — Por que isso é tão importante para você?

Um segundo se passa, e então a porta se abre. Devagar. O rosto dela aparece na fresta, e me recuso a reconhecer que meu peito se aperta, acelerando meus batimentos cardíacos. Cacete, ela é linda. Suave. O tipo de mulher que faz um homem querer ser um herói.

Outros homens. Não eu, óbvio.

Ela olha para trás — checando se o irmão está por perto? — e, quando se vira para mim de novo, fala em um sussurro relutante que me obriga a me inclinar para a frente e contar os pontos dourados em seus olhos verdes.

— Eu não sou muito corajosa — diz, baixinho. — Sou muito sensível e nunca me arrisco. Mas vi um cadáver e não me transformei em pó. Fiquei calma e liguei para a polícia. Encontrei cobertores para Jude e para mim, dei um testemunho detalhado ao detetive Wright. Eu não tinha pensado muito sobre como reagiria em uma situação terrível dessas, mas achei que fosse chorar ou hiperventilar, ou ficar aterrorizada. *Definitivamente* pensei que faria as malas e voltaria correndo para casa. Mas não. Me surpreendi ficando por aqui. E acho que só quero ver o que mais posso fazer. — Ela me olha de baixo, os cílios parecendo subir e descer em câmera lenta. — Isso faz sentido, caçador de recompensas?

Ela ainda não sabe meu nome.

E que continue assim.

Porque estou prestes a perguntar se, quem sabe, ela não precisa de um cobertor *agora* também. Se ela dissesse meu nome, eu estaria ferrado. De alguma forma, sei disso tão bem quanto sei pilotar uma Harley. Porque, não vou mentir, a explicação dela parece ter aberto um buraco na minha barriga, e toda a minha irritação está se esvaindo por ele. Desapareceu. Estou só me perguntando quem caralhos disse a ela que não é corajosa. Seria uma satisfação matar essa pessoa.

— Você não está fugindo da minha cara feia, está? — Pigarreio, olhando para o fim da rua. — Me parece bem corajosa.

Quando me viro de volta, ela está sorrindo para mim.

Não um sorriso relutante. Um sorriso de orelha a orelha que me dá um soco no rosto.

— Hum...

— Você não é nem um pouco assustador — me informa ela, toda simpática.

— *Sou, sim!* — digo, num tom de voz alto, porque parece totalmente necessário.

É como se eu estivesse me preservando. *Estou?* O que aconteceu comigo nos últimos trinta minutos?

— Taylor, com quem você está falando?

A pergunta abafada do recém-chegado é seguida por passos que se aproximam por trás dela, até que vejo a figura de um homem esfregando os olhos e bocejando. Quando ele abre os olhos e me vê na porta, recua com um xingamento, surpreso.

— Caralho!

— Viu? — digo a ela, com um misto de satisfação e... vergonha, uma emoção com a qual não estou familiarizado.

Nunca passei por isso. Não até agora, aparentemente, quando essa mulher está prestes a perceber que eu sou a fera e ela, a bela.

Mas ela só continua sorrindo.

— Quer entrar e dar uma olhada no livro de hóspedes? — Ela abre a porta mais um pouco. — Acabei de fazer limonada.

Estou cedendo muito, então digo, de maneira enfática:

— Tenho cara de quem bebe limonada?

Entro na casa, e ambos recuam. O irmão — acho que ela o chamou de Jude — chega mais perto dela com um ar protetor.

— Aceito uma cerveja.

— Certo — diz ela, cutucando o irmão nas costelas. — Ele vai ajudar a gente a resolver o assassinato!

— Eu não disse que...

Mas ela já está saltitando na direção da cozinha.

Pelo amor de Deus, onde foi que eu me meti?

Capítulo 4

TAYLOR

Estendo a garrafa de cerveja para o caçador de recompensas, que franze a testa ao ver o rótulo.

— Foi mal. — Eu me sento de frente para ele na sala de estar. — Só temos essa.

— Sabor pêssego.

Ele vira a garrafa e lê a tabela nutricional, como se suspeitasse de uma pegadinha. Pela primeira vez desde que chegou, o cara não está *me* inspecionando com muita atenção, então aproveito a chance para retribuir o seu escrutínio. Com base na aparência, esse homem poderia ter saído do submundo do crime. Se sua expressão mal-humorada permanente não gritasse *vilão*, então o cabelo desgrenhado e as tatuagens desenhadas sem muito cuidado dariam conta disso, assim como as cicatrizes nos nós dos dedos e no pescoço.

Isso sem falar nas roupas que está vestindo. Botas imundas cobertas com substâncias suspeitas, jeans, uma camiseta preta que precisa urgentemente ser lavada — ou queimada — e pulseiras de couro marrons e gastas.

Sentado no sofá branco e macio e franzindo a testa para a cerveja sabor pêssego, o gigante — ele tem no mínimo um metro e noventa — parece comicamente deslocado. Ele deveria estar nos fundos de um bar de beira da estrada jogando sinuca, incitando a violência e causando um caos generalizado. Foi extraído desse cenário duvidoso e lançado em mais uma sala com temática náutica, cercado por lembretes refinados do oceano e almofadas cobertas com pequenos lemes.

Para todos os efeitos, ele deveria ser assustador.

E até seria, não fossem os pequenos indícios de que, na verdade, é o oposto disso.

É o que *eu* acho, pelo menos. Tenho certeza de que o pavor que ele inspira nos outros é plenamente justificado.

Quando informei ao caçador de recompensas que encontrei o corpo, ele ficou branco como um fantasma. Parecia prestes a vomitar bem ali na rua. Durante aqueles segundos fugazes, sua careta sumiu e ele passou para o modo protetor.

Me diga que você saiu da casa na hora, já que o assassino ainda podia estar na propriedade.

Ele estava preocupado comigo. Inesperadamente fofo.

E eu seria relapsa se não levasse em conta o seu sorriso.

Ao descobrir que estava certo e que eu sou, de fato, professora, trocamos um sorriso na rua, e ainda estou me sentindo... meio abalada. Na verdade, esse homem fica bem bonito quando sorri. Seus dentes, embora brancos e retos, parecem capazes de atravessar um cinto de couro ou triturar uma pedra, mas, quando ele sorri, é inegavelmente atraente. Atraente à sua maneira. Não é do tipo clássico. Não como os homens com quem geralmente saio. Homens de negócios certinhos, com unhas bem-feitas e um plano de carreira estruturado. Esses estão procurando a parceira ideal com quem comprar uma casa e ter filhos no futuro. Está tudo especificado nos nossos perfis de namoro. Só queremos pessoas que buscam relacionamentos sérios.

Eu me pergunto se o caçador de recompensas está em aplicativos de namoro.

Ele provavelmente estaria mostrando o dedo do meio na foto de perfil.

Todas as mulheres certas dariam *match* com ele. Almas aventureiras que querem sair voando estrada afora na garupa da sua moto e... quem sabe, comer mexilhões frescos em algum lugarzinho escondido que só os caras barra-pesada da área conhecem. Ou algo assim.

Meu último encontro foi numa lanchonete famosa pelos cheesecakes.

Não percebo que estou franzindo a testa para o caçador de recompensas até ele me lançar um olhar intrigado.

— Você já foi na Cheesecake Factory? — pergunto.

— Onde?

— Sabia. — Faço um esforcinho para ficar mais tranquila, gesticulando para que Jude se sente. Ele ainda está entre a cozinha e a sala, como se não soubesse se deveria ou não ligar para a polícia. — Bem. Gostaria de compartilhar suas primeiras impressões sobre a cena do crime?

Ele apoia a cerveja de pêssego na mesa de centro branca riscada, deslizando a bebida repulsiva para longe com a ponta do dedo.

— Não, tampinha. Não gostaria. — Ele pigarreia. — Enfim, vocês dois tecnicamente são suspeitos até que eu os descarte. Não seria muito sábio informá-los dos detalhes do caso.

— *Suspeitos?* — sibilo, incrédula. — Mas nós temos álibis. Nem estávamos em Cape Cod quando o assassinato aconteceu!

— Como vocês têm álibis se a hora da morte ainda não foi determinada?

Eu me calo, sem saber o que responder. Preciso começar a prestar mais atenção em *Gravado em Osso*. Trabalhar nos meus planos de aula enquanto escuto o podcast claramente me fez perder algumas lições importantes.

— Acho que acabei presumindo com base no cheiro de decomposição.

— Veremos. A polícia de Barnstable está pegando a gravação da câmera do pedágio para checar se vocês não chegaram aqui antes. — O caçador de recompensas alonga os ombros. — Onde está o livro de hóspedes?

Agora que ele me chocou nos chamando de suspeitos, sinto uma vontade forte de retribuir o favor — surpreendê-lo para que ele saiba que não está lidando só com uma viciada em podcasts atrapalhada. Fui professora na pandemia, cacete. Isso praticamente me qualifica para ser candidata a presidente. Um pouco surpresa com esse novo brilho de confiança, eu me empertigo.

— Por acaso você reparou nas bordas dos buracos?

Ele ergue a cabeça depressa. Rá! Então *reparou*. E enquanto ele me fuzila com o olhar, curioso e irritado, *eu* reparo que seus olhos são uma mistura linda de castanho e verde-musgo. Por que acho a combinação tão agradável e hipnotizante?

— Você voltou lá depois da noite que descobriram o corpo, não voltou? — pergunta o caçador de recompensas.

— Claro que ela não voltou lá, a casa está cercada por fitas de isolamento — aponta Jude, no meio de um bocejo.

— Sim, e eu a coloquei de volta no lugar, exatamente como a encontrei — explico, esperando que meu tom alegre faça o ato parecer menos ilegal. — É mais do que posso dizer sobre algumas pessoas.

Jude encosta o ombro na parede, pasmo.

— Você realmente voltou lá sem me avisar? *Sozinha?* — Ele me examina atentamente, meio impressionado, meio horrorizado. — Não é do seu feitio fazer isso, T.

De repente, fico meio agitada.

— Eu sei.

Agora os dois estão me olhando como se eu fosse um inseto sob um microscópio. Meu irmão tem total razão, isso não é do meu feitio. Amo um quebra-cabeça? Um mistério? Sim. Adoro concluir debates ou discussões com uma resolução. Nada de deixar pontas soltas. Mas essas qualidades geralmente são empregadas em jogos de *Detetive*. Não sou o tipo de pessoa que invade uma cena de crime. Mas o que eu disse ao caçador de recompensas é verdade — eu me surpreendi com a minha reação ao me deparar com o corpo de Oscar Stanley. Fui tomada por uma calma meio estranha, que apaziguou meus batimentos cardíacos, e comecei a operar na corda bamba da adrenalina. Estou completamente desperta. Notando cada detalhe. Não quero perder essa sensação. Quero continuar explorando essa descarga de confiança que fez eu me sentir tão... durona.

Talvez não vá durar muito.

Talvez eu só esteja interpretando o papel de uma pessoa corajosa.

Mas eu queria muito descobrir a verdade.

— Desculpa, Jude. Eu te conto da próxima vez.

Meu irmão me encara fixamente, achando graça.

— Da *próxima* vez?

— Não vai ter próxima vez — afirma o estraga-prazeres de voz rouca, também conhecido como caçador de recompensas. — Me dê logo o que preciso para eu poder ir embora.

Eu o ignoro, ainda falando com meu irmão, porque não terminamos nossa conversa.

— Prometo não deixar isso interferir nas suas férias. Quero que você volte para casa relaxado.

— Nós dois precisamos relaxar, tá? — diz Jude calmamente. — Não só eu.

— Eu sei, é só que... *aquilo.*

— Aquilo. É, eu sei.

Um silêncio se instaura na sala. O caçador de recompensas franze a testa para nós dois.

— Vocês estão falando em código?

Jude dá uma risadinha.

— Deve parecer, né? — Ele se afasta da parede e vem para a sala, desabando do outro lado do sofá onde está o caçador e cruzando a perna na altura do joelho. — Minha irmã gastou boa parte do dinheiro que estava juntando nessas férias... apesar dos meus protestos, devo acrescentar... porque eu perdi alguém próximo.

O homem rabugento faz um esforço para mostrar solidariedade.

— Sinto muito.

As palavras parecem deixar gosto de água de banheira velha na sua boca.

— Está tudo bem, era hora. — Jude suspira, olhando para as mãos. — Bartholomew chegou aos vinte e dois.

A careta do caçador de recompensas se intensifica.

— Vinte e dois?

— Bart era um panda. Eu sou cuidador de pandas.

— Você é mais que isso — digo, tentando sem sucesso esconder o orgulho que sinto por ele na voz, porque não quero envergonhá-lo.

Sou especialista em constranger meu irmão. Quando chamaram o nome dele na formatura da faculdade, eu pulei na cadeira e gritei mais alto que todo mundo. Estava chorando tanto que derrubei um tocador de tuba e torci o tornozelo. Nunca suba numa cadeira de plástico barata usando saltos altos.

— Pandas abandonados ou que precisam de resgate são levados para o santuário de animais onde Jude trabalha — explico. — Alguns são tão novos que ainda não aprenderam a sobreviver sozinhos. Então Jude se veste de panda e os ensina.

— Você se veste de panda?

— Sim. Eu os ensino a procurar comida, comer, escalar e socializar com os outros pandas. — Jude dá uma piscadinha para o homem do outro lado do sofá. — Fico ótimo na fantasia.

— Bartholomew era meio que... meio que o pai da floresta, né? — Dou batidinhas nos meus olhos marejados. — Ele era um tanto desagradável, tipo você, caçador de recompensas, mas, depois que Jude educou os novatos, Bart começou a gostar mais deles.

— Sinto informar, mas nenhuma merda dessas vai acontecer aqui. — Nosso convidado parece estar contemplando a cerveja sabor pêssego com puro desespero. — Sou um caçador de recompensas, e vocês estão entre as pessoas mais esquisitas que já conheci. — Ele fica em silêncio por um momento, depois olha para Jude. — Você come mesmo as folhas?

Meu irmão dá um sorrisinho.

— Eu não engulo.

O caçador de recompensas fica desnorteado e aponta para mim abruptamente.

— Livro de hóspedes. Agora.

— Tá bem, tá bem. Está lá em cima. — Ninguém jamais demorou tanto para se levantar de uma cadeira. — Vou pegar agora. Mas aproveitando que ainda estou aqui na sala... — Um passo em direção à escada. Pausa. — Você não me parece mais tão confiante na teoria original do pai caminhoneiro.

— Só estou fazendo meu trabalho direito. — Ele coça o bíceps, distraído, me dando uma visão mais completa das tatuagens. Uau. Tem um esqueleto com olhos em chamas. — Mas a teoria original ainda se sustenta. Até onde sabemos, ninguém mais tinha um motivo para matar Oscar Stanley.

— Bem, isso era o que *eu* pensava.

— Mas aí a gente passou dois dias nessa rua — diz Jude, arrastando as palavras.

— E conhecemos alguns dos moradores. Pode-se dizer que um deles se destacou. — Agito os dedos na direção do meu irmão. — Mostra pra ele, Jude.

— Não quero que ninguém me mostre nada — reclama o caçador de recompensas.

Eu o calo com um *shhh*.

Ele me encara, boquiaberto.

O dedo de Jude se move sobre a tela do celular, localizando o aplicativo de música. Ele dá play na primeira da lista, e Bleachers começa a sair do alto-falante bluetooth que fica na cornija da lareira. Após um aceno meu, Jude coloca o volume no máximo — e, atendendo à deixa, ouvimos um estrondo vindo lá de fora. Uma porta batendo com força. E então a parede de nossa casa alugada é golpeada com um cabo de vassoura.

— Esse é o Sal — informo ao caçador de recompensas. — Nosso vizinho. Ele também faz isso quando nossa chaleira apita e quando eu... — Ótimo. Estou vermelha. — Quando eu canto no banho.

Será que detecto um leve tremor nos lábios do malvadão tatuado?

Esse princípio de sorriso desaparece quando Sal começa seu esporro.

— Abaixem isso aí! Consigo ouvir a música através das paredes! Isso aqui era pra ser uma comunidade tranquila, e vocês vêm pra cá e estragam tudo, seus hóspedes de merda! *Estou cansado dessa merda!* — É aí que ele começa a esmurrar de verdade a casa. — Eu queria matar os filhos da puta que deixam isso acontecer. E o meu direito a ter paz na minha própria casa, caralho?

Jude desliga a música, joga o celular no ar, pega o aparelho e o guarda no bolso, como um pistoleiro no Velho Oeste.

— Tem que ver só como o Sal fica quando a Taylor canta qualquer uma da Kelly Clarkson.

— Ele tem algum gatilho com "Since You've Been Gone" — acrescento, ficando toda arrepiada. — Mas, claro, pode ser só porque sou eu cantando. Pareço um gato engasgado.

— Não parece, não — protesta Jude. — Você é incrível.

Meus olhos enchem de lágrimas de novo.

— Obrigada.

O caçador de recompensas joga a cabeça para trás e suspira para o teto.

— Jesus Cristo.

Dou um passo muito lento em direção à escada.

— Você não vai dizer mais nada sobre o Sal?

— Fiz uma anotação mental — responde ele, com os dentes cerrados. Parece prestes a continuar a frase, mas Sal pelo visto não terminou seu discurso.

Do lado de fora da janela da cozinha, nosso vizinho temporário berra:

— Fale para aquela vagabunda fechar a janela quando cantar, senão vai quebrar todos os espelhos na casa!

Nunca vi alguém se mover tão rápido. Num momento, o caçador de recompensas está sentado. E aí um brilho perigoso toma os seus olhos — tão perigoso que me dá um calafrio. Um instante depois, ele está de pé, saindo da casa enfurecido e descendo os degraus da varanda. Sal solta uma exclamação abafada seguida por palavras baixas e ininteligíveis do caçador de recompensas.

Jude e eu nos encaramos de queixo caído.

— O que ele está fazendo? — sussurra meu irmão. — Quem *é* esse cara?

Não tenho chance de responder, porque nosso convidado está voltando para dentro da casa com a mesma fúria de antes, batendo a porta com força suficiente para chacoalhar as dobradiças.

— Livro de hóspedes. Agora.

Corro para a escada e subo dois degraus por vez.

No último, tropeço. Quando dou uma olhada para trás, para ver se alguém testemunhou meu estabaco, engulo um grito silencioso. O caçador de recompensas está bem atrás de mim, e eu nem o ouvi se mover. Com um olhar fulminante, ele envolve minha cintura com as mãos de gorila e me levanta.

— Continua.

— Tá — digo, a voz esganiçada.

Ele me segue até o corredor e o quarto de casal. Sinto meus batimentos latejarem em meus tímpanos e jugular. Meu biquíni e shortinho eram apropriados lá embaixo, a poucos passos da praia de Cape Cod, mas agora? No quarto luxuoso e convidativo — com temática náutica, claro —, sinto de repente que estou vestida de forma casual demais, exposta, e arrepios brotam em cada centímetro da minha pele.

Envergonhada, eu fico na defensiva.

— Você não precisa ficar me seguindo. — Eu me ajoelho diante da mala e franzo a testa para ele por cima do ombro. — Estou pegando o livro.

Ele assoma sobre mim como um arranha-céu.

— Você estava enrolando.

Afasto as revistas de sudoku que trouxe e procuro o livro de hóspedes. Seria muito mais simples se abrisse a mala, mas minha calcinha sexy está no compartimento de rede e acho que morreria se esse homem a visse.

— O que você disse ao Sal? — pergunto.

— Não se preocupe com isso.

— Hum... Taylor. Está tudo bem aí? — Jude chama lá de baixo. — Vou subir.

— Não precisa! — exclamo. Tenho uma certeza estranha, possivelmente descabida, de que esse homem não vai me machucar? Sim. Ele é imprevisível quando se trata de qualquer outra pessoa? Também. A última coisa que quero é colocar Jude em perigo. — Só estamos conversando. — Umedeço os lábios, procurando um jeito de tranquilizar meu irmão. — Jude. *Cocos.*

— Invente um código um pouco menos óbvio, tampinha — resmunga o caçador de recompensas, se ajoelhando ao meu lado. Antes que eu consiga impedi-lo, ele escancara minha mala. E lá está ela: minha calcinha vermelha de renda. Bem no meio da mala, impossível não ver.

Não entre em pânico.

Talvez ele seja educado e a ignore.

— O que é isso? — pergunta, cutucando-a com o dedo bruto.

— É uma... Você sabe o que é!

Ele olha da minha mala para a cômoda.

— Por que não a tirou da mala com o resto das suas coisas?

Meu rosto está mais vermelho que a calcinha agora.

— Eu não... sabia se ia precisar dela.

Ele compreende.

— Você trouxe caso conhecesse alguém.

Faço questão de ficar calada. Após fuçar a mala mais um pouco, toda nervosa, entrego o livro de hóspedes para ele. Só que agora o caçador de recompensas não parece mais tão interessado em pegá-lo e ir embora. Está me observando sob aquelas sobrancelhas espessas.

— Você tem calcinhas de transar?

— Não — respondo depressa. — Eu teria que transar usando ela pelo menos uma vez pra chamá-la assim.

Por quê?

Por que eu disse isso?

Podemos, por favor, avançar até o final da minha vida?

— Você vai a encontros, não vai? — Ele não vai mudar de assunto? Há poucos momentos estava doido para sair daqui, por que agora está querendo conversar? — Deve ir a muitos.

— Por que você acha isso?

Ele revira os olhos.

— Ah, vamos ficar fazendo joguinhos?

— Joguinhos?

— Vai fingir que não sabe que é linda só pra arrancar um elogio de mim. É isso que você quer, tampinha? — A risada dele é tensa. — Não vai acontecer.

Não vou destacar que ele acabou de dizer que sou linda.

O que significa que *já* me elogiou.

Isso seria imaturo.

— Eu saio, sim. Mas não toda hora. Vez ou outra.

Por acaso há uma fina camada de suor na testa dele que não estava ali um momento atrás?

— E nunca teve a chance de usar sua calcinha de transar.

— Pare de chamá-la assim. — Dou um tapa forte no ombro dele, mas meu ataque não o faz se mover nem um centímetro. — Eu não sou virgem, só... exigente. Extremamente exigente. É por isso que vou ficar sozinha pra sempre.

Ele absorve as palavras com uma expressão indecifrável.

— Deixe-me adivinhar. Você quer um homem que usa terno e meias estampadas para trabalhar e que lê o caderno de economia do jornal no café da manhã enquanto murmura "sim, querida, não, querida" que nem um robô.

— Está tirando conclusões precipitadas.

Ele dá um sorrisinho convencido.

— Estou errado?

É o quê de desafio em seus olhos que me leva para além da cortesia rumo a um território inexplorado. Talvez encontrar o corpo do pobre do Oscar tenha me trazido até aqui também. Um lugar de clareza. Não tenho certeza. Mas, ajoelhada no chão ao lado desse gigante, ouço aquelas vozinhas na minha mente. Pessoas ao longo da minha vida, amigos da faculdade, colegas e especialmente meus pais me dizendo que sou muito certinha. Que nunca me arrisco. Até meus alunos do segundo ano gostam de apontar minhas peculiaridades. Riem de como eu verifico a temperatura do café com o mindinho antes de tomar um gole — mesmo depois de cinco ou seis goles. Só pra ter certeza. Envio grupos para procurar crianças que ficam mais de cinco minutos no banheiro, como uma mãe ansiosa. E não estou dizendo que o contato recente com um assassinato me transformou numa nova Lara Croft nem nada, mas nos últimos dias me senti mais ousada e mais no controle do que *nunca*.

Um cara intimidador não vai me tirar do eixo.

Além disso...

Nem sempre eu *quis* fugir de todos os riscos. Não em todos os aspectos da minha vida.

Sempre tive um tanto... talvez mais do que um tanto... de desejo por um pouco de... emoção.

— Acho que não me incomodaria com um homem que usa terno e essas meias e lê o caderno de economia. Não, seria bom. Contanto que na cama ele não me tratasse como se eu fosse de porcelana. — Meu Deus, é incrivelmente satisfatório ver o sorrisinho sumir do rosto dele. Gostou, maromba? — É aí que entra a parte da exigência. Parece que não posso ter os dois. Por um lado, gostaria de um homem com um bom emprego e que quer ter uma família um dia. Por outro, eu só gostaria de ser tratada de um jeito meio rústico de vez em quando. De alguém que, tipo, só me jogasse na cama e mostrasse quem está no comando, sabe? É pedir demais? Mas nas três ocasiões em que saí com um homem por tempo suficiente para… para *chegar nos finalmentes*, eles insistiram em me tratar com respeito na cama. Foi muito decepcionante. Zero estrela. Eu não recomendaria.

A camada de suor na testa dele está bem mais óbvia agora.

Assim como seu completo choque.

Eu *gosto* do meu novo eu ousado. Acabei de deixar um caçador de recompensas sem palavras!

E ainda tenho quatro dias de férias!

— Pronto. — Dou um tapinha no ombro enorme dele. — Aí está o seu livro. Hora de ir.

— Livro? — pergunta ele, rouco.

— O livro de hóspedes. — Esse é o melhor dia da minha vida. — Que você está segurando.

— Certo.

— *Talvez* te interesse saber que, antes do grupo de garotas que ficou lá na semana passada, a casa não era alugada desde o último verão. — Me apoiando na beira da cama, eu me levanto. — Porque o próprio Oscar morou lá por dez meses.

— É mesmo? — murmura o caçador de recompensas.

Está encarando meu umbigo como se fosse ele que estivesse falando. Eu poderia fingir que não gosto dessa atenção, mas acho que não tem mais jeito. Eu já o achava atraente antes, apesar desse seu ar grosseirão. Agora, ali no quarto, após dar detalhes bem pessoais sobre meus desejos sexuais, uma intimidade cresce entre nós. Potente. Visceral. E não consigo evitar. Não tenho como impedir meu corpo de reagir a ele. Porque esse homem *definitivamente* não é a pessoa que estou procurando para construir uma família, mas aposto que ele me daria o prazer físico que eu nunca consegui encontrar. Ou pelo menos chegaria perto. Estou começando a achar que tesão combinado com amor e respeito de verdade só existe em filmes e livros.

O olhar dele desce até o zíper do meu short, aproximando-se lentamente do início das minhas coxas. Ele umedece os lábios. O ar nos meus pulmões evapora. Ai, meu Deus, o que vai acontecer? Nada. Nada pode acontecer. Certo? Estamos no meio do dia, e meu irmão está lá embaixo.

Pelo visto eu sou a única fazendo uma lista de prós e contras, porque o caçador de recompensas estende a mão e segura o cós do meu short, o calor do seu toque queimando meus quadris, e me puxa tão rápido que eu tropeço. Seu hálito quente toca meu umbigo, e eu enfio a mão no seu cabelo, entrelaçando-o nos dedos, um *frisson* me atravessando como uma cascata vertiginosa. E então ele me *lambe*. Lambe minha barriga nua de um lado do quadril ao outro. Em seguida, morde a lateral da minha coxa — com força suficiente para me fazer ofegar.

— É Myles — diz, rouco. — Meu nome é Myles.

— Myles — suspiro, meus joelhos prestes a cederem.

— Taylor! — grita Jude lá de baixo, começando a soar apreensivo. — Está tudo bem aí?

— C-cocos — tento dizer, mas a palavra sai toda enrolada, o que faz o caçador de recompensas hesitar.

Com um suspiro trêmulo, ele se levanta e me observa de cima, com os olhos semicerrados. Toma meu queixo na mão e o ergue, esquadrinhando cada centímetro do meu rosto.

— Você pode se sentir insatisfeita por ser tratada com luvas de pelica. Mas… pelo menos experimentou afeto. Eu não tenho isso em mim. Nem um pingo. Acredite, você se sentiria bem pior se a gente dormisse junto. Ser respeitada é melhor do que sexo sem sentimento algum. E é isso que eu te daria.

— Talvez seja isso que eu queira.

As pupilas de Myles se dilatam um pouco mais, e ele dá um passo à frente e me observa, os dedos deslizando até o meu cabelo e prendendo-o com delicadeza no punho.

— Cacete, e eu adoraria te dar isso. Aquele colchão nunca mais seria o mesmo se você colocasse aquela calcinha vermelha pra mim. Mas é a pior ideia que eu tive em anos e, vai por mim, ainda estou pegando leve, tampinha. — Com um esforço evidente, ele solta meu cabelo e se afasta, passando a mão na boca aberta. — Fique longe de confusões, Taylor. Estou falando sério.

Isso significa que ele não vai voltar?

Concordo com a cabeça, distraída, tentando esconder minha imensa decepção por ele não estar mais me tocando. Meu corpo está quente e exposto, e estou toda contraída nos lugares mais íntimos. E ele vai embora. Meu cérebro diz que não há outra escolha. Myles tem razão. Não posso só ter um casinho com um caçador de recompensas, um cara mal-educado, que parece — e age — como se tivesse acabado de escapar do inferno. Talvez eu esteja superestimando minha capacidade de ter um caso impulsivo? Talvez só esteja empolgada por causa de toda essa onda de coragem, mas na verdade não nasci para ter sexo casual?

— O vizinho não vai te incomodar de novo. Cante Kelly Clarkson na altura que quiser.

Ele parece se sentir idiota por dizer isso, xingando baixinho e se virando para sair do quarto. Um momento depois, a porta bate lá embaixo. Sem pensar, vou até a janela e observo Myles subir na moto — uma Harley Davidson, reparo agora — e colocar o capacete. Ele ergue o olhar para mim e liga o motor com um chute, e, nossa, tenho que cruzar as pernas de tão intensa e prolongada que é a pressão que sinto entre as coxas.

Finalmente, ele rompe o contato visual e sai rugindo pela rua.

Caio na cama e encaro o nada, tentando fazer minha libido voltar ao seu nível normal e razoável. Tem alguma coisa estranha no quarto, e passo um bom tempo sem saber o que é. Até que Jude entra para conferir se estou bem e eu automaticamente estendo a mão para fechar a mala, para não ter que explicar minhas compras frívolas pela segunda vez no mesmo dia.

E é aí que percebo que minha calcinha vermelha sumiu.

O cartão de visitas de Myles está no lugar dela.

Capítulo 5

MYLES

Estou deixando alguma coisa passar.

Não sei bem o que é, mas vou saber quando encontrar.

É sexta-feira de manhã, logo após o amanhecer, e estou de volta à casa de Oscar Stanley. Ontem à noite, fui a Worcester para fazer meu próprio interrogatório com Judd Forrester, o caminhoneiro que atacou Stanley, mas ele estava fora, a trabalho, e só vai voltar no final da tarde. No meu quarto na pousada, ontem à noite, criei uma linha do tempo preliminar, verifiquei os antecedentes dos vizinhos na Coriander Lane e de quaisquer colegas de Stanley do correio — ainda que pelo visto ele fosse um cara solitário. Examinei o livro de hóspedes e determinei que, sim, Taylor tinha razão: Stanley tinha morado na própria casa por dez meses antes da chegada do grupo de garotas. Nunca teve problema nenhum com locatários. Todas as avaliações eram positivas.

Mas tem alguma coisa... estranha. Não consigo identificar o quê.

Jogando um antiácido na boca, ando de um lado para outro na sala de estar, meus olhos desviando em direção à casa de Taylor. E não é a primeira vez. Longe disso. Mais algumas viagens até essa janela e vou abrir um buraco no assoalho.

Metade de um dia se passou desde que lambi a barriga macia e queimada de sol dela, e meu pau ainda está semiereto. Nossa, a mulher tinha gosto de maçã do amor. Claro que a mordi.

Aposto que ela teria se acomodado ao meu redor como caramelo derretido.

Pare de pensar em como ela sussurrou seu nome. Como estremeceu. Definitivamente não pense na calcinha dela que está contigo desde ontem.

Caralho. Como essa mulher se entranhou na minha cabeça tão rápido? Porque é aí que ela está. Não tenho problema algum em admitir. Se fosse só tesão, eu a teria jogado na cama ontem e lhe dado exatamente o que pediu. *Eu só gostaria de ser tratada de um jeito meio rústico de vez em quando. De alguém que, tipo, só me jogasse na cama e mostrasse quem está no comando, sabe?*

Porra.

Não é fácil me deixar surpreso, mas por *essa* eu não esperava.

A professorinha intrometida quer um sexo bruto.

Sair do quarto depois que ela admitiu isso para mim foi um inferno. Pura tortura. Porque sexo bruto é o único que sei fazer. Mas a minha intuição aparentemente não funciona só em questões relacionadas a crimes. Não, meu instinto me disse para ir embora rápido daquele quarto, senão eu nunca mais ia querer sair — e isso não vai acontecer.

Tenho um crime para resolver aqui.

Foca no trabalho, porra.

Se o passado me ensinou alguma coisa, é que distrações levam a erros. Sei muito bem o que pode acontecer, as vidas que podem ser destruídas, quando um detetive perde o foco. Posso ter entregado meu distintivo há três anos, mas, para todos os efeitos, *neste* caso, sou, sim, um investigador. Peguei *um* caso para ajudar um velho amigo. Se não conseguir solucionar um único crime sem cometer um erro, eu jamais deveria ter me formado na Academia.

Foco.

Com uma última olhada para o outro lado da rua, saio e vou até a casinha no jardim dos fundos. Procuro a ferramenta usada para abrir aqueles buracos, esperando ter alguma ideia de há quanto tempo eles estão lá. Mas não há nada. Nada exceto cadeiras de praia e um pneu de bicicleta furado. Uma caixa de ratoeiras.

Volto à casa e imediatamente paro.

Uma melodia.

Tem alguém cantarolando. Uma mulher. E tenho um bom palpite de quem é a dona da voz.

Virando na sala de estar, encontro Taylor de quatro, usando a lanterna do celular para fuçar embaixo do sofá.

— Procurando algo?

Ela solta um grito, que por sorte é interrompido no meio quando ela vê meu reflexo na janela atrás do sofá. Com a mão apertada contra o peito arquejante, Taylor se vira e desaba contra o móvel listrado de azul e branco.

— Não vi sua moto lá fora.

— Estacionei na esquina.

— Por quê?

— Pra você não vir correndo me azucrinar.

Isso é uma mentira deslavada. Parei para tomar um café ali e era um trajeto curto até a casa, então não valia a pena ligar a moto de novo.

— Ah — disse ela, os cantos da boca se curvando para baixo. — Entendo.

Quase conto a verdade para ela. Quase. Só para ela parar de franzir a testa. Em quem estou me transformando?

Com certeza não no tipo de pessoa que quer lhe dizer que ela está bonita com esse macacão azul ou seja lá qual for o nome do que ela está usando.

— O que está fazendo aqui, tampinha?

Ela faz um muxoxo em vez de me responder.

— Por que você está tão determinado em nos transformar em inimigos? Me acha irritante mesmo ou alguma outra mulher branca de classe média de Connecticut te magoou e você está descontando em mim?

— Acho você irritante mesmo.

Estou mentindo de novo. Na verdade, acho ela bem engraçada. E persistente.

E bonita pra caralho. Não posso me esquecer disso.

— Obrigada pela honestidade. — Ela se levanta, limpando a sujeira do short, que está costurado à blusa da mesma cor. Como se chama esse negócio mesmo? Macaquinho? E qual é o jeito mais fácil de tirar esse treco? — Sabia que muitas amizades começam porque duas pessoas têm um inimigo em comum? É assim com a gente. Estamos unidos contra quem quer que tenha assassinado Oscar.

— Eu trabalho sozinho. Não estamos unidos em nada.

— Certo, mas nós dois queremos a mesma coisa. Temos algo em comum. Meus alunos criam laços porque odeiam a lição de casa. Uma hora percebem muitas outras coisas que têm em comum. — Ela bate palmas de repente. — Vamos fazer uma dinâmica para estimular o trabalho em equipe. Cada um deve dizer algo de que desgosta. Vamos lá, no três.

Consigo imaginá-la na frente de uma sala de aula, exigindo atenção das crianças. Animada, envolvente e criativa. Ela provavelmente é incrível no que faz.

— Eu não quero…

— Um. Dois. Três. Gente que espirra gritando.

— Já disse que não quero… — Uma risada cresce no fundo da minha garganta e quase sai pela boca. — O que você disse?

— Gente que espirra gritando. Pessoas que sentem a necessidade de fazer um escândalo enorme por causa de um espirro e tiram dez anos de vida de todo mundo ao redor. Eu desgosto muito disso.

— Você não consegue só dizer *odeio*, né?

— Eu não permito essa palavra na minha sala de aula.

— Não estamos na sua sala de aula — lembro.

Mas eu gostaria de vê-la nesse cenário.

Só um vislumbre, sem nenhum motivo em particular.

— Tenho que praticar. — Ela contorna a mesa de centro e vem na minha direção, e reparo nas marquinhas de biquíni nos seus ombros por baixo das alças da roupa. Fico me perguntando onde mais ela está com marquinha. Nos quadris? Seios? Aposto que há um triângulo virado para baixo entre as coxas dela. Merda. — Você com certeza precisa ser muito grosseiro para ser um caçador de recompensas. Deve estar praticando isso, né? — Eu não respondo. Principalmente porque o cheiro de maçã está ficando mais forte e atrapalhando minha habilidade de formular palavras. — Você gosta do seu trabalho?

— É só um trabalho.

— Um trabalho violento. Assustador.

Não tenho como discordar, então só assinto, me perguntando aonde ela quer chegar com isso. Fico esperando a próxima palavra sair daqueles lábios rosados como uma recompensa, quando eu deveria na verdade jogá-la por cima do ombro, carregá-la até a casa do outro lado da rua e mandá-la ficar lá.

— Você já encontrou alguém e quis deixar a pessoa escapar?

— Não.

— Nunca?

— Uma vez. — Eu disse isso em voz alta? Não tinha intenção de contar isso a ela. Nem mais nada. O plano era ser o mais desagradável possível até ela ir embora e encontrar algum lugar seguro para aproveitar as férias. De preferência, bem longe de uma investigação de homicídio. — Eu deixei uma pessoa escapar uma vez.

— Sério? — sussurra ela, como se estivéssemos compartilhando um segredo.

Eu não deveria querer essa sensação de não estar sozinho. Normalmente a solidão não me incomoda. Até gosto dela. Mas devo ter tido um momento de fraqueza. Ou talvez esteja cansado após fazer tantas buscas na internet ontem à noite. Porque me vejo... *conversando* com a professora. De um jeito que não converso com ninguém há muito tempo. Anos.

— Uma mãe com três filhos. Ela... ficou com medo de aparecer no tribunal porque o pai das crianças ameaçou ir até lá, criar uma confusão e ir embora com as crianças. Puni-la por sair de casa. Alguém provavelmente a entregou para a polícia depois, mas não consegui.

— O que você fez com ela?

— Nada. — Taylor me encara até eu ser obrigado a preencher o silêncio. — Não sei o que aconteceu depois que os levei para o abrigo.

Os olhos dela se suavizam até ficarem com um tom diferente de verde, como algo que só se encontra numa floresta tropical, e me vejo me aproximando demais, tentando determinar a tonalidade exata. Por que ela está me olhando assim? Eu queria ser frio, passar um ar de desdém, não a deixar emocionada.

— Como é dar aula? — pergunto entre os dentes, só para tirar o foco de mim, e não porque quero saber mais sobre ela.

— Eu amo — responde Taylor em voz baixa. — E só tive que entregar uma das crianças para a polícia por não comparecer ao tribunal.

Solto uma risada e um grunhido ao mesmo tempo. É um som horrível, rouco, mas a faz abrir um sorriso — um sorriso que estou analisando com atenção demais. Eu me aproximo devagar, me perguntando qual seria o gosto dele. Me perguntando como se abre esse macaquinho ou se devo apenas rasgá-lo no meio.

— Viu? — murmura ela. — Você riu. Não devo ser uma companhia tão ruim assim. Vamos tentar de novo. Diga algo de que você desgosta no três.

Eu sabia. Ela estava me embalando numa falsa sensação de segurança.

— Não — rosno.

— Um, dois...

— Chaves Allen — quase grito.

Ao mesmo tempo, ela diz:

— Pessoas que ficam rondando o balcão no Starbucks e encarando o coitado do barista com impaciência, como se ele não estivesse se esforçando ao máximo para fazer o pedido logo. Sinceramente, é... — Ela então arqueja e arregala os olhos. — Espera, você disse chaves Allen? Eu desgosto delas também! Tenho uma gaveta de tralhas cheia delas porque me sinto culpada de jogar fora! Isso é maravilhoso. Olha só pra gente, uma dupla de investigadores criando laços.

— Nenhuma parte dessa frase é remotamente verdadeira. — Ver a expressão desanimada dela é como ser mordido por um jacaré. Antes que eu consiga evitar, me vejo suavizando o tom. Dando um passo para perto. Inspirando seu cheiro de maçã como se o estivesse armazenando para o inverno. — Olha, tenho um pressentimento estranho sobre esse caso e não quero... tipo... você perto disso. Então...

Taylor hesita por um instante.

— Não me quer perto do quê?

Ela está cutucando coisas que não quero que cutuque.

— Perigo.

Como ela pode parecer tão confusa se eu basicamente já disse com todas as letras? Como posso deixar ainda mais claro que vê-la perto de ameaças em potencial me dá náusea?

— Eu sou uma mulher adulta e capaz. *Eu* escolho os riscos que quero correr.

— Não. — Balanço a cabeça. — De jeito nenhum.

— É difícil criar laços com você — afirma ela, como se estivesse sendo estrangulada. — Tá bom. — Antes que eu entenda o que está fazendo, Taylor se afasta de mim, levando seu cheiro de maçã consigo. — Vou te deixar em paz por enquanto...

Enquanto caminha para a porta, ela pisa numa tábua do assoalho, e é sutil, *muito* sutil, mas uma ponta da madeira se ergue como se não estivesse colada por completo. Infelizmente, Taylor também nota.

Ambos disparamos em direção ao pedaço solto de madeira, puxando-o juntos...

E encontrando um envelope branco fino.

TAYLOR

O choque me faz cair de bunda no chão.

Quem encontra uma tábua solta com um envelope escondido embaixo? Na vida real?

Isso não acontece nem em *Gravado em Osso*.

A não ser que *aconteça* e o público nunca descubra porque a pessoa que encontra uma carta escondida é a próxima vítima. Vamos abrir esse envelope e encontrar um discurso longo e debochado, estilo Sam Berkowitz?

— Que porra é... — murmura Myles, estendendo a mão para tirar o envelope do esconderijo. Ele nem consegue disfarçar a preocupação quando olha para mim. — Você realmente deveria ir embora, Taylor.

Ele provavelmente tem razão. Isso está ficando sinistro.

Encontrei um corpo a menos de trinta metros daqui e, para ser sincera, fiquei com uma sensação estranha desde que vi os buracos de voyeur. Eu deveria estar curtindo férias tranquilas com meu irmão, mas, em vez disso, sinto que estou me embrenhando cada vez mais numa situação desconhecida.

Mas não estou surtando. Só meio assustada.

E, mais uma vez, o mundo não está acabando.

Talvez eu seja tão corajosa quanto os outros. Ou mais.

Nunca saberei se fugir agora. Vou voltar a ser a velha Taylor, sempre na zona de conforto, confiável, focada na rotina, em busca de um companheiro estável, igualmente confiável e focado na rotina. Ou posso ficar aqui e descobrir o que há no envelope.

É claro que tenho que ficar.

Talvez até possa enviar um e-mail ao *Gravado em Osso* sobre isso. A não ser que no envelope tenha uma lista de supermercado que acabou deslizando pelas frestas de uma tábua solta. Mas algo me diz que não é o caso. Quando Myles puxa o papel e o desdobra para ler o conteúdo, sua boca se contrai numa linha séria, e minha teoria se confirma.

Com certeza é alguma coisa.

Myles começa a enfiar o papel no bolso da camisa sem nem mostrá-lo para mim — e, aham, de jeito nenhum. Agora que tomei a decisão de ficar e investigar, ele não vai me privar da oportunidade de processar novas evidências. Eu avanço bruscamente para a frente, pulando em seu colo para alcançar o papel. E Myles não está esperando por isso. Ninguém que me conhece esperaria também, mas tenho certeza de que meus alunos estariam dando gritos de comemoração.

Arranco o papel dos dedos grossos dele em pleno ar — um ato em que *realmente* não pensei direito. Não completamente. Porque aterrisso de cara nas coxas dele com um *uff*. Sabendo que devo ter só três segundos antes que ele puxe a evidência de novo, examino as palavras escritas às pressas no papel o mais rápido possível.

Você vai cair comigo.
Todo mundo vai saber quem você é.
Eu sempre soube, mas não guardarei esse segredo por muito tempo.

Termino de ler a última frase ameaçadora quando Myles se move, estendendo o braço por cima de mim para pegar o papel de volta, e eu rolo para a direita, caindo do colo dele. Com um xingamento, ele tenta me segurar, passando um braço forte por baixo de mim para amortecer minha queda — e é assim que me vejo deitada de barriga para cima, com mais de cem quilos de músculo sobre mim. Devo estar funcionando na base do puro orgulho agora, porque faço uma tentativa ridícula de erguer o papel acima da minha cabeça, longe do alcance dele, arqueando as costas para me esticar o máximo possível.

Eu me estico, me *estico*...

O grunhido dele corta o ar.

Estou sem fôlego, quase rindo, porque tentar manter *qualquer coisa* longe desse caçador de humanos casca-grossa e profissional chega a ser cômico, mas... de repente não há nada engraçado nas nossas posições. Nadinha. Os quadris dele estão pressionando os meus, me prendendo contra o chão. Uma saliência reveladora cresce entre nós a cada respiração ofegante que trocamos. Olho para os nossos corpos, relutantemente ávida para catalogar nossa diferença de tamanho. Como ele fica em cima de mim. Acho que sei o que vou encontrar, mas a realidade é arrebatadora.

Meus peitos estão quase para fora do macaquinho — e do biquíni que estou usando por baixo. O decote foi puxado na luta, e estou praticamente exposta, meus mamilos prestes a fazer uma aparição muito entusiasmada. Sim, *entusiasmada*, porque estão duros e latejando, cada vez mais sensíveis enquanto esse homem, esse homem enorme e claramente frustrado, mantém seu peso em cima de mim. E, neste momento, não estou pensando só na nossa diferença de tamanho, mas também no fato de que ele é mais velho, pelo menos uns oito anos, e sem dúvida tem mais experiência com sexo. Intimidade. E é perigoso. Mau e perigoso, e estou embaixo dele, o provocando. Deixando-o duro.

— Vou levantar agora — diz ele, arquejante.

— Tá bem — sussurro, deixando o papel cair.

Quando faço isso, assim que solto o papel, não há mais motivo para lutarmos. Ele é só um homem em cima de uma mulher, segurando os pulsos dela. Prendendo-os no chão. Parecendo contemplar a ideia de me devorar inteira. Em uma só mordida.

Meu corpo quer isso.

Está vibrando, ansioso, implorando para eu abrir as pernas e envolver os quadris dele e erguê-las, para provocá-lo, fazer o necessário para que ele me toque. Fazê-lo usar sua força em mim. Agora.

— Por favor.

— Por favor o quê? — Ele encaixa o dedo no meu biquíni e abaixa aquele centímetro de tecido que revela o bico do meu peito, um grunhido profundo emergindo do seu peitoral largo. — Por favor, chupe esses peitos lindos? Caralho, eu sabia que estariam com essa marquinha. *Caralho.*

Fico inebriada na hora.

Ele só...

Fala desse jeito.

O tempo todo. É direto. Até meio grosso. Mas está... me elogiando? Não entendo por que palavras tão abrasivas ditas nesse tom rouco fariam meus quadris se contorcerem com essa impaciência sob o corpo dele. Estou arqueando as costas de maneira ainda mais contundente, querendo que ele execute o ato que descreveu em termos tão explícitos. Sim, *sim.* O que ele disse é o que eu quero.

— Por favor.

O cabelo dele cai ao redor do rosto, e mal consigo ver suas feições. Só o bastante para saber que estão tensas. Que seus lábios estão abertos. Os olhos escuros.

Por um momento, ele solta um dos meus pulsos e tira a arma de trás da cintura, cuidadosamente deslizando-a pelo chão. Aí levanta a mesma mão devagar. Devagar. Deixa-a pairar logo acima dos meus peitos nus. E minha barriga dança um tango empolgado. Esvazia-se, sobe e desce, esperando para ver o que ele vai fazer. Onde vai me tocar. Tudo isso só porque ele ergueu uma das mãos. Estou prendendo a respiração, um gemido prestes a escapar. Estou tremendo. *Tremendo.* Esperar o contato é praticamente uma tortura.

— Nunca vi nada tão gostoso na vida. Você é tão gostosa... e está excitada. Não está? — Umedecendo os lábios, ele abaixa a ponta do dedo até um dos meus mamilos, mal o tocando, e lentamente o acaricia de leve num círculo. — É, está sim.

Eu me engasgo com um gemido, o final escapando longo e alto, meu corpo se contraindo e derretendo ao mesmo tempo embaixo dele. Não sei o que vem em seguida, nem exatamente o que quero. Só sei que o desejo agora. Imediatamente. E não quero pensar. Quero que ele pense e decida por mim. Por nós. O dia todo eu penso e tomo decisões. Agora, quero que ele tome conta de tudo.

Myles acaricia o outro mamilo, fazendo o mesmo gesto leve e torturante.

— Quer que eu beije essa boquinha bonita?

— Q-quero.

— Diga de novo. Sem gaguejar, querida.

— Quero.

Essa mão. Essa mão que ele está usando em mim com tanta leveza continua subindo, subindo — e então segura com firmeza meu pescoço. De maneira tão inesperada que ofego, eu o sinto se encaixar melhor entre as minhas coxas, as pernas se abrindo naturalmente. Como se não tivessem escolha. E ele investe contra elas uma vez, com facilidade, rindo do que quer que esteja sentindo.

A boca dele abaixa em direção à minha. Eu umedeço os lábios em preparação.

A porta de um carro bate lá fora.

Ah, não. Mesmo com a súbita névoa de tesão no cérebro, percebo que está mais para uma porta de van. Na frente da casa, o som alto é seguido por mais motores de veículos sendo desligados e um burburinho de vozes animadas. Passos. Saltos altos e passos mais abafados.

— Vamos montar aqui, vamos logo com isso — diz uma voz feminina mais madura.

Myles abaixa a cabeça com um xingamento, depois rola para o lado e se levanta, ajustando a protuberância na calça jeans antes de esticar a mão e me ajudar a levantar. Até ele apertar minha cintura e encostar a testa na minha, não tinha percebido quanto estava ansiando por esse gesto de... quê? Consolo? De alguma forma, a inquietude no meu estômago se acalma. Ele me olha nos olhos até eu assentir — e nem sei direito por que estou assentindo. Só sei que gostei dele me segurando, da mão no meu pescoço, mas isso me acordou a tal nível que preciso do seu contato visual, e do contato mais suave, para recuperar a calma. Com meu gesto, estou comunicando algo importante para ele que não precisa ser falado em voz alta.

Que estranho.

Atravessamos a sala de estar até a janela e vemos um grupo de pessoas na frente da casa. Uma mulher de cabelo escuro usando um terninho elegante, cor de ameixa, um rapaz com uma prancheta e uma equipe de gravação.

— Que porra é essa agora? — resmunga Myles.

Ele vai até a porta da frente e faz menção de sair, mas então para e me prende no lugar com um olhar.

— Você fica aqui.

— Não.

Resmungando palavras desagradáveis, ele desaparece pela porta. Depois de checar se estou apresentável, corro atrás dele até o jardim da frente e vejo que cinco cabeças se viraram em nossa direção. O cara da prancheta nos encara, a caneta pairando sobre suas anotações. O sorriso da mulher de terninho parece ter congelado no rosto. A equipe de gravação continua o que parece ser sua missão de encenar uma pequena coletiva de imprensa, incluindo um púlpito de vidro com rodinhas.

— O que está acontecendo aqui? — exige saber Myles.

— Eu poderia perguntar o mesmo ao senhor — responde o rapaz. Lançando um sorrisinho para a mulher, ele enfia a prancheta embaixo do braço e se aproxima com a mão estendida, que apertamos um de cada vez. — Meu nome é Kurt Forsythe, sou assistente da prefeita. — Ele sorri por cima do ombro, e então volta o sorriso para mim e o alarga. — Com certeza vocês conhecem a prefeita, Rhonda Robinson.

— Não somos daqui — vocifera Myles. Ele se aproximou de mim ou é impressão minha? — Vocês estão se preparando para filmar alguma coisa?

Kurt inclina a cabeça.

— Vocês são os donos dessa casa?

O jeito como ele faz a pergunta deixa óbvio que já sabe a resposta. Myles nem se dá ao trabalho de responder. Só cruza os braços e encara Kurt como se o rapaz fosse uma pulga.

— É, não achei que fossem — conclui o assistente, dando um passo não muito sutil para longe do caçador de recompensas. — Hum, posso perguntar o que estão fazendo aqui?

— Fui contratado pela família. Em particular. Para investigar o assassinato de Oscar Stanley.

— Eu estou de férias — digo. — E ajudando a investigar.

Myles já está balançando a cabeça.

— Não, não está.

Kurt olha de mim para o caçador de recompensas, com um semblante alegre.

— Interessante.

— Você é uma das locatárias? — pergunta a mulher de ameixa. A prefeita, pelo visto. — Talvez queira cobrir os ouvidos — continua, com um sorriso sarcástico. — Vou acabar com a sua farra. — Ela espalma as mãos no púlpito e acena para um dos câmeras. O responsável pela iluminação faz um sinal de joinha, que é seguido por uma luz vermelha acendendo na câmera. — Boa tarde, residentes. Sei que estamos todos abalados com os acontecimentos recentes em nossa amada comunidade. Uma vida foi tirada, e a prefeitura deseja oferecer suas condolências sinceras à família do falecido, Oscar Stanley.

A prefeita ajusta a postura.

Kurt solta um suspiro alto, observando a chefe com orgulho evidente.

— Meu governo escuta suas preocupações. Elas são *mais* do que válidas — continua Rhonda. — No entanto, essa lamentável perda é parte de um problema muito maior: aluguéis de férias. A discórdia que criam por conta da competição e os transtornos que causam à nossa vida cotidiana. Esse é um problema de longa data em Cape, e minha promessa a *vocês*, desde o começo, tem sido regular esse mercado para que os turistas não dominem a vizinhança de Falmouth e a transformem em uma zona de festas. Hoje, quero assegurá-los de que estou renovando meus esforços para restringir esse pessoal barulhento e irritante, de forma que possamos voltar a desfrutar nossos verões tranquilos com nossa família e amigos, bem ao estilo Cape Cod.

Segue-se uma longa pausa.

A luz vermelha da câmera se apaga.

O sorriso da prefeita some, e o púlpito é desmontado com eficiência.

— Foi perfeito, senhora — elogia Kurt, fazendo um sinal de "ok" para ela.

— Vamos subir para o site imediatamente, por favor — diz Rhonda, agora olhando algo no celular. — Envie ao telejornal local e peça que passem às seis.

Kurt já está fazendo anotações na prancheta.

— É pra já.

Ele se vira para nós — ou para mim, na verdade — com o sorriso ainda mais relaxado do que antes.

— Tenho que garantir que a prefeita não se atrase para o seu próximo compromisso. — Ele esfrega a sobrancelha com a borracha do lápis e dá um olhar de soslaio para Myles. — E vocês são só colegas de trabalho ou...?

— Vaza, Kurt — corta Myles, enxotando-o com um gesto.

Sem dizer mais nada, o assistente dá meia-volta e vai se juntar à chefe.

— Isso foi extremamente rude.

E eu não gostei daquela demonstração de possessividade. Nem um pouco.

Pode apostar.

— Se ainda está surpresa com minha grosseria, querida, o problema é seu. — Com os olhos semicerrados, ele observa enquanto a prefeita, Kurt e a equipe de gravação entram nas respectivas vans e carros. — Tenho que ir a Worcester para interrogar Judd Forrester. — Ele repara na minha expressão confusa. — O pai da garota, que atacou Oscar Stanley.

— Ah, certo. — Acho que vamos simplesmente ignorar o fato de que quase demos uns amassos no chão alguns minutos atrás. No chão. O *papel*. A descoberta improvável que fizemos antes de quase nos beijarmos. — Você acha que a carta ameaçadora veio de Judd Forrester? Será que ele a escreveu para Stanley?

— Não sei. — Myles volta para dentro da casa com seus passos pesados e eu vou atrás, vendo-o se abaixar e pegar o papel no chão. Ele se endireita e vira, passando os olhos pelo meu pescoço, minha boca. E aí os afasta com determinação, mas não antes de todas as minhas zonas erógenas gritarem por atenção. Meu Deus. O que é essa tensão entre nós? É normal? — Mas como Oscar morou nessa casa por quase um ano, é mais provável que ele soubesse da tábua solta. Talvez ele mesmo a tenha soltado. Portanto...

— A carta foi escrita *pelo* Stanley? Para outra pessoa?

— É o que estou achando.

— O que também pode significar que... a câmera não foi instalada aqui para gravar os hóspedes. Era para gravar Oscar.

— É. Ele foi um alvo por algum motivo. Um alvo de assassinato. — Seus olhos se movem pelas frases ameaçadoras da carta.

— E talvez tenha feito algo que causou isso.

Capítulo 6

MYLES

— Eu não matei o cara. Juro por Deus. — Judd Forrester enxuga o suor da testa. — Vai por mim, eu bem que queria. Cheguei muito perto. Mas ele estava respirando quando fui embora.

Pela primeira vez na vida, queria que meus instintos não fossem tão teimosos. Minha intuição está me dizendo que esse homem não matou Oscar Stanley, e, por pior que isso soe, eu queria que ele tivesse matado. Porque isso significaria que encerrar esse caso e seguir em frente seria bem mais fácil. Infelizmente, assim que Forrester abriu a boca, uma vozinha sussurrou na minha mente: *Você não vai a lugar nenhum por enquanto.*

Deixei a casa de Taylor cerca de duas horas atrás e dirigi por mais umas duas até Worcester. O delegado da polícia de Barnstable — o departamento em Cape que foi à cena do crime logo depois de o corpo ter sido encontrado — está extremamente relutante em me dar qualquer informação relacionada ao caso. Não existe um único policial no mundo que pule de alegria quando um caçador de recompensas, ou, nesse caso, um investigador freelancer, aparece na cidade e começa a fuçar o mesmo crime tendo que lidar com muito menos burocracia, mas pode apostar que isso os motiva a tirar a bunda da cadeira.

Ontem, prometi compartilhar com o delegado qualquer informação que encontrasse, e ele então me revelou que Forrester foi solto após pagar a fiança. Mas rastrear o homem cabia a mim. O policial se recusou a me passar o endereço do sujeito. Que bom que tenho a internet para isso. E, quando essas buscas não dão resultado, ainda posso consultar meus contatos em Boston. Acho que não tenho direito de ficar muito bravo com a polícia por me manter no escuro, já que não estou compartilhando o recado ameaçador que Taylor e eu encontramos. Vou contar para eles, uma hora ou outra. Mas não faz mal sair na frente graças a uma nova evidência, caso ela acabe se mostrando relevante.

Tento me concentrar no homem sentado diante de mim. O fato de Forrester ter conseguido pagar a fiança tão rápido deveria ter me dito que os policiais não contavam com muitas provas de que ele matou Oscar Stanley. Mas eu precisava conferir pessoalmente para poder riscá-lo com confiança da lista de suspeitos. Ainda não estou totalmente pronto para fazer isso — não quando ele teve motivo e oportunidade —, mas a honestidade ressonante na voz do sujeito está atacando minha azia.

Esse caso tem potencial para ser complicado, o que significa que não vou me afastar de Taylor tão cedo. E preciso *mesmo* me afastar dela. Estou sentado aqui, claro, mas minha cabeça está nela. Na sua segurança. E sei muito bem o que acontece quando me envolvo emocionalmente num caso. Da última vez que aconteceu, o resultado foi tão inaceitável que entreguei meu distintivo de detetive. Querendo ou não, Taylor Bassey está envolvida nessa situação. Cacete, eu nem consegui eliminar ela ou Jude da lista de suspeitos ainda. Ela vai estar à margem dessa investigação e é uma distração muito linda e interessante que não posso me dar ao luxo de ter.

E não gosto de como me sinto com ela.

Não preciso que ela me surpreenda ou desafie. Só quero permanecer um observador imparcial da vida. Alguém que chega e vai embora. Que está de passagem. Não falo nem com meus pais ou meu irmão há três anos, porque me apegar a qualquer coisa ou pessoa depois do que aconteceu no meu último caso com a polícia de Boston é... doloroso. Odeio o peso dos afetos em meu peito. Conexões com pessoas são só responsabilidades — e eu não quero isso. Não preciso de pessoas ao meu redor para ficarem decepcionadas quando e se eu fizer alguma cagada. E, nesse ramo, fazer uma cagada é inevitável, né? Pessoas morrem. Desaparecem. Nada melhor para ferrar a cabeça de alguém do que a vítima acabar sendo uma pessoa com quem você começou a se importar. Então, não, não preciso da minha cabeça toda bagunçada por causa de uma mulher, senão vou perder de vista o motivo de estar aqui: solucionar um assassinato.

Depois disso, posso subir na minha moto e sair dessa merda de lugar.

Quanto antes, melhor.

Eu me reclino na cadeira para enfiar a mão no bolso e tiro o envelope achado sob as tábuas do assoalho de Stanley, dispondo-o na mesa à minha frente. Forrester não reage. Não há qualquer sinal de reconhecimento, mas faço a pergunta mesmo assim:

— Você reconhece esse envelope?

— Não.

Eu puxo a carta do envelope, desdobro e aliso, sem tirar os olhos dele por um segundo sequer.

— Você enviou isso a Oscar Stanley antes de assassiná-lo?

— Não! Meu Deus, já te disse mil vezes, eu não matei aquele bosta.

Devolvo a carta ao bolso.

— Você tem uma arma de fogo?

Ele hesita. Umedece os lábios e olha ao redor.

É um *sim*, mas ele está relutante em compartilhar.

Os policiais devem ter feito essa pergunta para ele, certo?

Por que parece que é a primeira vez que está respondendo?

— Escute, não tenho autoridade para multar você por não ter o porte. Só me diga quantas. — Eu clico a caneta. — E quais modelos.

Já sei tudo sobre as armas registradas dele, mas o que ele *realmente* tem pode ser diferente. Drasticamente. Sempre há alguma coisinha extra escondida em algum canto.

Suspirando, ele esfrega os olhos.

— Duas espingardas 35 milímetros para caçar. Uma Glock para proteção. Nada fora da curva.

Ele não está me olhando nos olhos.

— E qual delas não tem registro?

Uma gota de suor escorre pelo rosto dele.

— A Glock — responde, soltando o ar.

— Posso dar uma olhada nela?

— Eu a emprestei pra um colega — diz ele.

Rápido demais?

Mesmo que ele esteja agindo de forma meio suspeita, alguma coisa em Forrester me parece tirá-lo da cena do crime. Ele não tem um álibi — alega que estava sozinho em casa —, mas há algo frio e meticuloso em meter uma bala no meio da testa de um homem que não combina com o temperamento desse sujeito. Ele tem dezenas de fotos emolduradas nas paredes retratando suas conquistas de caça, e em todas elas ele está cercado por amigos, com chifres em uma das mãos e uma lata de cerveja na outra. Quando ele espancou Oscar Stanley, também tinha um público: a filha e as amigas dela.

Forrester não ficaria satisfeito com um assassinato discreto e sem plateia. Tenho certeza disso. Não parece ser do feitio dele, mesmo que eu ainda não possa riscar seu nome da lista.

Repassamos a história dele mais uma vez, e fico atento a quaisquer mudanças sutis que muitas vezes podem resolver um caso, mas ele se atém aos detalhes e começa a ficar impaciente. Já é fim de tarde quando subo na moto e volto à minha pousada em Cape. Enquanto a noite transforma a estrada em um mar de faróis, tento sem sucesso não pensar em certa mulher de cabelo castanho-claro e olhos verdes. Não é fácil quando a sua calcinha vermelha com babadinho está abrindo um buraco abrasador no meu bolso.

Pouco depois, entro no quarto alugado, tiro a peça íntima e a estendo na mesa de cabeceira. Aliso os pontos de tecido translúcidos dos quadris que estão ali para dar só um vislumbre de pele.

Isso significa que ela gosta de provocar na cama?

É.

É, aposto que ela me deixaria louco antes de me permitir arrancar esse negócio. E meter nela até o fundo.

Por que caralhos estou carregando a calcinha dela por aí?

Esses desejos que Taylor despertou em mim em um tempo tão curto... são estranhos. Não sou do tipo ciumento, mas não gostei do assistente babaca sorrindo para ela. Nunca fui possessivo, mas quando ela estava embaixo de mim... eu conseguia sentir que ela queria ser dominada. Que estava gostando da minha mão no seu pescoço. Ela gostou de ficar presa sob o meu corpo. E o modo como se voltou para mim em busca de consolo, depois de tudo? Não tenho experiência em consolar mulheres. A ideia teria sido risível nesta manhã mesmo. Ainda assim, de alguma forma eu soube exatamente o que fazer. Por Taylor. Como se tivéssemos nos comunicado sem falar nada.

Enquanto isso, eu não conseguia me comunicar nem com palavras *de fato* naquele meu casamento desastroso. Jesus. Não, essa conexão esquisita com Taylor só poder ter sido coisa da minha cabeça.

Eu jamais seria bom para ela. Só estaria interessado no sexo, e ela é o tipo de mulher que se entrega emocionalmente a tudo. Que chora por causa de pandas e merdas do tipo. Nossa... Pensar nela com essa calcinha de renda vermelha é a última coisa que eu deveria estar fazendo, porque não estou só fantasiando. Não estou só pensando em como o sexo seria bom.

Estou pensando nela...

Sorrindo para mim.

Me dizendo como está gostando do que estou fazendo.

Estou pensando nos dedos dela no meu cabelo e nas minhas costas.

Estou pensando na... confiança em seu olhar.

— Nem fodendo. Não, não, não. — Tiro a calcinha da mesa e a enfio de volta no bolso. — Devolver. Você vai devolver isso.

Para que ela possa usar com outro homem?

De repente, minha mandíbula parece que vai trincar.

E é por isso que, quando meu celular toca, eu estou distraído demais para olhar quem está ligando. Só deslizo o dedão pelo botão verde e rosno:

— Aqui é o Sumner. O que você quer?

— Olá, Myles Sumner. — A expiração de Taylor no meu ouvido faz uma engrenagem girar lentamente na minha barriga. — Um caçador de recompensas não deveria ter um apelido intimidador? Tipo Cão Infernal ou Lobo Solitário?

— Só se for um cretino cheio de si. — Ouvir a voz de Taylor no meio do cabo de guerra mental que ela provocou em mim não está contribuindo muito para a minha paciência. Mas não estou impaciente com *ela*. Estou irritado comigo mesmo por ficar tão aliviado em ouvir notícias dela. — Por que está me ligando, tampinha? Estou ocupado.

— Ah.

Segue-se uma longa pausa. Consigo ouvir o oceano no fundo. Ondas. Mais altas do que deveriam soar da casa que ela alugou. Será que está na praia? Não sei, mas, quanto mais o silêncio se estende, mais culpado me sinto por ter sido tão grosseiro. Se minha culpa não for um sinal de que essa mulher me faz sentir coisas que não quero sentir, o que seria?

— Bom — continua ela —, não quero interromper o que quer que você esteja fazendo...

Pensando em você com essa calcinha vermelha.

Pensando em você gemendo e me dizendo que meu pau é do tamanho perfeito.

— Estou investigando um caso, Taylor.

— Certo. — Ela suspira, e outra flecha de culpa me atinge no estômago. — Então eu deveria só ensacar a arma do crime e levar para a polícia?

Meu cérebro retoma o foco com a mesma rapidez que um elástico esticado afrouxa quando é solto.

— *Quê?*

— Desculpe incomodar...

— *Taylor.*

— Humm?

— Onde você está?

— Na praia, a uns quatrocentos metros da nossa casa, mais ou menos. — O vento abafa um pouco as palavras dela, e não gosto disso. Não gosto de pensar nela na ventania da praia e de frente para uma arma, ainda mais de noite. Não sem mim. — Jude conheceu uns surfistas hoje, e eles nos convidaram para comer hambúrguer. Eles têm uma vista incrível do mar, e estava tão bonito que trouxe minha bebida aqui pra fora. Só ia molhar os pés, mas comecei a caminhar. Vi um reflexo no mato. E, antes que você pergunte, eu não toquei nela.

Já estou saindo da pousada, as chaves na mão.

— Você sabe o nome da rua em que está?

— Não. Viemos pela praia, não de carro.

Por que minha pele está subitamente grudenta de suor debaixo da camiseta?

— Ligue para o seu irmão e diga para ele ir até aí me esperar com você, Taylor.

— Ah, não. — O tom dela sugere que a ideia é absurda. — Não quero atrapalhar a diversão dele. Ele *finalmente* está começando a relaxar. Myles, perder Bartholomew foi muito difícil pra ele. Isso só o estressaria de novo.

— Ah, sim. Deus nos livre de estressá-lo. — Troco para o bluetooth enquanto corro pelo estacionamento. — Não é como se tivesse acontecido um assassinato nem nada assim.

— Você devia saber que eu me recuso a responder a sarcasmo — responde ela, fungando de desdém. — Tinha um garoto supersarcástico que era nosso vizinho quando eu era criança. Ele me chamava de Shaquille O'Neal na frente do bairro todo, só porque eu era baixinha. Eu não podia passar na frente dele que ele pedia para eu fazer uma enterrada na cesta que eles tinham na rua. Até hoje eu choro toda vez que vejo Shaq, o que é muito injusto. Ao que tudo indica, ele é um homem muito simpático.

Estou trincando os dentes. Se é para me impedir de rosnar ou rir, não faço ideia. Perdi completamente a cabeça.

Saio em disparada do estacionamento da pousada a quase cem quilômetros por hora, derrapando de lado na estrada principal e virando a moto na direção da Coriander Lane.

— Você seguiu para leste ou oeste na praia?

— Eu sou o quê, uma bússola? — Consigo imaginá-la franzindo o nariz, o que só me faz ir ainda mais rápido. — A gente desceu a escadinha que leva à praia no fim da nossa quadra. E seguimos para a direita. Ajuda?

— Me envie a sua localização.

— Ah, tá. Isso tudo bem. — Meu celular vibra no bolso logo depois, e eu paro no acostamento só o suficiente para mapear uma rota ao quarteirão mais próximo de onde ela está esperando na praia. — Você tem todos os equipamentos necessários para coletar evidências?

Nem pense em sorrir. Isso é um caminho sem volta.

— Tenho, Taylor — respondo, com um suspiro.

— Fantástico. Então vejo você daqui a pouco...

— Ah, não. — Minha mão aperta o guidão. — Não ouse desligar.

— Por quê?

— Porque você está sozinha à noite e pode ter um assassino na área.

— Está preocupado comigo, Myles? Não só estou aqui fora sozinha e indefesa, como deveria mencionar também que meu estoque emergencial de calcinhas foi misteriosamente saqueado. Sinto dizer que há *dois* criminosos na área. Um assassino e um ladrão de calcinhas. Deve ser um recorde para Cape Cop.

— Muito engraçado, tampinha. — Renda vermelha. Meu dedão pressionando o tecido *bem naquele lugar*, esfregando até ela estar molhada. *Meu Deus.* — Você acabou de achar a arma do crime e quer discutir roupas íntimas?

— Só acho curioso que *você* é claramente um ladrão, mas *eu* sou suspeita de um homicídio.

— Eu não suspeito de você. Só não tive um motivo ainda para te eliminar da lista. E, tecnicamente, encontrar por milagre a arma do crime não livra a cara de ninguém.

— Eu queria não ter ligado para você.

A declaração não deveria me deixar com a sensação de ter engolido uma vela acesa, certo?

— Não tem problema, Shaquille — digo, para me defender da alfinetada. — Só não desligue.

Ela arqueja. O som do oceano imediatamente desaparece.

— Ótimo. — A culpa voltou, mais forte que nunca. — Ela desligou.

Com um xingamento entre os dentes cerrados — e meus nervos disparando em todas as direções —, acelero ainda mais.

Capítulo 7

TAYLOR

Eu nem olho para Myles quando ele chega.

Continuo fitando o oceano e, com o queixo empinado sem dizer nada, aponto para o morrinho onde avistei a arma mais cedo sem dizer nada. Assim que escuto o som do saco para coleta de evidências se abrir e tenho certeza de que ele encontrou a arma, me viro na direção da Coriander Lane e da nossa casa alugada. Já mandei uma mensagem para Jude avisando que estou indo para lá, embora ele provavelmente não vá vê-la logo. Quando uma conversa interessa meu irmão, como aconteceu no encontro imprevisto de hoje, ele fica completamente absorto e esquece de olhar o celular. É uma das coisas que amo nele — sua habilidade de dar toda a sua atenção a alguém e fazer a pessoa se sentir o único ser humano que restou no planeta.

Falando em pouquíssimos seres restantes no planeta, se Myles e eu fôssemos as últimas pessoas vivas no mundo, a raça humana estaria fadada a um fim trágico.

Não só ele se recusa a me eliminar de sua lista de suspeitos, como sua ingratidão é indescritível. O único motivo de eu não ter ligado para a polícia de Barnstable é por estar preocupada com a aparente relutância deles em procurar um culpado que não seja Judd Forrester. Bem, da próxima vez que eu encontrar uma arma do crime, vou falar direto com eles. Já deletei mentalmente o número de Myles Sumner do meu telefone. Puf. Caçador de recompensas? Que caçador de recompensas?

Eu não *acredito* que ele me chamou de Shaquille.

— Taylor — diz o caçador de recompensas atrás de mim. Com sua voz rouca e grave idiota. — Vai mesmo me ignorar?

Eu não respondo.

Lide com isso, babaca.

— Eu me comporto que nem um idiota quando estou preocupado — justifica-se ele, me fazendo franzir a testa. — Você tinha razão, eu estava preocupado com você. Pode andar mais devagar?

Ao contrário do que ele pede, ando mais rápido, alarmada.

Não sei o que é essa... cambalhota dentro de mim. Começa no meu peito e desce para meu estômago, remexendo as coisas ali. Coisas que eu não esperava que Myles bagunçasse. Ninguém nunca bagunçou nada aqui dentro, e fico muito receosa ao ver que esse homem — que acabou de tirar sarro do meu trauma de infância como se não fosse nada — tem esse poder sobre mim.

— Não sei se reparou, mas não sou exatamente o sujeito mais sensível do mundo. É um dos motivos pelos quais sou divorciado.

Ah, *droga*. Agora estou um pouco curiosa.

Ele é divorciado. Essa informação é como um cadarço desamarrado — meus dedos estão coçando para fazer um laço. Não adianta fingir que não estou morrendo de vontade de saber mais sobre esse homem rabugento e hostil, né? Algumas perguntas não vão fazer mal, desde que eu aja com toda a tranquilidade, certo?

Reduzo um pouco o passo.

— E aí? — Cruzo os braços com força para compensar minha concessão. — Quais são os outros motivos para você ser divorciado?

Atrás de mim, ele solta um grunhido. O silêncio se estende.

— Antes de ser caçador de recompensas, eu era detetive. Na polícia de Boston. Como meu pai e meu irmão, uma tradição de família. — Ele pigarreia. — Meu irmão e eu... a gente tinha a ideia de se aposentar cedo e abrir uma empresa de investigação particular. Eu estava me preparando para falar com o RH, mas queria fechar o caso de Christopher Bunton primeiro. Foi um sequestro. E... sei lá. O menino, esse que foi levado, me lembrava um amigo de infância. Meu melhor amigo, Bobby. Ele adoeceu quando a gente era criança. E não sobreviveu.

Reduzo bem mais o passo, soltando os braços.

— Sabe Paul, o cara que me contratou para esse trabalho? Ele também conhecia Bobby. Nós três éramos melhores amigos na infância, e provavelmente foi por isso que eu senti... sei lá. Uma certa responsabilidade quando ele ligou para me pedir ajuda com o assassinato de Oscar Stanley.

— Ah. — Solto o ar, mas não ajuda em nada a diminuir a pressão crescente em meu peito. — Eu não sabia. Nem pensei em como você conhecia o namorado de Lisa.

— Não tem problema. Enfim, esse garoto sequestrado se parecia com Bobby, e eu fiquei envolvido demais no caso. Parei de ir para casa. Esse caso... eu fiquei obcecado com ele, e isso é o fim para um detetive: quando você para de ser objetivo e deixa suas emoções começarem a ditar as coisas. E eu estraguei tudo. No caso e no meu casamento. — Ele ri, mas sem achar graça de nada. — Quando voltei para casa um dia, o lugar estava vazio, meio como eu suspeitava que ia acontecer. Recebi os documentos do divórcio cerca de um mês depois. Eu estava tão alheio a tudo que não conseguia nem lembrar a última vez que a gente tinha conversado.

Há muitas lacunas a serem preenchidas na história, mas o fim abrupto me diz que isso é tudo que ele está disposto a revelar.

— Não consigo imaginar você pedindo alguém em casamento.

— Por que não?

— Não sei. Porque é um momento de vulnerabilidade, quando do se está esperando a resposta.

— Tem razão. Eu não sou bom nisso. Nem em relacionamentos. — Mais uma vez, o silêncio se estende. Tanto que eu olho para trás para ver se ele ainda está me seguindo. E, ah, está, sim. Seus olhos intensos estão fixos em mim na escuridão. — É por isso que só estou aqui para resolver o caso, Taylor. Não para te perseguir pela praia enquanto finge estar brava.

Presa entre a indignação e a vergonha, eu me viro.

— *Finjo?*

Myles continua se aproximando, até que nossos corpos colidem, pressionados do peito à coxa, sua boca pairando acima da minha.

— É verdade. Não adianta negar. Você não conseguiria rebolar essa bunda de uma forma mais sexy na minha frente nem se tentasse.

Sinto o sangue esquentar.

— Em outras palavras, eu que estou pedindo?

— Eu não encostaria *um dedo* em você sem permissão, Taylor. Se você está pedindo? — Ele balança a cabeça. — Não. Eu estou pedindo para *você* parar de oferecer.

— Eu não estou oferecendo — murmuro, me esforçando para não ficar excitada ao perceber como ele me surpreende. Como ele se contém apesar de sua ereção estar cutucando minha barriga. — Não estou oferecendo nada.

— É mesmo? — pergunta ele, com a voz arrastada. — E de quem são os dedos que estão desabotoando a minha calça?

Os meus, no caso.

Estou literalmente tentando libertar o botão de metal do buraco.

Afasto as mãos como se elas tivessem tocado uma panela fervendo. O que não está muito longe da verdade, considerando o calor que irradia do abdômen chapado dele. Da sua boca. Dos olhos. De todo o seu corpo. Nunca senti isso antes: irritação e tesão juntos. É como uma coceira. Arrebatador — e certamente equivocado.

— Você está insinuando que estou dando sinais contraditórios? Porque é você quem está aqui parado me pedindo para deixar de oferecer... prazer físico...

— Sexo, Taylor. Isso se chama sexo.

— No entanto, você roubou a *minha* calcinha sexy e quase me beijou hoje de manhã. Quem é que está mandando sinais contraditórios? — Myles cerra a mandíbula de maneira tão dramática que ouço seus dentes rangerem, mas ele não diz nada. — Ir para a cama com você seria um desastre. Você está tão emocionalmente disponível quanto uma banana.

— Aí está. "Emocionalmente disponível." — A expressão dele se transforma em satisfação convencida. — Viu? Você está mentindo para si mesma sobre querer sexo casual. É uma mulher de relacionamentos. Uma noivinha maluca esperando para entrar em cena.

Meu arquejo ecoa pela praia.

Empurro o peito dele, mas sou eu quem acaba cambaleando para trás, já que ele tem o porte de um caminhão. Myles acaba me segurando pelo cotovelo.

— Retire a parte da noivinha maluca.

— Mas o resto é verdade?

— Eu nunca menti sobre querer me casar um dia. Não existe nada de vergonhoso em desejar ter um marido e uma família para usar camisetas iguais na Disney. Não sei se você lembra, mas eu disse que queria um sexo rústico e bruto *também*. Uma coisa não deveria excluir a outra.

Nossa, o homem está com a maior cara de quem comeu e não gostou.

— Talvez não *devesse*. Mas não existe nada em você que *chegue perto* de sugerir para um homem que você gosta de ser tratada com um pouco de brutalidade. Nem de longe.

Meu interesse está atiçado. Odeio lhe dar a satisfação de despertar minha curiosidade, mas minha intuição diz que ele está certo sobre algo. Algo do qual posso não querer saber, mas que poderia ser um insight valioso mesmo assim.

— O que você quer dizer com isso?

— Quero dizer que você me surpreendeu pra caralho, e olha que sou um detetive profissional. Você não emana uma... sei lá. Vibe de quem gosta de umas loucuras no sexo... — Ele começa a me rodear devagar. — Quando te vi, meu primeiro pensamento foi: ela é fofa. Desde então, mudei essa avaliação. Muito. Mas os homens que você está caçando...

— Caçando — repito, bufando.

— Se estiverem atrás de casamento, têm só metade da minha inteligência. No *máximo*. Você está esperando demais deles. Tudo que eles veem é a mulher comum e certinha, como eu vi.

— Você está dizendo que preciso emanar outra energia se eu quiser encontrar um cavalheiro que por acaso também seja bruto na cama. É isso?

Após completar o círculo, ele para na minha frente e abre e fecha a boca, como se a conversa estivesse saindo do seu controle.

— Estou dizendo que você é uma mulher para casar. É uma mulher que exige respeito...

— E nada do *des*respeito que estou procurando.

Um pouco atordoada, eu me viro e começo a andar pela praia sem nem me dar conta, refletindo sobre cada detalhezinho da conversa. Será que Myles está certo? Estou esperando demais dos homens por aí? Como eles saberiam que eu tenho um apetite sexual peculiar se apareço nos encontros usando suéteres e sapatilhas bege sem graça?

— Eu nunca consegui o que quero na cama não só porque não pedi, mas porque os homens com quem escolho sair... se resignaram a uma vida conjugal previsível — digo.

— Não tem nada de errado em ser previsível. Você *deveria* ter uma vida previsível.

— Ah. — Assustada, levo a mão ao peito. — Você ainda está aí?

Um brilho perigoso atravessa seu olhar.

— É — diz ele, com os dentes cerrados. — Ainda estou aqui.

— Você não deveria analisar a possível arma do crime? — pergunto. — Imagino que vai levar à polícia de Barnstable depois que a catalogar...

— Ainda não terminamos a outra conversa.

— Não, acho que terminamos, sim. Você me deu muito para digerir.

— Você entendeu errado. — Ele aponta o dedo indicador longo e grosso para mim. — Eu te dei maçãs e você está digerindo laranjas.

Paro de andar e me viro para ele, fazendo o máximo para não reparar em como seu cabelo comprido sopra ao seu redor no vento, fazendo-o parecer um *highlander* escocês voltando da batalha ou algo assim.

— Como eu entendi errado? Você está dizendo que eu sou boazinha demais para atrair homens que vão ser... agressivos comigo...

— Taylor. — Ele aperta a parte de cima do nariz, uma veia pulsando na têmpora. — Agressivo é a porra da palavra errada. Eu mataria qualquer homem que fosse agressivo com você.

Ele resmunga mais alguma coisa que não consigo ouvir, mas parece: *Eu mataria de qualquer jeito* ou *Eu pintaria esse parapeito*. Não tenho certeza.

— Estou procurando errado. Estou emanando a energia de esposa carinhosa e nada da energia de assanhada. Fica tudo escondido. Como você disse, homens precisam que as coisas sejam soletradas em canetinha vermelha e eu venho usando um lápis. É claro que estou desenhando só caras chatos. — Mentalmente, já estou fazendo alterações no meu perfil dos aplicativos de namoro. Estou de fato chegando a algum lugar aqui. Com uma gratidão meio relutante pelos conselhos, sorrio para o caçador de recompensas. — Esqueça a calcinha sexy, eu preciso de um *look* sexy.

Myles fica encarando o ponto onde eu estava por um bom tempo depois de eu ter saído andando, as mãos parcialmente erguidas como se ele estivesse tentando argumentar com um fantasma. Por que seu rosto está tão vermelho?

Já subi metade das escadas da praia até a casa alugada quando Myles me alcança.

— Não sei bem o que libertei aqui — resmunga ele, andando ao meu lado, embora suas pernas sejam tão longas que ele possa subir dois degraus por vez. — É por isso que geralmente fico de boca calada.

— Fica, é? — Mordo o lábio para conter uma risada. — Eu não tinha reparado nessa sua característica.

— É culpa sua — reclama ele, olhando para mim. — Roubando livros de hóspedes. Encontrando evidências. Me obrigando a aparecer e ver você.

— Ai, meu *Deus*. Perdoe-me por essa tribulação terrível.

— É, bem, é uma tribulação quando você está sempre gostosa pra caralho e estou tentando não tocar em você. — Na calçada na frente da casa, ele bloqueia meu caminho. Não sei se eu poderia ter continuado andando, de toda forma, porque minhas pernas ficaram moles como gelatina com as palavras dele. — Esqueça o que eu disse na praia. Não mude. Nem suas roupas, nem sua energia. Uma hora vai aparecer um cara que não será um completo imbecil, e ele...

— Vai captar a minha grande energia de assanhada?

Myles engole em seco. Alto.

Suas mãos enormes sobem pela minha cintura, e eu perco o fôlego, os mamilos enrijecendo. É perda de tempo fingir que não me sinto atraída por ele. Ignorei esse fato pelos últimos cinco minutos, me distraindo com novas paletas de cores para meu perfil de namoro, e agora, quando o olho nos olhos, eu sei por que precisava dessa distração. É doloroso ficar longe dele. Não sei por quê. Não sei como isso é possível, já que só o conheci ontem. Mas sinto a presença dele de um jeito que nunca senti a de nenhum outro homem. Como se houvesse um ímã pequeno e potente na minha barriga e Myles estivesse segurando o outro ímã.

— Você captou a minha grande energia de assanhada, Myles. Não captou?

— Sim — resmunga ele, com a voz rouca, dando um passo à frente para enterrar o nariz no meu cabelo e inspirar fundo. — Meu Deus, sim, Taylor. Você sabe que sim. Mas não posso...

— Não vou esperar mais nada de você.

Ele ergue a cabeça rápido. Estuda meus olhos, desconfiado.

— Como assim?

— Quero dizer...

O que eu *quero* dizer?

Está tudo ficando claro agora, enquanto olho para o rosto desse homem. Esse homem que era um desconhecido essa semana mesmo, mas que agora, graças a uma reviravolta doida do destino e um rompante de coragem, é a única outra pessoa no mundo que conhece meu segredo. Ele pode ser grosseiro, indisponível e um pouco perigoso, mas sinto que meu segredo está a salvo com Myles. Ele fala sobre meu dilema em termos absolutamente práticos — e sem julgamentos. Além disso, me sinto *muito* atraída por ele, estou de férias e há uma boa chance de que eu nunca mais o veja depois de ir embora de Cape Cod.

Quero mesmo voltar às minhas opções de homens sem graça e me casar com um deles?

Ou quero voltar a Connecticut e procurar com a confiança que só dá para adquirir com a experiência?

Ignorando a pontada desoladora no peito que sinto com a ideia de não ver Myles de novo, agarro a camiseta dele com as duas mãos e saboreio o suspiro que sai do seu peito em resposta.

— Me ajude a descobrir exatamente o que quero. E como pedir por isso.

Ele me puxa pela saia, e nossos quadris se encontram, fazendo ambos morderem os lábios e expirarem com o contato. A prova inconfundível de que ele me deseja.

— Você é o tipo de mulher que vem com amarras emocionais, Taylor.

— T-talvez. — Eu me obrigo a falar a parte seguinte com sinceridade. A sentir que *é* verdade. Não importa o que acontecer, preciso lembrar que esse homem não é para mim. Não é para ninguém. Ele deixou isso claro, e não vou cometer o erro de pensar que posso fazê-lo mudar de ideia. — Eu posso vir com amarras, mas não vou amarrar você.

Uma trincheira se forma entre as sobrancelhas dele.

Ele abre a boca para falar, mas desiste.

E então seus olhos se incendeiam, uma barragem claramente se rompendo dentro dele, e no momento seguinte estou sendo jogada por cima do ombro dele e carregada para dentro da casa.

Capítulo 8

MYLES

O que estou fazendo?

Algo ruim. Algo nada prudente.

Ponha ela no chão. Ela não é para você.

Diga a isso à porra do meu estômago, ou para o meu peito, ambos parecendo terem sido atropelados por um trator. Primeiro foi o alívio de vê-la a salvo. Depois uma satisfação profunda que nem tive tempo de entender. Só sei que gostei de vê-la esperando por mim. Gostei de nós dois chegando no mesmo destino e respirando o mesmo ar. Mesmo quando ela está irritada comigo, o que acontece na maior parte do tempo desde que nos conhecemos, nunca penso em me afastar. Ou ir embora de vez. É quase natural ficar por perto. Ou seguir aquela bunda como o canto da sereia até a sua casa. Jesus, o que deu em mim?

Ela é uma mulher para casar.

Ela é a futura esposa de alguém.

Isso deveria ser motivo para eu voltar à pousada e beber uísque até aquele cheiro revigorante de maçã que ela tem se diluir no meu sangue. Em vez disso, o fato de que ela será a futura esposa de alguém é o motivo de eu estar chutando a porta com tela mosquiteira dos fundos, com o pau já latejando. Estou com ciúmes. Não é à toa que as pessoas fazem merda quando se sentem assim. É como se meus órgãos internos estivessem todos colados uns nos outros, sem funcionar direito. Estou suando, os músculos tensos. E só consigo pensar em arruiná-la para qualquer outro cara.

Pelo visto, o ciúme anda de mãos dadas com o egoísmo.

Isso me faz hesitar.

Egoísmo. Esse é um pecado com o qual estou familiarizado. Não quero ser assim com Taylor. *Não posso.* Eu... gosto dela. Gosto do seu senso de humor e de como ela passa drasticamente de uma emoção extrema a outra, como se sentisse muito tudo. Ela é como uma onda de cores em uma tela cinza que eu estive encarando, meio adormecido. É travessa e não me deixa ser rude e sair ileso. Por que eu não *odeio* isso? Não deveria odiar?

Em resumo, é tudo uma confusão. Essa atração entre nós é uma confusão do caralho, e eu estaria sendo bem irresponsável — ou um filho da puta — por ceder ao impulso. Sou eu que tenho experiência. Quando ela diz que não vai me amarrar, eu não deveria acreditar nela, nem deveria querer assassinar o cara que vai merecer essas amarras. Mesmo assim, sei que se o filho da puta sem nome e sem rosto estivesse na minha frente, eu seria condenado à prisão perpétua rapidinho.

Não.

Recue. Estou só me deixando levar, certo?

Estou com as mãos nela. Doido para ter e proporcionar orgasmos.

Nunca senti tanto desejo assim, então minhas emoções provavelmente estão exacerbadas. Assim que eu parar de passar vontade, minha cabeça vai voltar ao normal.

Só preciso garantir que nós dois estamos encarando isso da mesma forma, para não iludi-la.

— Taylor — digo, puxando-a para a frente, os peitos dela deslizando sobre meu ombro e pressionando meu peito. *Caralho.* Assim que estamos olho a olho, eu a seguro, o que significa que os pés dela ficam balançando a quase trinta centímetros do chão, e eu tento muito não pensar no instinto protetor que isso desperta em mim. Eu a aperto mais forte. Sem delicadeza. — Ei. Você entende que isso é pura atração física. Nada mais. Certo?

— Certo. — Ela assente, aqueles olhos verdes vívidos fixos na minha boca. — Prometo. Você é uma ferramenta de autodescoberta para mim. Só isso.

— Certo. — Por que de repente virei pedra? — Então tá.

Minha boca está seca. Talvez eu só precise confirmar um negócio rapidinho.

— Quando você diz ferramenta...

— Eu deveria tirar as minhas roupas? — Ela observa meu rosto com interesse. — Ou você vai fazer isso?

Tá bom. Foda-se. Eu sou uma ferramenta de autodescoberta. Por mim, ótimo.

— Eu. Eu vou tirar suas roupas.

Nem sei aonde estamos indo, só que de repente a estou carregando pela sala de estar até os fundos da casa para nos afastar das muitas janelas que dão para a rua. Entramos em um dos quartos — um que não parece estar ocupado —, e eu fecho a porta com um chute, pondo Taylor de pé.

A palma das minhas mãos sua enquanto a examino da cabeça aos pés, absorvendo nossa diferença de altura e a expressão confiante dela. Seus mamilos intumescidos, o cabelo soprado pelo vento e as bochechas coradas. Estou a um segundo de empurrá-la na cama, erguer a sua saia e simplesmente me satisfazer no meio das pernas dela. Mas não estamos aqui para uma rapidinha, né? Ela pediu algo de mim.

Me ajude a descobrir exatamente o que quero. E como pedir por isso.

Temos um objetivo aqui. Se eu me esquecer disso...

É a prova definitiva de que ela está me afetando.

Não está, garanto a mim mesmo, enquanto tiro a arma da cintura, aciono a trava de segurança e a coloco na cômoda.

— O negócio é o seguinte, Taylor — digo, minha voz soando como uma serra. — Você não vai saber do que gosta até encontrar. Talvez você nem goste de um sexo mais...

Ela me lança um olhar tímido. E, porra, claro que eu fico excitado com isso.

— Bruto? — pergunta ela.

Minha boca fica seca.

— É. Bruto. — Dou um passo na direção dela, minha pulsação acelerando. — Eu vou te mostrar um pouco. Você me diz se e quando eu for longe demais.

— A gente, tipo... escolhe uma palavra de segurança?

— Não precisamos de uma palavra de segurança. Você só diz "para". — O impulso de reconfortá-la vence antes que eu tenha a chance de me preparar para qualquer coisa. Puxo-a pela frente da regata até meus lábios encontrarem a testa dela e a beijo ali. — Eu sei o que "para" significa, querida.

Ela assente. Confiando em mim.

Meu coração bate mais rápido.

Isso já está ficando pessoal demais. Não foi o que ela pediu de mim e, de toda forma, não é o que tenho a oferecer. Com muito mais rigor do que o pretendido, desço o zíper da saia dela e a puxo para baixo. O jeans macio mal caiu aos pés dela quando agarro sua bunda com as duas mãos, dando uma puxada para cima e deixando-a na porta dos pés. O arquejo que ela solta contra o meu pescoço me queima vivo. Novamente, chego muito perto de prendê-la embaixo de mim e extinguir essa tensão entre nós com uma transa veloz e furiosa, mas, de alguma forma, mesmo com meu pau mais duro que uma pedra, eu me controlo.

— Ainda quer que eu tome o controle?

Na metade da pergunta, ela já está assentindo avidamente.

Tão doce.

Doce? Eu não saberia o que é doce nem se esfregassem na minha cara.

Com os dentes cerrados, eu a viro para encarar o espelho de corpo inteiro encostado no canto do quarto. Vejo seus olhos se conectarem com o nosso reflexo. Os contrastes entre nós dois. Ela de regata e calcinha. Bonita. Olhos arregalados. E eu atrás dela. Um filho da puta cínico com três dias de barba por fazer, quase do dobro do tamanho dela. Mas foi isso que ela pediu. Não foi? Ela ainda está na ponta dos pés, a bunda gostosa roçando no meu colo agora, esfregando delicadamente de um lado para outro por um motivo. Ela estava faminta por algo e não lhe deram. Como é possível eu ficar aliviado com isso e achar inaceitável ao mesmo tempo?

Pego a bainha da regata dela, dedicando alguns segundos para acariciar sua barriga com o dedão, porque, cacete, ela é tão macia. Sua bunda para quieta no meu colo com a ação, suas pálpebras tremulando. Ela gosta disso. Por mais que queira um gostinho de brutalidade, ela também gosta de ser tocada com gentileza, e, mesmo sabendo que eu não deveria, guardo essa informação para outro momento. *Outro momento?* É. Não consigo evitar. Não consigo não catalogar a aceleração do pulso no pescoço dela quando tiro sua regata, deixando-a só de calcinha cor de creme e um...

— O que é isso? — pergunto, correndo o indicador de um lado a outro sob a alça fina, olhando por cima dela para aqueles peitos volumosos envolvidos por renda. Como eles balançam quando puxo a alça. Caralho. Quase não consigo conter um rosnado. — Não é um sutiã, mas também não é apropriado para se usar em público.

— Ah, hum. Sim — murmura ela, o peito subindo e descendo. — É um bralette.

Nunca ouvi falar disso.

— Fofo.

Os olhos dela voam para os meus no espelho.

— Eu não quero ser fofa.

— Acho melhor a gente tirar, então.

Vejo os dedos dos pés dela se curvarem no tapete. Ansiosa, mas excitada.

— Ótimo.

Em vez de erguê-lo por cima da cabeça dela, eu a surpreendo puxando as alças pelos seus braços, depois lentamente arrastando a peça de renda delicada pelo tórax, a barriga, os quadris. Aí paro, encostando a boca no ouvido dela.

— Você abaixa o resto. Até o tornozelo.

Ela está mais ofegante agora.

Sabe que vem algo por aí — e tem razão.

Mas não estou fazendo jogo algum. Estou me movendo em resposta aos sinais que vêm diretamente dessa mulher. Como ela se move, como respira, o que significa quando engole com mais força que o normal. É como se eu sintonizasse no seu canal e alguma fonte inexplorada dentro de mim soubesse quão rápido ou devagar me mover, quando ela está pronta para mais. Estou hipnotizado demais pela visão do seu corpo sexy no espelho, com as marquinhas de biquíni, para me preocupar com o fato de que esses reflexos nunca existiram em mim antes. Que são uma resposta específica a ela.

Taylor morde o lábio e então desce o bralette pelos quadris de um jeito que faz seus peitos nus balançarem. Redondos, volumosos e com mamilos duros. Eu gemo com a descarga intensa de pressão entre as pernas, tirando o olhar do reflexo dos peitos dela para vê-la se curvar bem ali na minha frente usando uma calcinha fina, puxando o bralette para baixo dos joelhos, sobre a curva das panturrilhas, até a renda cair no chão.

Mas não a deixo se erguer.

Enfio os dedos no cabelo dela e a mantenho curvada, puxando sua cabeça para trás. Só a cabeça. Lentamente agarro seu cabelo, cada vez mais apertado, até ela gemer.

— Meu Deus. Olha só você. — Com a outra mão, puxo a parte de trás da calcinha dela, e continuo puxando até ela gritar, porque o material está apertando a sua boceta. Separando seus lábios e nádegas, aplicando pressão a tudo no meio. — Alguém te chamaria de fofa agora?

Ainda na posição, ela observa o próprio reflexo com olhos vidrados.

— Não — diz, com um soluço. — Não.

— Não. Eu também não. — Eu me reclino um pouco para trás, puxando a calcinha torcida no punho para o lado e gemendo ao ver o que ela revela. — Bem, só pra esclarecer: estou vendo seu cuzinho apertado, e ele nunca deixaria de ser fofo, mas o restante do seu corpo? — Pressiono o quadril na bunda empinada dela, deixando-a sentir o efeito doloroso que está causando no meu pau. — Agora *você* é uma garota que gosta de foder gostoso.

Ela estremece, e sinto uma vontade súbita de puxá-la contra meu peito e aquecê-la. Dizer a ela como é linda. Mas não vou fingir que não estou gostando disso. Do que estamos fazendo agora. Taylor se assistindo no espelho. Observar enquanto ela é tomada pela surpresa, a mudança em como ela vê a si mesma. Ela está quase nua, curvada na frente de um homem inescrupuloso, com os peitos para fora, a boca inchada, as pupilas eclipsando as íris.

Tesão. Ela está com muito tesão.

Meu Deus, eu também.

Meu pau nunca ficou tão duro na minha vida.

Pelo menos é o que acho — até que ela encontra meu olhar no espelho.

E diz:

— Mais forte.

É tanto sangue que desce — e tão rápido — que eu quase me curvo em cima dela. Estou morrendo de vontade de baixar a calcinha e meter por trás, assim mesmo. Ela está molhada. Não preciso nem tocar sua boceta para saber. Sei disso como sei respirar. Está nas minhas veias. Ela está praticamente tremendo na minha frente, a bunda descendo e subindo no meu colo. Os quadris inclinados para cima. Eu sei o que ela está pedindo, porra.

Torço a calcinha na mão outra vez, a renda afundando na pele sensível até ela gritar meu nome, as coxas começando a tremer.

— Quer que eu bata nessa bunda até você deixar de ser fofa?

— Quero.

Minha mão já está se movendo, mas não para dar um tapa. Ainda não.

Não, eu a enfio entre as pernas dela e massageio sua boceta com força, me inclinando para murmurar elogios contra as costas dela. Puxando-a tão perto que não sei dizer onde ela termina e onde eu começo. Estou perdendo o controle. Não estou mais pensando de maneira objetiva. As sensações estão me conduzindo, assim como uma fome voraz para dar a satisfação a ela. A melhor transa que ela já teve. Assim que ela começa a esfregar a boceta contra a palma da minha mão, eu a solto. Então tiro a mão do meio das suas coxas e dou um tapa que ressoa alto na curva macia da sua nádega direita.

Não sei o que estou esperando. Gratificação, sim. Uma sensação de autoridade, claro.

E sinto essas coisas.

Mas, assim como hoje de manhã, um senso feroz de responsabilidade me domina, exigindo que eu a tranquilize logo na sequência. Como se fosse minha obrigação. Meu direito. Eu acaricio o ponto onde minha palma atingiu e esfrego ali, beijando as costas dela e enterrando a boca em seu cabelo.

— Isso. Boa menina.

Mesmo enquanto estou beijando o pescoço dela, lambendo os pontos sensíveis e sussurrando palavras em seu ouvido, ergo a mão de novo e a desço com mais força ainda — e ela geme "isso, isso, isso", então faço de novo. Repito o padrão mais três vezes. Bater, acariciar, bater, acariciar, até que os joelhos dela estão tão fracos que sou eu que a estou mantendo de pé.

— Mais forte — sussurra ela.

E eu estou perdido. Completamente perdido.

Posso estar dominando-a, mas é ela quem manda em mim.

Deixo-a cair de joelhos e me endireito, me atrapalhando com o zíper da calça jeans. Minha calma foi para o espaço. Só consigo ouvi-la pedir por mais. *Mais forte.* Só consigo pensar em enfiar meu pau naquela boquinha linda, e ela quer isso também, ou não estaria me ajudando a abaixar o zíper sobre a protuberância dolorida. Não estaria exalando na minha barriga, me beijando ali com língua, desenfreada, levando o rosto ao encontro da minha investida enquanto gemo, permitindo que eu enfie o pau na sua boca sem espera, provocação ou joguinhos. Sim. *Meu Deus, sim.*

É urgente. Bruto.

— Se tá desse tamanho, é culpa de absolutamente tudo que você faz. Nunca fiquei tão duro na vida. Uma esfregada nessa bunda e eu fico assim. *Porra.* Isso mesmo. Fico com o pau duro até quando você está puta comigo, querida.

Para dar a ela o que precisa — Jesus, quando foi que eu quis qualquer outra coisa que não isso? —, agarro dois punhados de seu cabelo, enrolando as mechas sedosas nos pulsos, e vou fundo, fundo, fundo, entrando e saindo da sua boca doce e flexível, o quadril indo para a frente e para trás como um animal, e ela adora. Meu Deus, ela vai mais fundo do que eu jamais esperei e mais um pouco, passando a língua em cada curva, e as mãos para me masturbar. Eu morri e fui pro céu. Não, mais alto. Estou em alguma terra prometida inexplorada.

— Que gostoso, Taylor. Cacete, é bom demais. Isso aqui foi você que fez, agora lambe, chupa. — Em algum nível indescritível, sei que não vou me sentir completo a não ser que isso termine dentro dela. Quero a boca dela na minha. Quero o meu corpo a ancorando. Preciso da pele dela, do seu aroma, do seu calor.

— Sobe na cama com essa sua boca com o gosto do meu pau — digo, rouco, saindo dos lábios dela com um estalo e a puxando de pé. Viro e nos levo até a cama. — De costas, Taylor. Tira a calcinha. Juro por Deus, vou te foder toda.

— Eu gostaria muito disso — diz ela, sem fôlego, caindo de costas e tirando a calcinha com um pouco de dificuldade.

Vejo um vislumbre de pele molhada que me faz salivar e...

O vidro se estilhaça atrás de mim.

Eu não penso. Só me jogo em cima de Taylor, cobrindo-a completamente com meu corpo, os braços protegendo a cabeça dela. Cacos afiados acertam as minhas costas, pontos ardentes que definitivamente tiram sangue de mim. Pelo canto do olho, vejo uma boia vermelha e branca rolar até parar perto da cama — e a raiva irrompe de mim em ondas incontroláveis.

Taylor poderia ter sido atingida por essa boia.

— O que... o que foi isso? — sussurra ela, o medo em sua voz embrulhando meu estômago.

— Está tudo bem. Você está a salvo.

Seja objetivo. É mais fácil falar que fazer. Estou quase atordoado de raiva. Espero alguns segundos para ter certeza de que não vem mais nada, depois a faço deslizar da cama e a levo depressa até a porta do quarto, bloqueando-a da janela com o meu corpo o caminho todo.

— Vá para o banheiro e tranque a porta.

Ela hesita, erguendo-se na ponta dos pés para encarar a janela quebrada atrás de mim.

— Ai, meu Deus. Até o vandalismo aqui tem temática náutica.

Ela está fazendo *piadas* numa hora dessas? Só consigo imaginá-la inconsciente e sangrando no chão do quarto. Abaixo a guarda. Completamente.

— *Vai. Agora.*

Assim que ela desaparece no banheiro e eu escuto a fechadura, abotoo os jeans o mais rápido possível e corro até a frente da casa, arma em punho. Há duas lanternas traseiras bem ao pé da colina virando para a rua principal, mas está escuro demais para identificar o veículo, que dirá o número da placa.

— *Caralho!* — vocifero com os dentes cerrados, pegando o celular para ligar para a polícia.

Uma voz responde no meu ouvido um momento depois, mas tenho que desligar, porque não estou pronto para falar. Estou pensando na mulher lá dentro. Em como ela me deixou completamente alheio a tudo por meia hora. O suficiente para parar de prestar atenção, comprometendo minha efetividade. E, por causa disso, ela poderia ter se *machucado*. Um dia perto de Taylor e não estou apenas quebrando minha regra sobre não deixar minhas emoções interferirem enquanto estou investigando um caso. Estou estilhaçando a regra por completo.

E, agora que obviamente há uma ameaça real contra Taylor, *não posso* deixar isso acontecer de novo.

Capítulo 9

TAYLOR

A noite passada foi uma loucura.

Em muitíssimos aspectos.

O que aconteceu com Myles...

Bem, não sei direito o que aconteceu com Myles.

Devo ser extremamente ingênua, porque, quando ele me carregou para dentro de casa, pensei que íamos dar uns amassos. Uns pegas. Talvez, no máximo, ficar se esfregando com roupas mesmo. Não julgo mulheres que transam no primeiro encontro. Na verdade, acho que é um ótimo jeito de não perder tempo e descobrir logo de cara se o negócio tem futuro. No passado, precisei de vários encontros até me sentir ao menos confortável de ficar *sozinha* com o cara, que dirá permitir que ele chegasse ao meu *santuário interno*.

Só aconteceu poucas vezes na minha vida. Sou uma cliente exigente.

Mas não com Myles, pelo visto. Assim que ele põe as mãos em mim, é como se uma corrida até a linha de chegada começasse. A pulsação acelerada, a boca seca, as pernas trêmulas, a calcinha encharcada. Quer dizer, quem *era* aquela mulher?

Eu gosto dela.

Saindo do boxe de vidro, eu me seco devagar e me olho no espelho, virando a cabeça de um lado para o outro para observar as leves marcas de unha no meu pescoço. Um arrepio quente me atravessa, disparando até os dedos dos pés e os fazendo formigar. Ainda estou excitada. Não consegui me livrar do tesão a noite toda, nem com a polícia chegando para ouvir nossos depoimentos e lidar com um Myles bem puto. Assim que me deixou sair do banheiro ontem à noite, ele ficou parado atrás de mim com os braços cruzados e a testa franzida enquanto eu falava com a polícia. Depois me levou para cima, me deixou no quarto sem qualquer cerimônia... e nunca mais voltou.

Tiro a parte de cima do biquíni do gancho e o visto. O nylon arranha meus mamilos sensíveis, e eu solto o ar meio trêmula. Meus olhos se fecham na hora, e cenas começam a passar na minha mente, assim como fizeram a noite toda. O modo como ele olhou para os meus peitos. Voraz. Seu punho torcendo a parte de trás da minha calcinha, apertando a renda entre minhas pernas até que fosse possível que um puxão me desse um orgasmo. Ele deslizando suave e volumoso na minha boca e o modo como assomava sobre mim, os quadris se movendo em investidas brutas. Exibindo sua autoridade enquanto estava completamente à minha mercê. Nunca me senti tão incrível. Tão ousada.

Eu me inclino para a frente e apoio os braços na pia do banheiro. Ainda estou meio úmida do banho e aperto as coxas uma na outra. Com força. Vejo minha respiração embaçar o espelho. Penso nele atrás de mim, enorme e irritadiço. Ele tira a camisa e a joga no chão, aperta meus quadris e os puxa para trás, para o seu colo.

Boa menina, diz. E quase não consigo conter um gemido. Por que gosto tanto disso? Eu deveria odiar. Não deveria querer que um homem me pusesse de joelhos e tomasse liberdades com a minha boca mesmo sendo um babaca completo comigo na vida real, mas me sinto tão atraída por ele que chega a doer. A ardência da palma dele na minha bunda despertou algo dentro de mim, me fez ofegar, me deixou atordoada. Eu estava dolorosamente desperta... e, por mais que eu queira mais, estou preocupada. Eu disse a ele que não o prenderia e estava falando sério.

De verdade.

Mas não esperava como eu ia reagir a ele. Então provavelmente foi melhor ele não ter voltado ontem à noite para terminar o que começamos. Seria melhor eu recuar um passo.

Mas não há lei que condene fantasias.

Essa constatação relaxa meus membros e faz minha respiração acelerar enquanto me curvo sobre a pia e aperto a boca na dobra do cotovelo, afundando dois dedos lentamente entre os lábios da minha boceta, suavizados pelo banho. Um som escapa de mim com um estremecimento quando encontro o clitóris e provoco seu entorno. Cercada pelo vapor do banho, o banheiro é aconchegante. Estou sozinha. Isso é permitido. Posso raspar os dentes na pele interna sensível do braço e pressionar o clitóris, esfregando-o com mais força do que faria normalmente, tentando recuperar a excitação da noite passada, mesmo sabendo, de alguma forma, que só ele pode proporcionar isso.

Mas posso encontrar um pouco de alívio. Posso...

— Taylor! — A voz do meu irmão soa abafada, fora do banheiro e do quarto. No corredor. — O café da manhã está na mesa. Fiz waffles. Pensei que a gente podia experimentar aquele xarope de amora caseiro que compramos na feira ontem.

Minha testa bate no espelho.

— Merda. — Suspiro.

Meu corpo arqueja, e não faço ideia se estou úmida do banho ou coberta de suor. Não acredito que não coloquei o vibrador na mala. Pareceu esquisito, já que eu ia sair de férias com meu irmão. Mas estou meio sem prática com masturbação manual. Até onde sei, isso pode levar a manhã toda. Eles vão enviar um grupo de busca e me encontrar aqui tentando convencer meus dedos a vibrar.

— Está tudo bem aí dentro? — chama Jude.

— Aham — respondo, rouca, pigarreando, e me afasto da pia. Jude entrou pela porta da frente ontem à noite enquanto eu estava sendo interrogada pela polícia e ficou branco como uma pena de cisne. A última coisa que quero é preocupá-lo ainda mais. — Já estou descendo.

Abano meu pescoço suado a caminho do quarto, vestindo a calcinha do biquíni e uma calça de algodão preta soltinha. Uma coisa boa decorreu da minha noite insone, pelo menos: a fim de ficar longe do caçador de recompensas e recuperar o controle dessas férias, usei um cupom e comprei uma aula de mergulho com snorkel hoje. Lá do outro lado de Cape Cod.

Sim. Distância.

Perspectiva.

Duas coisas boas.

Deve ser por isso que estou parada na janela olhando para onde Myles dormiu ontem à noite: na varanda da casa, com a arma na cintura. Ele permanece ali, olhando algo no celular com o notebook apoiado na coxa.

De costas, Taylor. Tira a calcinha. Juro por Deus, vou te foder toda.

Sinto um tremor entre as pernas ao me lembrar do que quase fizemos. Teria sido desenfreado. *Eu* teria ido com tudo, aceitando de bom grado a força dele, implorando para que a usasse em mim. E ele teria usado. Não posso deixar de me sentir grata a Myles. Pela primeira vez, um homem não me tratou como se eu só fosse boa para apresentar à mãe e nada mais. Eu fui um ser sexual ontem à noite. Uma mulher.

Infelizmente, não me senti próxima do caçador de recompensas apenas no aspecto físico. Havia muito mais coisa envolvida em lhe dar minha confiança. Mais do que eu havia percebido. E, quando ele não voltou ontem à noite, me deixou exposta. Uma pipa ao vento. Não percebi que ele teria esse tipo de efeito em mim, e acho que não deveria deixar acontecer de novo. Não quando ele deixou muito claro que cospe na cara do amor, das convenções e de tudo que estou procurando.

Como se pudesse sentir que estou observando seus ombros, Myles inclina a cabeça e nosso olhar se encontra na janela. A expressão dele fica mais intensa, sua boca se apertando numa linha severa. Quando o frio na minha barriga começa a virar uma quentura lá embaixo, dou um passo apressado para trás, procurando a escova na cama e a passando rapidamente pelo cabelo. Aplico um pouco de hidratante com filtro solar e passo protetor labial sabor maçã antes de sair do quarto. Quando desço, meu irmão está sentado à mesa da cozinha diante de um prato de waffles intocado.

— Você deveria ter começado sem mim.

— Ei. — Ele ignora o comentário, me passando o xarope de amora assim que me sento. — Como você está?

Ambos nos viramos para o primeiro quarto de hóspedes. O vidro foi varrido para um canto e uma lona plástica espessa de construção foi instalada para cobrir a janela.

— Estou bem. Acha que é melhor eu ligar para Lisa e explicar o que aconteceu com a janela? Odeio incomodá-la com algo tão estressante justo agora que ela acabou de perder o irmão.

Jude mordisca os dentes do garfo.

— Myles provavelmente já ligou para ela. Você mencionou que ele só pegou esse caso como um favor para o namorado dela, mas ele ainda tem que mantê-la a par dos acontecimentos. E uma boia jogada pela janela definitivamente é um acontecimento.

— É. — Suspiro. — Você provavelmente tem razão.

Ficamos em silêncio enquanto passamos manteiga nos waffles e os cobrimos de xarope.

— Falando no detetive particular... — Jude semicerra os olhos para mim e abaixa a voz. — Quando você contou para a polícia que estava "só conversando" com Myles no quarto durante o incidente da boia, estava piscando rápido daquele jeito que faz quando está mentindo. — Ele tenta conter um sorriso, fincando o garfo no waffle. — Não quero me intrometer. Só...

sabe. Fiquei surpreso com sua escolha de casinho de férias. Não de um jeito *ruim*. Só de um jeito surpreso.

Meu rosto está da cor de uma placa de PARE.

— Quer dizer, a gente *conversou* no quarto. Não foi uma mentira completa.

Jude me observa enquanto mastiga, entretido e sem dizer nada.

— Eu, hum... — Remexo nos talheres. — Bem...

— Você não precisa me contar, T.

— Eu quero contar. É só que é você que geralmente me conta sobre a *sua* vida amorosa. Não o contrário.

Ele sorri antes de dar uma garfada.

— É gentileza sua chamar minhas noites isoladas de sexo aqui e ali de vida amorosa, T.

— Você tem falado com Dante? — pergunto, sem pensar.

Jude para de mastigar e fica olhando para o prato. Quando enfim engole, é como se estivesse digerindo um anzol. Por que fui tocar nesse assunto, hein? Como foi idiota levantar a questão do melhor amigo dele na mesma conversa sobre sua vida amorosa. Agora parece que estou considerando os dois uma coisa só, e definitivamente não é o caso. Provavelmente. Eu não sei.

— Não. Ele está filmando, acho? — Jude dá uma risada, mas posso ver que é forçada. — Semana passada estava em Singapura. Essa semana está em Nova York. Não sei. Não consigo mais acompanhar. Parei de tentar.

Só deixe quieto.

Estou tendo dificuldade com isso ultimamente.

— Ele costumava ligar aos domingos. Não liga mais?

Jude hesita.

— Liga. Eu só... geralmente estou fazendo alguma coisa, ou ele confunde os fusos e eu estou dormindo. — Ele dá de ombros. — Uma hora ou outra a gente bota a conversa em dia.

Eu assinto.

— Legal. Manda um oi para ele.

— Vou mandar. — Jude inclina a cabeça para a varanda, onde Myles está andando de um lado para outro, falando em voz baixa no celular. — Ele ficou acampado ali a noite toda. Protegendo você.

— Protegendo *a gente* — corrijo, lambendo xarope da ponta do dedinho. — E acho que ele só ficou de tocaia para poder pegar o culpado se ele voltasse para a cena do crime.

— Tem certeza? — Fico feliz ao ver o típico semblante brincalhão voltar ao rosto de Jude. Só gostaria que fosse por outro motivo. — O cara parece meio apaixonadinho.

Solto uma risada cética.

— Qual é a sua definição de "apaixonadinho"? Porque eu tenho quase certeza de que ele me chamou de noivinha maluca ontem à noite.

Jude engasga, e eu levanto depressa, preparada para realizar a manobra de Heimlich.

Com os olhos marejados, ele faz um gesto para me afastar.

— Estou bem. Ai, meu Deus. Ele não falou isso.

— Falou.

— E você ainda… *conversou*… com ele? Antes da boia?

— Sim. — Acabei de pegar meu garfo, mas o abaixo de novo, e ele tilinta ao encostar na mesa. — Ai, meu Deus. Fiquei com ele depois que ele me chamou de futura noivinha maluca. Qual é o meu *problema*?

Jude solta o ar.

— Talvez você seja atraída pela honestidade dele.

— Talvez. Ou talvez vá enfiar esse garfo na bunda dele…

Alguém dá um pigarro na porta da frente.

Jude e nos viramos e encontramos Myles recostado no batente, com o notebook ao seu lado. Me observando. Desconfiado, como de costume.

— Bom dia — cumprimenta, com sua voz arrastada, se afastando da porta e entrando casualmente na cozinha. — Vou roubar um pouco de café. Imagino que não se importem, já que passei a noite protegendo vocês dois.

— Ninguém te pediu nada — digo, simpática. — Sabemos cuidar de nós mesmos.

Ele dá um grunhido, os músculos das costas se movendo enquanto enche a xícara.

Não estou nem um pouco interessada no modo como essa calça jeans velha abraça a sua bunda.

Não me importo *nem um pouco*.

Jude está olhando de mim para Myles, ficando mais desconfortável a cada segundo. Meu irmão odeia silêncios longos. Nós dois odiamos, na verdade, porque nossos pais tinham uma regra de não falar durante o jantar se eles houvessem tido um dia especialmente difícil no trabalho. Estavam cansados. Haviam nos colocado numa caixa, e nada que eu dissesse poderia mudar a impressão que tinham de mim. Se eu andava de bicicleta sem as mãos por cinco segundos ou me oferecia para declamar o juramento à bandeira no microfone na escola, para eles ainda era a Taylor certinha que não se arriscava. Em algum ponto, parei de tentar mudar a opinião dos dois. *E a minha.*

Muitos anos atrás, Jude e eu nos sentávamos em silêncio à mesa de jantar, lado a lado, explodindo com novidades da escola e dos amigos, e éramos obrigados a engolir tudo até podermos contar mais tarde, sozinhos no corredor dos nossos quartos. Agora, como adultos, tendemos a tagarelar para preencher quaisquer vazios, especialmente nas refeições. *Dessa vez, não*, tento comunicar balançando a cabeça para Jude, mas ele está ficando vermelho de tanto que precisa dizer algo. Qualquer coisa.

— Pegue um waffle, se quiser — oferece, soando como um balão estourado. — A chapa ainda está ligada.

O caçador de recompensas dá um sorriso para mim por cima do ombro estupidamente grande.

— Vou pegar, então.

Jude diz "desculpa" para mim sem emitir som. O celular dele se acende na mesa, distraindo-o por um momento. Engolindo em seco, ele enfia o aparelho depressa no bolso da bermuda. Não deixo de reparar no movimento, mas não posso exatamente questioná-lo agora. Não com um ogro entre nós.

— Como está a agenda de hoje, cara? — Jude pergunta ao caçador de recompensas. — Perseguição de carros? Tutorial de como traçar contornos de cadáveres com giz?

Balanço a cabeça para meu irmão, decepcionada.

— Não compartilho pistas com suspeitos — afirma aquele insuportável.

— Sério?! — exclamo. — *Ainda* somos suspeitos, mesmo depois de alguém jogar uma boia na nossa janela?

— Jude não tem um álibi para a hora da boia. Podia ser ele tentando me despistar.

Baseado no tom casual do caçador de recompensas — e no fato de que ele está de costas para mim apesar de ter várias facas na mesa —, ele não suspeita da gente *de verdade*. Mas o fato de que não nos risca da sua lista nem compartilha abertamente informações me irrita mesmo assim.

— Eu deveria ter ligado para a polícia quando encontrei a arma ontem à noite, e não para você. O detetive Wright se comunica muito melhor.

— Wright fala demais. Ele não deveria ter te contado merda nenhuma, para começo de conversa. — Eu estava errada. Myles não está num humor casual, de forma alguma. Quando se vira, os nós dos seus dedos estão tão brancos ao redor da xícara de café que me preparo para vê-la se estilhaçar. — Essas são as consequências de ele compartilhar informações confidenciais com você. Agora alguém aí fora está puto porque você meteu o bedelho no caso. Puto o suficiente para fazer algo que *machuque* você. Entende isso?

Eu me remexo na cadeira.

— Fale baixo, por favor. Não tem por que gritar comigo.

— Não estou gritando.

— É como se estivesse!

Ele me olha como se um chifre tivesse brotado bem no meio da minha testa.

— Quais são seus planos para hoje? Não quero que vá a nenhum lugar sem mim.

— A não ser que você queira fazer mergulho com snorkel, vai ser meio difícil.

— Mergulho com snorkel. — Ele para de derramar a massa de waffle na chapa. — Alguém claramente te ameaçou de morte ontem à noite e você vai mergulhar com snorkel?

— Jude é *incrível* em tudo que tem a ver com água — digo, dando batidinhas no braço do meu irmão. — Não há por que deixar uma janela quebrada arruinar as férias dele.

— As *nossas* férias — corrige Jude.

— Isso, foi o que eu quis dizer.

Quando a cozinha fica silenciosa, eu me viro para Myles, que está franzindo a testa para mim. Ele parece querer dizer algo, mas pigarreia e se vira para monitorar o waffle.

— Você é uma daquelas pessoas que planejam várias atividades nas férias em vez de só deitar na praia e relaxar como todo mundo, né?

— Eu posso deitar e relaxar em casa. As férias são uma chance para fazer coisas. — Acrescento mais xarope de amora no meu prato para mergulhar o waffle. — O que você faz nas férias para se divertir? Tira sarro de bebês? Empurra velhinhas em ruas íngremes dentro de carrinhos de compras?

Jude dá uma risada para dentro da sua xícara, claramente se divertindo.

Myles não me dá a satisfação de uma réplica. Em vez disso, ele põe o prato na mesa e se senta, tomando um longo gole de café.

— Cancele o mergulho, beleza?

— De jeito nenhum.

— Eu preciso encontrar a polícia hoje. Eles concordaram em me mostrar uma cópia do relatório de balística. O legista vai voltar hoje ou amanhã com o MO. Não tenho tempo para ficar de babá enquanto vocês admiram estrelas-do-mar por aí.

— MO é momento do óbito — sussurro do outro lado da mesa para meu irmão.

Jude abaixa a xícara, ofendido.

— Certo, escuta — diz ele, olhando para Myles. — Você é obviamente um guarda-costas muito mais qualificado, mas vou estar com ela quando formos mergulhar. Não deixaria nada acontecer com a minha irmã.

— Tem razão, sou muito mais qualificado mesmo — responde Myles, sem hesitar um segundo.

Todos os traços da natureza afável de Jude somem.

— Eu sei me virar.

Myles ergue uma sobrancelha para ele, claramente duvidando daquela afirmação, e dá um gole no café com toda a calma do mundo.

É isso. Eu vou dar uma facada nele.

"Homicídio duplo em Cape Cod." Vai estrear no topo das paradas de podcasts.

— Você parece duvidar disso. Por quê? — Jude se reclina na cadeira. — Porque sou gay?

O caçador de recompensas pega o xarope, inabalável.

— Não. Meu irmão é gay e ele assustaria até um touro.

Jude inclina a cabeça para mim, como quem diz *por essa eu não esperava*.

Bem-vindo ao clube. Eu não previ *nenhuma* cartada desse homem. Na verdade, só estou lembrando agora de como ele se abriu comigo na praia ontem à noite sobre o divórcio e o caso de sequestro. Ele compartilhou coisas comigo. E meus instintos dizem que não foi fácil para ele. Ou comum. Não é tão fácil enfiar esse cara em uma caixinha. *Droga.*

— Você não disse… — Volto a comer, porque preciso fazer algo com as mãos. — Você não disse que seu irmão era detetive em Boston?

O caçador de recompensas assente de maneira quase imperceptível.

— Pelo que ouvi dizer, está para ser promovido.

— Você não fala muito com ele? — pergunta Jude.

— Nunca. E, antes que você pergunte, não é porque ele é gay. — Ele mastiga um bocado de waffle, falando de boca cheia, como se estivéssemos num celeiro. — Nós não conversamos porque ele é um escroto. — Myles gesticula para nós com o garfo. — Onde vocês vão mergulhar? Posso ligar e adiar para vocês.

O sorriso que abro é puro mel.

— Venha com a gente, se faz questão, mas vamos mergulhar. Já usei o cupom.

— Ei. — Jude ergue o celular, cuja tela está cheia de mensagens. — Se importa se eu convidar os caras do hambúrguer de ontem?

Deixo uma risada escapar.

— Foi assim que você salvou o nome deles?

Jude sorri.

— Exato. Tem um asterisco e uma nota aqui também. — Ele bate o celular nos lábios, pensativo. — O loiro gostava de cebolas grelhadas e chucrute no hambúrguer. Vou manter distância.

— Boa ideia. — Eu me levanto e começo a juntar os pratos. — Eles se chamam Jessie, Quinton e Ryan. E convide todos, claro. Quanto mais, melhor.

Jude hesita, lançando um olhar de mim para Myles.

— Ryan é o hétero que acabou de terminar o MBA em finanças, certo?

Tenho que pensar um pouco para responder. Minha mente estava bem focada no caso ontem à noite. E em um certo caçador de recompensas rabugento, mas não vou admitir essa parte para ninguém.

— É, acho que sim.

— Ele ficou perguntando sobre você, T, depois que saiu. Ficou decepcionado quando viu que não ia voltar.

A faca de Myles arranha o prato, o som longo e alto. Nós o encaramos, à espera de uma explicação. Os segundos se estendem.

— Fiquem longe dos Caras do Hambúrguer — diz, por fim. — Eles também são suspeitos.

Jude e eu jogamos as mãos para o alto.

— Ah, vá, isso não faz sentido — respondo. — Que motivo eles teriam?

— Pode não ser claro até que seja tarde demais. — O caçador de recompensas inclina o queixo para Jude. — Você os conheceu na praia?

— Conheci... — responde Jude, cauteloso.

— Eles se apresentaram para você? Ou o contrário?

— Eles se aproximaram de mim. — Jude lustra uma maçã imaginária na camiseta. — Geralmente é o que acontece.

— Os culpados muitas vezes encontram um jeito de se inserir na investigação. — Myles arrasta a cadeira para trás com um barulho alto e leva o prato à pia, olhando para trás e franzindo a testa para nós. — Até onde sei, vocês estão todos mancomunados.

Finalmente eu entendo: ele está tirando sarro da gente.

— Esse é seu lado brincalhão, né? Você parece um urso com a pata presa numa colmeia, mas na verdade está fazendo palhaçada.

Myles ignora completamente minha metáfora enquanto vai até a porta da frente.

— Vou para o centro da cidade lembrar à polícia que ainda estou aqui. Volto em meia hora. — Ele coloca os óculos escuros que não disfarçam sua expressão amarga. — Acho que vamos mergulhar de snorkel.

— Obrigada desde já por assustar todos os peixes!

A porta chacoalha nas dobradiças depois que ele sai.

— Ai, meu Deus. — Jude se reclina na cadeira, a satisfação evidente no rosto. — A tensão sexual entre vocês aumentou. Não achei que fosse possível.

— Não tem... — Meus ombros caem. Faço cara de choro. — Tá bom. Eu sei.

— Talvez seja o casinho de férias perfeito — afirma ele, enfatizando os argumentos com o garfo. — Vocês nem se gostam. Não há chance de ninguém se apegar demais.

Lá fora, a moto é ligada, acelera e sai rugindo pelo quarteirão. E então some completamente.

— É. — Dou um sorriso forçado. — É perfeito.

Alguns minutos depois, estou parada na pia lavando a louça do café da manhã quando ouço uma batida na porta. Troco um olhar surpreso com Jude, que ainda está sentado à mesa vendo o celular.

— Eu abro — diz ele.

Puxo um cutelo do porta-facas em cima da bancada.

— Vou com você.

Jude abafa uma risada na mão.

— Nem ferrando que você usaria isso para algo além de fatiar cebolas.

— Eu poderia arranhar alguém — sussurro de volta. — O suficiente para surpreender a pessoa e fugir.

Ele bagunça meu cabelo, me puxa para o lado e nos aproximamos juntos da porta. Quando chegamos à entrada, ele se inclina para espiar pelo olho mágico, recuando com bem menos tensão.

— É uma mulher. Jovem. Não reconheci.

Espio pelo olho mágico também.

— Humm. Podemos ajudá-la com algo? — grito do outro lado da porta, enquanto faço gestos de apunhalar com a faca.

Jude começa a rir sem fazer barulho.

— Oi! Sim! — responde a mulher, alegremente. — Tenho uma perguntinha rápida sobre o assassinato recente que aconteceu do outro lado da rua. Você pode me ajudar?

— Qual é a sua pergunta?

Ela hesita.

— Não me sinto confortável fazendo isso com uma porta entre a gente.

Dou de ombros para meu irmão. Ele retribui o gesto.

— Somos dois. Ela é uma só — sussurra ele para mim. — E você está armada.

— Certo. — Giro a chave. — Tá bem, vamos sair.

Assim que a porta se abre, um homem aparece.

Com uma câmera no ombro.

A mulher tira um microfone de trás das costas e o segura na frente da minha cara.

— É verdade que foram vocês que encontraram o corpo?

Hesito, vendo o meu reflexo na lente da câmera.

— Humm...

Com um xingamento, Jude me puxa de volta para dentro e bate a porta, mas não antes de a repórter disparar uma segunda pergunta:

— Nossas fontes disseram que alguém jogou uma boia pela sua janela ontem à noite. É verdade que vocês estão sendo perseguidos?

Jude vira a chave.

Lentamente nos afastamos da porta.

— Perseguidos — falo, bufando. — É um pouco de exagero, não é?

— *Demais* — confirma Jude. — Certo, T?

Não tive tempo de processar as repercussões da boia sendo jogada pela janela, mas ouvir a repórter falando em termos tão drásticos faz meu estômago embrulhar.

— Não vamos mencionar isso para o caçador de recompensas, só para o caso de ele não ficar muito feliz pelo fato de a gente ter sido gravado por uma câmera que definitivamente estava gravando — sugiro, deixando a faca na superfície mais próxima. — Provavelmente não foi nada de mais. Não é como se a gente tivesse respondido.

A risada do meu irmão é interrompida quando ele engole em seco.

— É.

— Talvez devêssemos sair antes que ele volte.

— Você leu meus pensamentos.

Capítulo 10

MYLES

Nem preciso dizer que não estou muito bem-humorado quando paro no estacionamento do Caiu na Rede é Peixe Mergulho com Snorkel. O carro de Taylor está aqui, ao lado de outros dois que não reconheço. Já odeio os donos dos carros, quem quer que sejam.

Eles vieram sem mim.

Voltei do centro da cidade e o carro dela não estava mais na frente da casa. Levei menos de dez segundos para arrombar a porta dos fundos e foi *muito* agradável encontrar um cutelo aleatório jogado perto da entrada, sem ninguém por perto para dar uma explicação. Minha azia está pior do que nunca. Estou convencido de que meus antiácidos foram trocados por placebos. Eu devia estar investigando o assassinato de Oscar Stanley e, em vez disso, estou perseguindo uma professora do fundamental por toda a porra de Cape Cod. Porque a chance de ela estar em perigo me deixa sem ar.

E também porque ela é uma suspeita, eu me obrigo a lembrar.

Com certeza não estou marchando pela praia usando botas com ponta de aço porque pensar nela de biquíni na frente de outros homens me dá uma dor de cabeça infernal.

Não tem nada a ver com isso.

Provo que sou um mentiroso quase imediatamente. Avisto Taylor na enseada — usando a parte de baixo de um biquíni e uma camisa de lycra — sorrindo e assentindo para o instrutor, como uma aluna nota 10. Atrás do instrutor há quatro outros homens. Jude está aqui, ainda bem. Não tenho nada contra o irmão dela. Parece um cara decente. Mas tem um sujeito, imagino que seja o tal Ryan do MBA, que parece bem mais interessado no corpo de Taylor do que no corpo d'água atrás dele, e a azia sobe pela minha garganta como um gêiser.

Quantos homens mostram interesse nela todo dia? Dez? Vinte? Isso está ficando ridículo.

Estou enfiando um punhado de antiácidos na boca quando Taylor me vê.

— Ah — diz ela, numa voz fraca. — Você nos encontrou.

Olho fixamente para Ryan enquanto trituro os tabletes brancos.

— C-*como* exatamente você nos encontrou? — pergunta Taylor.

— Procurei o lugar de mergulho com snorkel com o nome mais idiota da região. É *claro* que você escolheria algo chamado Caiu na Rede é Peixe.

Com um arquejo, ela olha para o instrutor.

— Ele está brincando.

— Não tem problema. Minha filha deu o nome quando tinha onze anos. — Há uma bolsa de malha cheia de equipamentos na areia aos pés do sujeito. — Você vai… hum… vir com a gente? Não sei se tenho pés de pato tão grandes…

Eu chuto as botas, deixando as meias na areia.

— Eu dou um jeito.

O instrutor começa a distribuir o equipamento. Combos de óculos de proteção, snorkel e pés de pato. Coletes salva-vidas. Aceito tudo que ele me dá, mas já sei que nada vai servir, então não visto nada. Taylor franze a testa para mim o tempo todo. Ótimo. *Que seja.*

— Certo, vamos nos dividir em duplas — diz o instrutor.

— Taylor... — começa Ryan.

Ela se vira para ele.

Sobre a cabeça de Taylor, meu olhar promete uma morte lenta ao merdinha.

— Vaza daqui — articulo com os lábios, sem emitir som e bem devagar.

— Eu v-vou com Quinton — gagueja Ryan, fingindo estar interessado nas fivelas do colete salva-vidas. — M-mas te vejo mais tardinho, tá?

Os outros se afastam pela praia com seu equipamento, ouvindo o homem mais velho explicar como evitar que os óculos embacem. Em vez de ir atrás deles, Taylor cruza os braços e inclina o quadril, fazendo meus dedos formigarem de vontade de arrancar aquele biquíni.

— Ouviu? — Solto todo o equipamento, exceto os óculos de proteção e o snorkel. — Ele vai te encontrar mais tardinho.

— Ah, cala a boca.

O olhar que ela está me lançando é puro veneno. Eu quero tanto beijá-la que meu estômago está embrulhado. *Não ouse.* Algum senso irritante de autopreservação me avisa que não posso me acostumar a pôr as mãos e a boca nela. Não posso transformar isso num hábito, senão será impossível de abandonar. Preciso me afastar dessa mulher, ou corro o risco de me distrair demais.

Se eu me colocar na posição de cometer outro erro de vida ou morte, de que adiantou ir embora de Boston, para começo de conversa? Não entreguei meu distintivo e fui embora justamente para evitar o risco de interpretar errado as evidências e arruinar outro caso? Outras vidas?

Claramente deduzindo que meu silêncio é irritação — com ela —, Taylor se vira e vai rebolando até o outro lado da enseada.

— Você pode só ficar na praia, por favor? — diz ela. — Eu gostaria de aproveitar meu dia.

É claro que eu a sigo, fascinado com o movimento da calcinha do biquíni subindo no meio da sua bunda linda, revelando cada vez mais conforme ela caminha.

— Você ouviu o homem — digo, brusco. — Temos que formar duplas.

— Obviamente nós nunca seremos uma dupla. — Os passos dela perdem um pouco de velocidade. — A não ser que você queira compartilhar com a turma alguma coisa que descobriu na delegacia.

— Não. Você quer me contar por que tinha um cutelo perto da porta na sua casa?

— Não.

Trinco os dentes. Não só por estarmos brigando e eu não... gostar disso. Ser combativo com as pessoas é normal para mim — é como minha família se comunica. Com a verdade nua e crua, brigas e insultos. Sinceramente, não dou a mínima se sou um filho da puta grosseiro. E é meio constrangedor admitir, até para mim mesmo, que eu meio que queria que Taylor sorrisse mais para mim. Ela sorriu ontem, não sorriu? O que preciso fazer para que haja mais sorrisos?

Não há nada perigoso ou irresponsável num sorriso.

É mais seguro que dormir com ela. Certo?

Ontem à noite, na praia, contei a ela sobre algumas das partes mais cabeludas do meu passado e ela fez muito mais que sorrir para mim. Preciso garantir que a gente não vá tão longe de novo — pela segurança dela e pelo bem do caso —, mas, quanto mais tempo ela fica brava comigo, mais agitado eu fico. Por que não consigo só ser indiferente a ela como sou com todo mundo?

Não tenho essa resposta. Não sei por que não gosto de vê-la se afastando de mim, furiosa.

Decepcionada.

Aquela confiança que ela me deu ontem à noite... quero mais uma dose, não consigo evitar.

Tenho que ceder para ganhar um pouco, não é?

Merda.

— Escute, Taylor...

Seguro o cotovelo dela e a faço parar, tentando não ficar obcecado pela maciez da sua pele. Mas posso muito bem admitir: perdi a batalha quando se trata do corpo de Taylor, tanto é que venho carregando a calcinha vermelha de renda dela no bolso da calça desde a quinta-feira passada.

— A hora da morte foi anunciada mais cedo — conto. — Oscar estava morto fazia vinte e quatro horas quando você o encontrou. Os álibis de vocês batem. Então...

O rosto dela se ilumina, e minha azia evapora.

— Não somos mais suspeitos?

— Não.

— Ah. — Ela dá uma risadinha. — Você odiou me contar isso, não foi?

— Odiei. — Uau. Essa resposta saiu rápido demais para ser crível. Planto as mãos nos quadris, mas as abaixo quase imediatamente. — Não. Não odiei.

Ela está apertando os olhos contra o sol. Sem óculos escuros.

Sem pensar, eu tiro os meus e os coloco nela.

Ficam tão grandes que eles deslizam até a ponta do seu nariz, e ela fica vesga por um momento enquanto os observa descer. Por que parece que tem alguém fazendo acrobacias no meu peito?

— Bem. — Indico a caverna com a cabeça. — Vai lá olhar uns peixes de merda.

Ela irrompe numa gargalhada, e os óculos caem completamente.

Eu os pego antes que atinjam a areia.

— Qual é a graça?

— Bem. — Ela sai rebolando na direção da formação rochosa, e cá estou eu de novo, acompanhando seu ritmo. — Eu estava pensando que, se você fosse um dos meus alunos, eu pediria que fizesse um desenho para representar seus sentimentos. E que provavelmente sairia algo parecido com a capa de um álbum de death metal.

A palavra "sentimentos" já me deixa apreensivo, então levo a conversa para outra direção. Porque pelo menos ela está falando comigo agora. Ainda não está sorrindo, mas tenho tempo.

Não, não tem. Você deveria estar investigando um assassinato.

— Como você é? — pergunto, mais curioso do que tenho qualquer direito de estar. — Como professora.

— Bem...

Entramos numa abertura na formação rochosa, parando na frente de uma piscina natural rasa. Acima, a rocha se estende e bloqueia o sol, e Taylor ergue o olhar para mim na ausência de luz, como se refletisse se pode falar comigo. Se pode confiar em mim. Faço uma anotação mental sobre a cronologia da nossa relação. Até ontem à noite eu fui grosseiro, o que também é conhecido como meu estado normal, mas depois cedi um pouco e ela suavizou. Confiou em mim. Fui grosseiro de novo hoje de manhã e perdi essa confiança. Talvez eu devesse só parar de ser assim. Essa parece a única rota possível se eu quero que ela...

O quê?

Goste de mim?

Como gostar de mim vai ajudar Taylor? Ou me ajudar?

— Eu sou chorona — diz ela finalmente, e minhas preocupações ficam em segundo plano. Por ora. — Eu choro o tempo todo. Sou conhecida por ser encontrada às lágrimas na sala dos professores.

Não gosto nada disso.

— Por quê?

— As crianças. Elas dizem as coisas mais honestas e bonitas do mundo. São novas demais para serem reservadas. Dá pra notar isso principalmente nos meninos, sabe? Os homens meio que aprendem cedo a não demonstrar os sentimentos, mas os meus alunos ainda não internalizaram isso. — Quando reparo em seus olhos se enchendo de lágrimas, sinto um aperto tão grande no peito que chego a dar um passo para trás, mas ela não parece notar. — No último dia de aula, um deles disse: "Obrigada por ser minha mamãe na escola, srta. Bassey." E eu quase precisei de oxigênio.

— Vai precisar agora?

— Não. — Ela seca os olhos como se chorar em público fosse a coisa mais normal do mundo. — Por quê? Isso não é nada. Lágrimas de nível um, no máximo.

— Jesus Cristo.

— Isso te deixa desconfortável? — Ela tira as sandálias e entra na água, voltando sua atenção curiosa para mim. — Não precisa responder. Você parece estar sendo sufocado por uma lula gigante. Meus pais também não amavam essa choradeira toda.

Com um grunhido, tiro a camisa e a largo ali. Depois de acionar a trava de segurança da arma e a deixar por perto, sigo Taylor rapidamente para dentro da água. Há muitas pedras escorregadias aqui. É melhor eu ficar junto, caso ela tropece em uma delas.

— Seus pais eram durões que nem os meus? — pergunto.

— Não durões, só bem corajosos. O emprego deles exige que sejam calmos e altruístas o tempo todo. Que foquem no bem maior. Não dá para desabar ou ceder a emoções complexas. É uma perda de tempo. Você provavelmente concorda, não…?

A pergunta vai morrendo quando ela se vira para mim.

Ela para de andar de repente, as bochechas ficando vermelhas.

Arqueio uma sobrancelha, pronto para incentivá-la a terminar a pergunta. Aí percebo por que está distraída. Eu jurava que tinha tirado a camisa ontem à noite quando estávamos pegando fogo, mas pelo visto não. A expressão chocada dela diz que é definitivamente a primeira vez que me vê nu da cintura para cima. As pálpebras dela estão ficando cada vez mais pesadas. Caralho, ela está gostando do que vê. Tenho a insensatez de fazer uma anotação mental sobre isso também. Taylor não desgosta dos músculos. Não desgosta dos pelos nem das tatuagens.

Nem das várias cicatrizes de faca.

Pelo contrário, ela gosta de tudo. Muito. Como caralhos vou manter as mãos longe dessa mulher?

— O que você estava dizendo, Taylor?

— Eu estava dizendo alguma coisa?

Sua voz rouca acorda meu pau consideravelmente.

— Você estava me perguntando se eu concordo com seus pais. Que chorar é uma perda de tempo.

— Eu preferiria se você não respondesse. Vai estragar... — Ela faz um gesto na direção do meu torso. — Isso.

Cacete, ela disse abertamente que gosta do meu corpo. Estou tão surpreso quanto excitado. O fato de que fico desconcertado com a resposta desinibida é provavelmente o motivo para eu fazer a pergunta idiota.

— Melhor que um MBA?

Ela faz um biquinho, claramente não querendo me dar essa satisfação.

— Melhor? — Virando-se e seguindo em frente, ela joga o cabelo para trás. — Não sei se melhor. *Diferente*, talvez.

Trinco a mandíbula enquanto a sigo, a boca ficando seca com a água acima dos joelhos dela, roçando a parte de trás das coxas. Coxas que eu daria todo o meu dinheiro para ter ao redor da minha cara, caso eu pensasse por um segundo que poderia ter um casinho com Taylor e ainda manter o foco enquanto estou em Cape Cod. Quando se trata da minha concentração, infelizmente já estou por um triz.

— É. Concordo com seus pais — digo. — Mas isso não significa que *todo mundo* tem que viver... reprimido. Calmo o tempo todo. O mundo seria um lugar bem frio sem os chorões.

Eu a alcanço, e ela ergue o olhar devagar para mim. Desconfiada.

— Você acha?

— É. — Pigarreio, uma tentativa de afastar a estranheza da garganta, gostando um pouco demais da esperança nos olhos dela. Especialmente quando é dirigida a mim. — Agora, pessoas que cantam Kelly Clarkson no banho? Aí é outra história.

Um sorriso desabrocha na boca de Taylor. Ela ri, o som leve e tilintante viajando pela caverna, mas morrendo logo depois. Eu quase agarro os seus ombros e a sacudo até que ria de novo. Com delicadeza, claro.

— No que você está pensando?

É a primeira vez na vida que faço essa pergunta a alguém.

— Eu estava lembrando que Jude costumava me incentivar a chorar quando via que eu precisava desabafar. Graças a Deus ele é meu irmão.

Tudo bem, Jude é mais que decente. Talvez eu devesse ser simpático com ele também. Que merda.

— E aí comecei a me perguntar por que você não fala com o *seu* irmão.

O desconforto se insinua na minha barriga.

— Já te disse. Ele é um escroto.

— Mas vocês não poderiam ser escrotos juntos?

Ela sorri para que eu saiba que está brincando, e chego perto de sorrir de volta, apesar do assunto incômodo.

— Ele não concorda exatamente com minha escolha de carreira. Quer que eu volte para Boston e abra a empresa de investigação particular, como tínhamos planejado. — Irritado, corro os dedos pelo cabelo. — Como se nada tivesse acontecido, sabe?

— O sequestro de Christopher, é isso? — pergunta ela em voz baixa.

— É — quase grito, mas suavizo o tom. Ela lembrou o nome dele? — É.

— O que seu irmão pensa sobre o que aconteceu?

— Kevin? Ele… — Falar tudo isso em voz alta é como ter meus órgãos removidos com um alicate. — Logo que aconteceu, ele disse que todo detetive passa por um caso na carreira que o abala mais e que esse foi o meu. E foi pior porque envolvia uma criança. Ele acha que a solução certa não era óbvia, mas é difícil engolir isso quando agora consigo olhar para trás e ver que a resposta estava na minha cara.

Jesus. Essa é a última coisa sobre a qual eu queria conversar hoje. Ou em qualquer dia.

Mas talvez seja bom, porque me lembra que não estou aqui para bancar o namoradinho de uma professora sexualmente frustrada de Connecticut que quer filhos, um marido e tudo o mais.

— Só estou investigando o assassinato de Oscar porque devia um favor a um amigo, mas não é esse o meu trabalho. Investigações oficiais. É só dessa vez.

— E você tem medo de cometer um erro.

Começo a negar, mas, inferno, ela tem razão.

— Tudo bem. Tenho. Quem não teria?

— Não sei — murmura ela, me examinando atentamente. Até demais. — Talvez alguém que não esteja se punindo tanto.

Sinto um bolo na garganta.

— Você não sabe do que está falando, Taylor.

Apesar do meu tom, ela ainda não está disposta a deixar essa história para lá. Estou aliviado ou irritado? Não faço ideia. Só sei que não vou ceder e ela também não.

— Eu sei que se envolveu no caso por causa de um amigo de infância que perdeu. Não por motivos egoístas ou negligência. É verdade, eu não sei todos os detalhes, mas sei que você devia ter boas intenções.

— Boas intenções não são o suficiente em uma situação de vida ou morte. Como esta. — A necessidade de me distrair das feridas dentro de mim, que se tornam mais visíveis a cada momento, vence. — O que aconteceu ontem à noite não pode acontecer de novo, tudo bem? A culpa é minha por ter deixado as coisas chegarem tão longe, e sinto muito. Mas só quero solucionar esse caso e voltar a caçar recompensas. Não há espaço para distrações.

— Certo. — Ela soa casual, mas está escondendo o jogo. Posso ver. Inclusive, já quero retirar tudo o que disse, ainda que não possa. Ainda que pôr fim a esse... o que quer que esteja crescendo entre nós... seja o melhor a fazer. — Só me faça um favor, Myles. Se você não está interessado em distrações comigo, não diga a minhas outras opções para vazarem daqui.

Caralho. Ela me pegou.

— Como...?

— Eu vi seu reflexo nos óculos do Ryan. *Idiota.*

Ouvi-la dizer o nome de outro cara torce minhas terminações nervosas como um garfo enrolando espaguete.

— Ah, sinto muito. — Eu me inclino até quase encostar o nariz no dela. — Você *quer* o cara que vai te ver mais tardinho?

— Melhor que um ladrão de calcinha. — Ela balança a cabeça. — Por que a roubou, afinal? Vermelho não cai bem em você.

Prefiro queimar aquilo a deixar você usá-la com outra pessoa. É esse o caos totalmente fora de controle girando na minha cabeça. E de jeito nenhum posso deixar que saia pela minha boca.

— Estou te poupando de vesti-la para um cara como aquele... e se decepcionar.

Ela quase encosta o nariz — o narizinho fofo e perfeito — no meu.

— Para quem eu uso não é da sua conta.

Estou rapidamente esquecendo minha firme resolução de manter uma distância segura. De tratá-la menos como uma mulher irresistível e mais como parte da investigação. Meu cérebro está emitindo sinais de alerta, tentando me lembrar do que acontece quando abro mão de ser objetivo. Estou sentindo coisas demais ao mesmo tempo quando se trata dela e não sei como conter algo tão urgente.

O pior de tudo é que ela *gosta* desse lado mais bruto meu. Pediu por ele ontem à noite. Está praticamente me convidando para deixá-lo emergir, com seus olhos vidrados neste exato segundo. Eles estão colados na minha boca enquanto ela traça meu abdômen com a ponta dos dedos.

— É mesmo? — Levo os lábios para mais perto dos dela. Pertinho. Até que estamos respirando um contra o outro. — Afasta essa boca de mim antes que eu meta nela de novo.

A inspiração dela é aguda e seguida por um gemido trêmulo. E eu estou fodido.

Mais que fodido.

E fico quase puto com o jeito como ela me deixa totalmente balançado. Com a tentação que ela provoca. Pego as alças frontais do colete salva-vidas dela e a puxo até que fique na ponta dos pés, o arquejo dela banhando meus lábios, e só a observo. Olho nos olhos dela e tento entender o que caralhos ela tem de tão especial, o que se prova um grande erro — enorme. Porque ela nem pisca. Me deixa olhar e não recua desse momento de intimidade, como eu sempre fiz para evitar uma situação em que tenha que baixar a guarda. Não, ela me mostra que não tem medo disso e me desafia a ir com ela, ao mesmo tempo que sua pulsação está disparando. Essa é só uma das coisas que a tornam diferente — sua coragem cheia de vulnerabilidade —, e, como eu disse, estou fodido.

Porque a boca de Taylor está pronta e úmida, os lábios fazendo um biquinho. E eu sei que tipo de prazer essa boca dá quando ela está com tesão. Estou duro, o suor escorrendo pela coluna. Não conseguiria impedir minha boca de percorrer sua boca doce nem se tivesse a força de vontade de dez mil homens. Com um grunhido que vem do ponto mais fundo do meu peito, paro de tentar resistir a uma necessidade que é simplesmente forte demais. Ainda a olhando nos olhos, eu desabotoo o colete salva-vidas e o jogo na água. A camisa de lycra é tirada e jogada de lado, deixando os peitos dela expostos, cobertos por triângulos de nylon. Meu Deus, como ela é sexy. Eu a desejo. Preciso dela. Sem os obstáculos entre nós, ela meio que se derrete contra mim, e eu levo as mãos até a calcinha do biquíni, apertando a bunda dela e a puxando para mim.

Nós nos beijamos quando ela se acomoda, as coxas abraçando minha cintura, e o alívio de tê-la tão perto quanto preciso me faz cambalear para trás. E meu desejo voraz exige que eu desabotoe minha bermuda e termine o que começamos ontem à noite. Quero só comê-la bem aqui, com a água na altura dos joelhos, de um jeito veloz, furioso e necessário. Mas aí ela geme contra minha boca, nossas línguas se acariciam e nos envolvemos num beijo de verdade, do tipo que vínhamos evitando dar de fato, e meus joelhos... meus joelhos ficam bambos.

O que está acontecendo?

Não sei. Estou ocupado demais provando o máximo que posso do sabor dela. Quero mais. Estou desesperado. Contornando os lábios dela com os meus, minha língua ocupando a boca dela com possessividade, com familiaridade, rosnando quando os calcanhares dela se cravam na minha bunda e ela sobe mais alto no meu corpo, as unhas arranhando minha cabeça, minhas costas. É um beijo mais pessoal e íntimo que sexo, pelo menos qualquer tipo de sexo que já tive, e sou fisicamente incapaz de parar. Ela é tão doce. Tão viciante e... e combina com alguma coisa dentro de mim, por mais assustador que seja admitir isso. Mas não tenho tempo de refletir sobre isso agora. Não enquanto sinto o gosto dela de maçã, maresia e baunilha, e a boceta dela sobe e desce contra a protuberância dolorosa na minha bermuda, movimentos ávidos e inconscientes que eu estimulo apertando a bunda dela com força.

— Tenho camisinha na carteira — digo, rouco, quando nos separamos, tentando recuperar o ar. — Vamos usar? Para eu te comer gostoso?

— Sim. Sim. — Ela beija minha mandíbula, minha boca, enfia as unhas nos meus ombros. — Aí talvez eu possa voltar a tomar decisões inteligentes.

Essas palavras, ditas em meio à respiração entrecortada, torcem uma chave de fenda entre minhas costelas, mesmo que eu entenda completamente e não possa ficar bravo com ela. Não conseguiria nem imaginar ficar bravo com ela agora, nem se ela me desse um soco. Não quando ela está se agarrando a mim, depositando uma confiança que nem sei se conquistei. Me sinto incapaz de fazer qualquer coisa exceto venerá-la. Meu Deus, eu só quero *venerá-la*.

Com relutância, tiro a mão da bunda de Taylor, enfio-a no bolso, levo a carteira aberta à boca e puxo a embalagem da camisinha com os dentes. Sem desviar o olhar dos lindos olhos verdes dela, arremesso a carteira e abro o pacote da camisinha, soltando um palavrão quando encontro minha rigidez. Meu pau está muito duro. Vou gozar rápido, então preciso dar muita atenção ao clitóris dela para que ela goze comigo. Não tem como deixar essa mulher para trás.

— Você vai enfiar isso tudo em mim, não vai? Todo grande e bruto — suspira ela contra a minha boca. Então, se inclina e arranha meu pescoço com os dentes, lambendo a ardência, e uma explosão de cores, cores *pra caralho*, surge na minha visão. — Você vai ser carinhoso, mas me machucar um pouco ao mesmo tempo, não vai?

Não existe palavra que descreva o som que faço. É rouco, faminto e chocado, e só poderia vir de um homem que não consegue mais se controlar. Ela está me matando. Eu não sabia que gostava de ser... elogiado. Talvez não goste. Talvez só goste quando o elogio vem dela. Talvez já esteja viciado nisso. É, estou sim.

— Você está segura — murmuro, a voz pesada enquanto levo Taylor para as sombras, puxando o elástico da bermuda. — Está totalmente segura comigo, meu bem. Vou te preencher todinha e te beijar quando acabar...

— Socorro!

A princípio, juro, é meu pau falando. Ele *está mesmo* gritando por socorro. Estou latejando, gotas que prenunciam a ejaculação já vazando na camisinha, e essa mulher maravilhosa está com as costas arquejadas, esperando que eu finalmente a preencha e a coma como nunca.

Mas não é meu pau gritando por ajuda.

É outra pessoa. Alguém fora da caverna.

Não.

Isso é um pesadelo. Estou dormindo, na cama, tendo a porra de um pesadelo.

— Socorro! — grita a voz de novo.

E então:

— *Taylor!*

Ela arregala os olhos, as pernas se soltando da minha cintura, os pés pousando na água.

— Ai, meu Deus, é meu irmão. Parece ser grave.

Ela abana as mãos, olhando para o próprio corpo excitado. Depois de um momento de hesitação, se abaixa e joga água fria em si mesma, o que, para mim, não ajuda em nada. Porque agora Taylor está corada e o biquíni está grudado no corpo dela, incluindo nos mamilos duros. Mesmo assim, ela tenta sair correndo da caverna.

Ainda sem palavras, com o pior caso de tesão não resolvido da história, eu a pego pela cintura com um braço só e a levo até a camisa de lycra, entregando a peça para ela.

— Obrigada — murmura Taylor, colocando a camisa e andando até a margem, e então correndo para a luz do sol.

Preciso fazer um exercício de respiração e me lembrar de uma cena de crime bem sanguinolenta para fazer minha ereção se acalmar, mas finalmente ela perde a maior parte do vigor e eu vou atrás de Taylor, vestindo a camisa e guardando a arma.

Todo mundo está parado ao redor de Jude na praia, vendo Taylor desesperada ao lado dele.

Jesus. O pé dele está do tamanho de um melão.

— Uma água-viva queimou ele — informa o instrutor quando alcanço o grupo. — Mas está tudo bem. Um dos caras já urinou nele.

— Eu, no caso — diz Ryan a Taylor, antes de olhar para mim, empalidecer e dar um passo gigante para longe dela.

— Parece uma urtiga-do-mar. A não ser que ele seja alérgico ao veneno, só vai doer por uns dois dias — diz o instrutor. — Ele deve ficar bem.

— Fisicamente, pelo menos — replica Jude, atordoado. — Mas alguém mijou em mim, então... psicologicamente? Vou precisar de vodca.

— Vamos levar você para casa. — Taylor oferece o ombro para Jude se apoiar. — Vamos te colocar no sofá com uma bolsa de gelo e...

Eles dão um passo, e Jude se encolhe, respirando com os dentes trincados.

— Dói andar? — Taylor parece prestes a irromper em lágrimas.

Em vez de ficar parado aqui e admitir que as lágrimas dela me causam um aperto no peito, calço as botas sem me dar ao trabalho de pôr meias ou amarrar os cadarços. Suspirando, dou um passo à frente.

— Eu pego ele. Vai preparando o banco traseiro do carro.

— Você pega ele? Como...

Ergo o irmão dela e subo pela praia.

— Taylor — chamo por cima do ombro. — Banco traseiro. Ajeita tudo lá.

— Sim. Estou indo.

Ela passa correndo por nós dois, esfregando meu braço e me lançando um olhar de gratidão. Dou um grunhido, assimilando cada detalhe do corpo dela com um olhar veloz.

Ela não calçou as sandálias.

O asfalto do estacionamento vai queimar os pés dela, cacete.

Eu me apresso para alcançá-la caso precise ser carregada também.

— Esse resgate seria bem mais romântico se você não estivesse babando na minha irmã — diz Jude, rindo, ainda que obviamente com dor. — Mas é bem decente da sua parte, de toda forma.

— Só estou tentando economizar tempo. Você teria levado uma semana para mancar até o estacionamento, e eu estou no meio do expediente.

— Se você está dizendo... — Franzo a testa para ele, mas a boca de Jude só se contrai. — Você pareceu meio irritado quando saiu da caverna, caçador de recompensas.

— Cala a boca.

Ele ri.

Chegamos ao carro um minuto depois, e eu coloco Jude no chão com cuidado, em uma posição em que ele pode se apoiar no veículo. Como previsto, Taylor está dando pulinhos de um lado para outro, tentando não queimar a sola dos pés. Eu ponho um braço ao redor da cintura dela e a puxo contra mim.

— Pisa nas minhas botas.

— Ah — sussurra ela, as mãos espalmadas no meu peito e os dedos dos pés apoiados no couro grosso das botas. — Obrigada.

Assinto uma vez, nos levando para o lado do motorista, passo a passo, meu antebraço na lombar dela. Tenho certeza de que parecemos completamente ridículos e, sim, eu poderia só carregá-la, mas tem algo que me agrada na posição em que estamos. Talvez porque ela esteja me olhando nos olhos. Ou talvez porque os movimentos uniformes das nossas pernas parecem estar fazendo um trabalho em equipe. Qualquer que seja a razão, é perigosa, mas esse fato não vai dominar minha cabeça dura até Taylor ir embora e eu conseguir me libertar desse transe em que ela me coloca.

— Vou fazer tacos hoje à noite — diz ela, olhando para o meu queixo, tímida. — Você precisa de energia para a investigação, certo? Você... Q-quer dizer, se quiser passar lá em casa, é o mínimo que posso fazer depois de ter carregado meu irmão até o carro como um herói de filme de ação.

— Eu já estava vindo pra cá.

Ela dá um sorrisinho.

Não a beije. Nem pense nisso. Mas, Jesus, esses lábios estão implorando por mim.

— Estarei de vigia fora da casa, caso o jogador de boia volte. Isso consiste em fazer meu trabalho. Mas não posso jantar, Taylor.

Falo isso de maneira assertiva, para que ela saiba que o fato de eu manter distância não tem necessariamente a ver com os tacos. É mais que isso. Passar tempo juntos... A cada minuto que estou perto dela, nós nos envolvemos mais, apesar do tanto que me esforço para evitar isso. Apesar dos avisos que continuo dando a mim mesmo. Isso tem que parar. Porque tenho quase certeza de que, se tivéssemos ido mais longe naquela caverna, eu teria prometido a Lua para Taylor. Eu teria prometido coisas que não posso dar — e que nunca entreguei a ninguém. Não tenho motivo para crer que de repente eu me tornaria uma pessoa que se dá bem com relacionamentos. O meu último foi instável desde o começo, não devido a muitas brigas, mas porque eu me importava mais com a minha carreira. Agora? Tenho uma puta de uma bagagem emocional e nenhum endereço permanente, pelo amor de Deus.

— Tá bem. — Ela morde o lábio por um segundo, então fica na ponta dos pés e me beija na bochecha. — Tchau, Myles.

Meu peito se contorce.

E aí ela desce das minhas botas e se senta no banco do motorista. O instrutor lhe entrega as sandálias esquecidas pelo lado do carona e, do banco de trás, Jude lhe passa as chaves do carro. Com um último olhar para mim pela janela, ela sai do estacionamento e vai embora.

Não estou mais tocando em Taylor. E gosto pra cacete de tocar nela, e deve ser por isso que enfio a mão no bolso de trás para acariciar a calcinha de renda vermelha dela. Só para ter *algum* tipo de contato...

Ela sumiu.

Tomo um susto e verifico o outro bolso. Também não está lá.

Taylor roubou de volta sua calcinha sexy. Furtou do meu bolso. Como ela sabia que estava lá, para começo de conversa? E o que significa ela ter roubado de volta?

Para quem eu uso não é da sua conta.

— Desgraça — resmungo, jogando um antiácido na boca.

Decepcionado, volto à pousada, determinado a repassar as anotações do caso e planejar meus próximos passos. A *não* pensar em coisas como calcinhas de renda vermelha e mulheres que choram por causa de crianças sendo legais umas com as outras.

Faça seu trabalho e volte para casa.

Uma hora você vai esquecê-la.

Daqui a, tipo, uns cem anos.

Talvez.

Não mesmo.

Caralho.

Capítulo 11

TAYLOR

Pelo canto do olho, vejo a moto de Myles passar na frente da casa pela segunda vez em uma hora. O céu está começando a escurecer, e o cheiro de churrasco de sábado está no ar. Algumas nuvens cruzam o céu, como acontece com frequência no litoral de Massachusetts. Há previsão de chuva, como sempre, mas isso não impede quem está de férias de aproveitar o mar, as varandas que cercam suas casas cheias de flores e grandes jarras de margarita ou latas de cerveja. Risadas de crianças e conversas de adultos flutuam da praia junto a trechos de música, entrando com a brisa pelas janelas abertas da casa alugada.

Estou na cozinha, fatiando rabanetes. Há cebolas na salmoura em uma tigela ao lado da pia.

Myles não sabe o que está perdendo. Meus tacos são uma delícia.

O que tem de mais em jantar com a gente, afinal? É só comida.

Minha faca pausa enquanto estou cortando uma lasca de rabanete.

O que aconteceu ontem à noite não pode acontecer de novo, tudo bem? A culpa é minha por ter deixado as coisas chegarem tão longe, e sinto muito. Mas só quero solucionar esse caso e voltar a caçar recompensas. Não há espaço para distrações.

Eu o estou distraindo. É por isso que ele não vem aqui comer e se deliciar.

Com os meus tacos.

Tive um tempo para refletir desde que voltamos do mergulho com snorkel desastroso. Tomei um banho bem longo e caminhei na praia enquanto Jude lia um livro de David Sedaris na rede dos fundos. E estou começando a nutrir uma suspeita. Quando eu disse a Myles que esse relacionamento era temporário e que eu não o amarraria, ele claramente não acreditou em mim.

Por que acreditaria?

Eu o convidei para jantar. Contei a ele sobre minha infância. *Chorei* na frente dele.

Pelo amor de Deus, Taylor. O mínimo que eu podia fazer é *agir* como uma garota que só está atrás de uma transa. É claro que ele continua recuando. Está sendo… decente. Não é? Está tentando fazer o que é certo, mantendo alguma distância. Não só pelo bem da investigação dele, mas porque não acredita que sou capaz de ter um lance totalmente descomplicado e sem nenhum sentimento envolvido.

E talvez, só talvez… ele tenha razão.

Não sei o que aconteceu hoje de manhã, mas, quando ele carregou Jude até o carro, talvez eu tenha sentido uma cambalhota esquisita no peito. Impossível de ignorar. A cambalhota mandou reverberações até os dedos dos meus pés e eu… bem. Eu fiz o que qualquer mulher de sangue quente faria quando sente uma óbvia cambalhota no peito.

Voltei direto para casa e joguei o nome dele no Google.

Detetive pede demissão após erro em caso de sequestro infantil.

Quando vi a manchete, quase fechei a aba do navegador. O que me fez continuar rolando a página foi a foto de Myles. Barba feita, terno, o cabelo escuro cortado rente, descendo os degraus de um prédio do governo. Todas as feições mais marcantes dele estavam lá: os ombros fortes e a mandíbula trincada de irritação. Mas ele parecia tão diferente. Mais jovem, menos cansado da vida.

Eu já conhecia o começo da história. Myles estava trabalhando no caso de Christopher Bunton. Mas a matéria de três anos atrás me ajudou a preencher as lacunas. Ele focou a investigação no suspeito errado — um vizinho com histórico de violência. Um homem sem álibi. Solitário. Mas no fim o culpado era o padrasto, um sujeito fortemente envolvido na investigação e respeitado na comunidade — e que queria mais liberdade. Menos pressão na conta bancária. Ele conspirou com a irmã para levar Christopher para outro estado e vendê-lo a um casal que encontrou na internet e que estava disposto a pagar por uma adoção por baixo dos panos. Quando a investigação finalmente mudou de alvo, Christopher já estava vivendo na nova casa fazia um mês. Em más condições. Mal alimentado. Dividindo um quarto com outras quatro crianças. Era enviado todo dia para pedir esmola na rua e levar para casa o que ganhava.

Garoto traumatizado é devolvido à mãe.

Essa era a segunda matéria que mencionava o detetive Myles Sumner.

Ele deixou de mencionar que tinha resolvido o caso. Que levara o garoto para casa.

Claro que deixou essa parte completamente de fora.

Myles é grosseiro, bruto — cem por cento áspero — e inacreditavelmente vulgar. Mas só prova a cada dia que passa que é muito mais do que apenas seu gênio difícil e atitude rabugenta, e estou completamente intrigada com esse cara, minha atração quase criando dentes. Dentes afiados que se cravam um pouquinho mais cada vez que ele passa rugindo na moto. Sinto as vibrações no interior das coxas, um nó se retorcendo na barriga. Já é a segunda vez que acabo com a libido nas alturas e sem chegar aos finalmentes — e não vou mentir, está começando a me afetar.

Amanhã de manhã, cedinho, vou até o sex shop aqui perto.

É o que preciso fazer.

É necessário.

Não tenho como aguentar mais cinco dias sem um orgasmo depois de chegar tão perto do clímax. Vou comprar o modelo mais novo de vibrador que eles tiverem, com todos os recursos possíveis, e aí levá-lo comigo para o banho em banheira vitoriana mais longo da história. Amanhã de manhã, essas férias começam de verdade.

Myles passa na moto de novo.

Eu apunhalo o rabanete com a ponta da faca.

Mas ele faz algo diferente dessa vez. Para e estaciona na frente da casa. Ouço a voz de uma mulher se misturar com os tons guturais dele. Está falando com alguém? Abaixando a faca, saio da cozinha e cruzo a sala de estar para olhar pela janela da frente.

Lisa Stanley. A irmã de Oscar está lá fora. Ela subiu metade dos degraus da varanda, mas parece ter parado para falar com Myles.

— Só pensei em passar para ver como está a casa. E os Bassey, claro — diz ela, educada. — A janela quebrada vai ser trocada amanhã, e eu queria garantir que eles vão estar aqui para receber os homens.

O grunhido de Myles me alcança através da porta. Abro um sorrisinho.

Estou começando a gostar dos seus efeitos sonoros de homem das cavernas.

O silêncio se estende.

— Enfim — cantarola Lisa, desconfortável. — Tenho certeza de que você está ocupado com a investigação para a qual te contratamos...

— Eu vou entrar com você. Tenho algumas perguntas para te fazer, de toda forma.

O tom do caçador de recompensas não deixa espaço para discussão. Ele estaria... suspeitando de Lisa? Antes que a pergunta esteja inteiramente formulada, já estou balançando a cabeça.

É *claro* que ele suspeita dela. Todo mundo é um suspeito para Myles. Exceto nós, agora. Ainda bem.

Sem querer ser descoberta espiando pela janela, eu abro a porta e dou um sorriso triste para Lisa. Não consigo imaginar como essa semana foi para ela.

— Oi, Lisa. Como você está?

Ela está obviamente aliviada por me ver, depois da recepção brusca de Myles.

— Estou indo, querida. E você, como está?

Fico um pouco surpresa quando a irmã de Oscar me abraça. Com o queixo inesperadamente apoiado no ombro dela, vejo Myles subir rápido a escada, os dedos flexionando ao lado do corpo, como se quisesse me alcançar. Ou nós duas? O que está acontecendo com ele?

— Oi, Myles — murmuro.

Ele me cumprimenta com um aceno de cabeça, o olhar intenso, mas reservado.

— Taylor.

Eu me afasto dos braços de Lisa e aponto para dentro de casa. Através da porta com tela, ouço Jude se aproximar mancando.

— Estávamos prestes a comer tacos, se quiser se juntar a nós. Só tenho que dourar a carne.

— Ah, não, não quero atrapalhar vocês — diz Lisa, esfregando a nuca. Provavelmente porque Myles a está fuzilando com o olhar. A irmã de Oscar olha para trás com um nervosismo óbvio. — Vocês vão estar aqui amanhã entre uma e três da tarde? Só preciso que deixem os caras que vão consertar a janela entrarem por algumas horas.

— Claro. A gente dá um jeito para que um de nós esteja aqui.

Jude surge à minha direita e estende duas cervejas abertas para nossos visitantes.

— Graças a Deus vocês dois estão aqui — diz meu irmão. — Alguém tem que nos ajudar a beber essa cerveja toda.

Com uma risadinha, Lisa só hesita um segundo antes de segurar uma das garrafas.

— Só vou tomar uma. Deus sabe que eu mereço. Hoje foi um dia infernal. O segundo só essa semana!

Gesticulo para Lisa entrar, e ela passa por mim suavemente, aceitando a oferta de Jude. Ele explica seu ferimento para nossa proprietária temporária a caminho da cozinha, onde indica a ela uma das banquetas enfileiradas junto à ilha e então se senta de frente para ela. Myles os observa por cima da minha cabeça, um músculo se contraindo na mandíbula.

— O que deu em você? — sussurro.

— Só fique perto de mim.

Ele não me dá escolha. Fica colado em mim enquanto voltamos à cozinha, apoiando o quadril na bancada ao lado do fogão. Sua atenção parece estar em todo lugar ao mesmo tempo. Em Lisa, na carne que estou cozinhando. Ele ergue meu cotovelo um pouco quando estou acrescentando o chili em pó, então dou um tapa para afastar a mão dele — e o ato causa uma pausa imediata na conversa de Lisa e Jude.

— Vocês dois parecem ter ficado amigos — comenta Lisa, fazendo meu rosto ficar escarlate.

— Aquela boia foi uma clara ameaça. Ela podia ter se ferido.

— Myles está encarando Lisa de forma tão intensa que é surpreendente ela não ter explodido em chamas. — Planejo descobrir quem fez isso. Nesse meio-tempo, a polícia de Barnstable não tem como ceder uma patrulha para vigiar os dois turistas de Connecticut, então sou só eu. Por enquanto.

— Você pediu proteção para nós? — pergunto, a espátula congelada no ar.

— Pedi proteção *além* de mim. Não confiaria você a outra pessoa. — Ele dá um longo gole na cerveja. — Vai queimar essa carne, tampinha.

Vou mesmo.

Eu me atrapalho com o botão, girando-o para desligar o fogão.

— E daí se eu queimar a carne? Você disse que não ia jantar com a gente.

— Isso foi antes de sentir o cheiro do que você fez aí. — Ele aponta com o queixo para a ilha da cozinha, onde montei um balcão de tacos. — Essas cebolas estão em salmoura?

— Exato.

Dessa vez, o grunhido dele tem um tom óbvio de aprovação. Balanço a cabeça e sorrio ao mesmo tempo. Estou perdendo o juízo.

— Licença — peço, fazendo um gesto para afastá-lo alguns passos e pegar uma tigela do armário que ele está bloqueando.

Antes que alguém chegasse aqui, fiquei subindo nas bancadas para pegar as travessas, já que estavam todas na prateleira mais alta. Agora permaneço no chão, franzindo a testa para a grande tigela lá em cima, considerando se devo fazer a mesma coisa com uma plateia. Especialmente a dona da casa.

— Do que você precisa? — pergunta Myles, abaixando a cerveja.

Aponto para a tigela na prateleira mais alta. Os lábios dele se contraem, mas por sorte ele consegue conter qualquer que seja a piada que queira fazer sobre meus desafios verticais. Invade o meu espaço pessoal antes de eu ter a chance de sair do caminho, a mão deslizando pela minha lombar até o quadril e se acomodando ali. Apertando. Torcendo um parafuso no meu abdômen que parece estar conectado diretamente ao tremor que sinto entre as pernas. Tudo enquanto pega a tigela com tranquilidade na prateleira mais alta.

Pelo visto vou comprar um vibrador hoje à noite mesmo, em vez de amanhã de manhã.

O silêncio de Lisa e Jude é ensurdecedor.

— Hum, Lisa. — Umedeço os lábios ressecados. — Por que hoje foi um dia infernal?

Ela solta um resmungo alto. Depois de fuçar na bolsa por um momento, tira um folheto verde-neon e o bate na ilha da cozinha.

— Vejam só essa... essa campanha para arruinar a subsistência de pessoas honestas e empreendedoras. É a prefeita Robinson outra vez, atacando pessoas como o meu irmão por alugar casas. Casas que são *delas*. Toda essa baboseira sobre buracos de voyeur só está jogando lenha na fogueira.

Myles e eu nos entreolhamos. Ele balança a cabeça bem de leve, e é óbvio o que está me dizendo: não fale nada sobre o discurso na frente da casa de Oscar. Presumo que ele também não queira que eu mencione nada que descobrimos, incluindo a carta que encontramos sob o assoalho.

Jude pega o folheto e passeia o olhar pela página.

— Ela quer proibir aluguéis de temporada em Cape Cod?

Ainda bem que não cheguei a falar nada para Jude. Omiti muitos desdobramentos do caso porque a) não quero que ele se preocupe com meu envolvimento, e b) quero que ele se concentre em relaxar. Deixe que eu cuido do assassinato.

— Quer. — Lisa já bebeu a maior parte da cerveja dela. — Tudo bem que ela vem recebendo muitas exigências dos moradores que ficam aqui o ano todo. Eles não gostam da rotatividade constante de gente de fora. Estamos pagando o pato por causa de algumas festas barulhentas.

— Sem falar no assassinato — intervém Myles, a garrafa parada na frente dos lábios.

— Isso não é assunto para o jantar — sussurro para ele, dando-lhe uma cotovelada de leve. Para Lisa, digo: — Você acha que a prefeita vai conseguir o que quer?

— Não sei. Ela vai fazer um comício enorme na cidade amanhã. Eles estão ganhando terreno. — Lisa suspira e murcha um pouco na banqueta, mas quando coloco a tigela de carne e um prato de tortilhas na ilha e faço um gesto para todos se servirem, ela começa a encher o prato também. — Sabe... — continua a irmã de Oscar. — Andei pensando. — Ela olha para o quarto dos fundos. — E se a boia era para ser um aviso pra mim?

— Por que o suspeito mandaria um aviso a você? — Myles me lança um olhar penetrante. — Não é como se *você* estivesse se intrometendo na investigação. Você não está envolvida.

— Meu namorado contratou você — aponta Lisa.

Myles põe molho de pimenta suficiente no seu taco para matar uma cabra.

— Sim. Mas, se estamos operando sob a hipótese de que a pessoa que jogou a boia pela janela também matou seu irmão, então com certeza estão cientes de que você não mora aqui, srta. Stanley. Estão próximos o bastante da investigação para saber que os Bassey se mudaram para essa casa.

Talvez o fato devesse ter me ocorrido antes, mas não foi o caso. Não até agora.

— Você acha que estamos sendo observados. — Quando eu me aproximei do caçador de recompensas? Não sei, mas o calor corporal dele me impede de perder completamente o apetite. — Estamos descartando a teoria de uma boia aleatória de uma vez por todas?

— Isso nunca foi uma teoria — responde Myles, mastigando ruidosamente seu taco. Ele faz isso por alguns segundos enquanto tento desesperadamente não dar nomes aos seus músculos do pescoço. Connor, Wilson, Puck... Jameson. — Esse taco está bom pra caralho.

Entro numa corrida contra mim mesma para conter a descarga de orgulho que dispara por mim. Não consigo. Nem um pouco.

— Obrigada. Eu sei. — Dou uma mordida normal no meu taco, apropriada a um ser humano. — Não está feliz por abrir mão da teimosia?

Ele joga a outra metade do taco na boca. A outra metade *inteira*.

— É — diz, mastigando. — Mas podia ter posto um pouco mais de chili em pó.

— Você tinha que estragar o momento — replico, dando um chute em sua canela.

Ele me cutuca na cintura, os olhos cintilando, sua atenção desviando para a minha bunda.

E vira a cerveja toda.

Pressiono inconscientemente os quadris na ilha, arrepios subindo pelo meu pescoço. Meus braços. Jesus Cristo, até que horas o sex shop fica aberto? Juro que se eu chegar lá e as portas estiverem fechadas vou abrir um buraco no teto e descer de rapel estilo James Bond.

— O que te faz pensar que a boia era para você, Lisa? — pergunto.

Ela dá de ombros, um pouco nervosa.

— É só uma sensação estranha que venho tendo. Como se... não sei. Uma presença sinistra estivesse me seguindo. — A risada dela é forçada. — Tenho certeza de que essa sensação estranha se deve ao jeito terrível como meu irmão morreu.

Eu me inclino sobre a ilha e aperto o braço dela.

— Você está traumatizada. Claro.

Jude entrega um guardanapo para Lisa secar os olhos, dando batidinhas reconfortantes em suas costas.

Eu me inclino de lado para tentar ver algumas lágrimas de verdade.

Vamos, mulher, me dê uma.

Myles joga a foto da suposta arma do crime bem no meio da bancada cheia de tacos.

— Você reconhece essa arma?

— Myles — digo, perdendo o fôlego.

Ele percebe minha revolta, mas decide prosseguir mesmo assim. Babaca.

— Lisa?

Engolindo em seco, ela pega a foto.

— Não reconheço. — Ela deixa a foto flutuar de volta à ilha.
— Paul tem uma Beretta trancada num cofre. Essa é a única arma
a que tenho acesso.

— Não perguntei se você tem acesso a ela.

Lisa, que estava prestes a pegar uma segunda tortilha, para
e recua lentamente. Jude e eu estamos nos encarando que nem
estátuas, as sobrancelhas quase encostadas no cabelo. Isso me
lembra de como congelávamos durante as raras brigas entre
nossos pais, sem saber se deveríamos intervir ou sair da sala.

— Vou voltar para casa. O advogado de Oscar vai passar lá
amanhã cedinho para deixar um monte de documentos e disse
que são importantes — afirma Lisa, se justificando com um sorriso tenso e deslizando da banqueta. — Não se esqueçam de
receber o pessoal da janela amanhã.

— Pode deixar — diz Jude, com um aceno.

Myles rosna até ela ir embora.

Vou atrás dela para trancar a porta, mas Myles engancha um
dedo no elástico da minha saia e me puxa para trás, realizando
ele mesmo a tarefa.

— Lisa é sua principal suspeita, né? — sussurro quando ele
volta. — Ai, meu Deus, aquilo foi tipo uma cena de um dos
programas do *Investigação Discovery*. Eu não esperava por isso.
Quer dizer, claro que são sempre as pessoas mais próximas da
vítima, mas…

— Respire fundo, tampinha.

Jude desliza a cerveja dele para mim, e eu dou vários goles.

— Você a pegou de surpresa com a foto de propósito, né? —
sugere Jude.

Myles dá de ombros e volta a preparar um segundo — talvez
terceiro — taco.

— Vamos, caçador de recompensas. Nos dê alguma coisa.

— Movimento os ombros de um jeito sedutor, mas que só parece exasperado. — Eu não ganho pontos por encontrar a arma
do crime?

— A análise de balística não voltou ainda. — Ele franze a testa para mim enquanto devora o taco. Será que está cedendo e considerando compartilhar informações com a gente? Parece que sim. Mexo o ombro de novo, só para garantir, e ele suspira. — Eu falei com o advogado de Oscar Stanley hoje. Lisa Stanley é a beneficiária das propriedades do irmão. Todas essas casas de aluguel agora são dela.

Meu irmão e eu batemos as mãos na ilha em uníssono.

— Siga o dinheiro — diz Jude. — Eu não digo sempre para seguir o dinheiro?

— Sim, diz mesmo. — Confirmo com a cabeça para Myles. — Ele fala isso toda vez que vemos *Dateline* juntos. Meu irmão tem um cérebro muito analítico. É incrível.

— Ótimo — diz Myles, seco. — Escutem, o caso não está fechado. Ela é só uma suspeita. Pra mim, pelo menos. O pessoal da polícia ainda quer dar uma prensa no pai.

— Já vi esse pornô.

— Jude! — Eu bufo. Então clico uma caneta imaginária e vou ao que interessa. — Então. Atualmente, nossos suspeitos são Judd Forrester, Lisa Stanley e Sal, o vizinho?

O caçador de recompensas une as sobrancelhas.

— Eu nunca disse que Sal é suspeito.

— Você não assistiu a *Fear Thy Neighbour*? Sal *odeia* os hóspedes. Oscar tinha quatro casas só nesse quarteirão. Será que a rotatividade de vizinhos em todas as direções não poderia ter levado Sal a uma fúria assassina?

— Tem alguns furos nessa teoria. — Ele os conta nos dedos longos. *Não* dê nomes para os dedos dele. Joe, Hubert, Rambo... — Primeiro, esse não foi um crime passional. Quem quer que tenha matado Oscar Stanley esperou até a cidade toda estar ocupada com as celebrações do Quatro de Julho. Isso sem mencionar que a pessoa usou os fogos de artifício para mascarar o som do tiro. Tudo isso indica premeditação. Dois, Sal quase cagou nas calças quando eu disse para ele te deixar em paz se não quisesse o cabo daquela vassoura enfiado no cu. E, três, ele estava num churrasco em Provincetown na noite do assassinato, o que foi confirmado por várias testemunhas.

— Uau. — Estou tão excitada que mal consigo respirar. — Você fez a lição de casa.

Ele me lança um olhar sério.

— É para isso que estou aqui.

Quero dar um chute nele de novo.

— Então, no momento, os suspeitos são Lisa e Forrester?

— Por enquanto. Forrester tem uma Glock sem registro, como a que você encontrou na praia, Taylor. A polícia de Barnstable o trouxe de volta para interrogá-lo, e ele disse que não é dele. Ainda não gosto da teoria de que ele é o assassino, mas obviamente não podemos riscá-lo da lista.

Jude manca até a geladeira para pegar outra cerveja.

— Certo, passando para a segunda suspeita. Por que Lisa ia querer que o assassinato fosse investigado se *ela mesma* apertou o gatilho?

— O culpado gosta de se inserir na investigação — murmuro, me lembrando do que Myles me disse ontem, ecoando o que já ouvi muitas vezes em *Gravado em Osso*.

Os criminosos sempre retornam à cena do crime.

Outra coisa me ocorre, e eu arquejo.

— Se Lisa for a assassina, você vai ter que contar para o seu amigo Paul.

— É. — Ele pigarreia com força e abaixa seu taco inacabado. — Vou sair agora. Tranque a porta quando eu for embora. Mantenha as janelas fechadas e trancadas. Vou para a cidade falar com a polícia e já volto.

É agora. Minha chance de escapulir e ir até o sex shop. Vou só entrar e pedir o vibrador com a potência de um terremoto.

— Boa ideia — respondo com um sorrisão.

Ele estreita os olhos, desconfiado do meu tom alegre, e eu tento me ocupar limpando a cozinha.

Myles parece querer dizer algo, mas se vira e vai embora, fechando a porta com um clique firme.

Jude entra no meu campo de visão.

— Certo. O que você está aprontando?

Tem algumas coisas que uma mulher não pode contar nem para o seu melhor amigo/irmão, mesmo que ele não vá julgá-la. Tais como: preciso tanto de um orgasmo que vou sair às escondidas de casa enquanto há um assassino à solta.

— Nada. — Escondo a cara atrás de um armário, fingindo procurar alguma coisa. — Essa fui eu tentando não mostrar para Myles que ele está finalmente compartilhando pistas. Eu estava tentando ser casual.

— Certo. — Jude abre a boca para continuar, mas seu celular vibra no bolso. Ele pega o aparelho e olha a tela, depois o enfia de novo no bolso. — Mas, se você vai sair escondido do Mad Myles, eu vou com você. Só para garantir.

— Vou comprar um vibrador — deixo escapar.

— Legal. — Ele vai mancando até o balcão e pega as chaves, erguendo as sobrancelhas para mim quando o rugido do motor da moto se afasta na escuridão. — Vou beber alguma coisa no bar mais próximo enquanto você escolhe.

Capítulo 12

MYLES

Eu sabia que Taylor estava escondendo alguma coisa.

Mas nem nos meus sonhos mais loucos imaginei que seria isso.

Do outro lado da rua, em frente ao Suspiros — o sex shop mais discreto que já vi na vida —, fico sentado na minha moto nas sombras, observando-a passar casualmente pela porta. Taylor espera até estar sozinha na calçada, depois que alguns transeuntes entram no bar ao lado da loja. Aí recua um passo por vez, devagar, e se lança para dentro do estabelecimento como um borrão.

E, simples assim, ela está em uma boutique de brinquedos eróticos. *Você só pode estar de brincadeira.*

Estou puto? Pode apostar que sim.

O fato de ela se colocar em perigo saindo à noite sem mim significa que minha pele está fervendo quase tanto quanto o sol. Pelo menos ela trouxe Jude. No começo, isso me deu *algum* alívio. Mas depois eles pararam no estacionamento municipal e se separaram do outro lado da rua. Jude se enfiou no bar, e dá para ver pela janela que algum cara já lhe comprou uma bebida. Ele está distraído. Quem está com Taylor agora? *Ninguém.* E coisas bem mais estranhas do que uma mulher ser atacada ou raptada em público já aconteceram. Cacete.

Desço da moto e começo a andar de um lado para o outro.

Levo uns quinze segundos para admitir que a imprudência de Taylor explica apenas em parte a quentura na minha pele, minhas palmas suadas e essa agitação me dominando.

Ela quer tanto um orgasmo — necessita tanto de um — que está arriscando o pescoço por isso.

E a culpa é minha.

Não é arrogância da minha parte — juro que não. Eu quase a fiz gozar duas vezes e não terminei o trabalho. Graças a uma boia perdida. Graças a Jude sendo queimado por uma água-viva. Claro. Mas isso não melhora as coisas. Nem um pouco. Ela está com tesão, eu sou a causa, e ela vai obter o alívio de que precisa de outra maneira.

É uma verdade amarga que eu tenho que engolir, mas essa porcaria está entalada na minha garganta.

É.

É, acho que não sou capaz de deixar isso acontecer. Não sou, ponto-final. Tenho certeza de que isso me torna um filho da puta intrometido, mas não suporto a ideia de que ela vai ter um orgasmo com um pedaço de silicone quando fui eu que a levei até lá. Fui eu que criei a necessidade para começo de conversa. Até agora, eu estava usando o fato de não termos transado para ficar mais tranquilo, por mais agonizante que tenha sido respeitar esse limite — um limite que já quase ultrapassei duas vezes. Contanto que a gente não transasse, eu ficaria focado. Contanto que não dormisse com ela, poderia manter o profissionalismo e a objetividade. Certo?

É.

Só que... Taylor precisar de uma fonte para ter prazer que não seja eu me faz querer chutar aquela vitrine de letras douradas, cheia de lingeries, massageadores e aromaterapia. O que ela está escolhendo ali? Vou conseguir ficar só assistindo enquanto ela volta para casa com seu brinquedinho e o usa para gozar?

Não.

Nem fodendo.

— Caralho — murmuro, preparando-me para atravessar a rua. Antes de ter a chance, ela sai da loja com uma sacolinha roxa grudada no peito. O instinto me faz vasculhar a área ao redor em busca de qualquer tipo de ameaça. Quando termino, ela já está andando em um passo mais veloz em direção ao estacionamento. Sozinha. De noite. Em uma cidade estranha. Segurando uma sacola de sex shop. O que caralhos tem nessa sacola?

Dizer a mim mesmo que não é da minha conta não ajuda. Nada vai ajudar, apenas dar um orgasmo a ela, a verdade é essa. E, com esse pensamento bem desaconselhável e tentador rodeando minha mente, eu a sigo até o estacionamento. Só pra garantir que está segura. É isso que digo a mim mesmo. Só vou garantir que ela chegue ao carro sem incidentes. Exceto que, quando ela vira e me vê, arregalando os olhos e rapidamente tentando esconder a sacola atrás das costas, uma combinação perigosa de afeto e desejo me impele adiante, mais para perto, cada vez mais perto, até estarmos cara a cara. Até as costas dela estarem pressionadas contra a lateral do carro.

— Oi, Taylor — digo, plantando as mãos no teto do carro.

— O-oi. — Ah, Meu Deus, ela está tão animada com o que quer que tenha comprado que as pupilas estão do tamanho de discos de hóquei. — O que você... Você e-estava me seguindo?

— Estou te protegendo.

— Ah, certo. — Ela umedece os lábios, e todo o meu sangue dispara para baixo, enrijecendo meu pau imediatamente. — Há q-quanto tempo você está me protegendo? Dez minutos? Dois?

— O suficiente para saber que não é protetor solar que tem nessa sacola.

— Talvez sejam absorventes — sugere ela depressa. — Coisas muito pessoais. Exclusivamente para os meus olhos.

— Não vou cair nessa.

— Não vai?

— Não.

— Ah. — Ela ainda está tentando esconder a sacola atrás das costas. — Bem, eu só ia deixar isso no carro e voltar para chamar Jude. Não quero entrar no bar com... o que quer que seja isso.

Aproximo a boca da dela, e a sua respiração acelera.

— O que é?

— Não é da sua conta, Myles.

Meus lábios roçam os de Taylor, fazendo as pálpebras dela pesarem.

— Sua boceta insatisfeita é da minha conta e ambos sabemos disso, Taylor. Estamos há dias nos provocando.

Ela estremece.

— Você pode, por favor, parar de falar assim comigo?

— Por quê? Porque você gosta demais?

— Sim — sussurra ela.

— Me dê a sacola.

— O que você vai fazer com ela?

— Depende do que tiver dentro.

— Só óleo de lavanda.

— E?

Ela fecha os olhos.

— Algo chamado Socador de Ponto G.

— É mesmo? — Abaixo a mão direita e a ergo entre as coxas dela, apertando sua boceta com força sob a saia. É. Está fora de cogitação um negócio chamado Socador de Ponto G roubar de mim a honra de fazê-la gozar. — E o seu clitóris?

— Também estimula — sussurra depressa, a mão livre agarrando minha camiseta. — Tem uma pontinha.

— Ótimo. Me dê a sacola, querida.

Ela a levanta até o espaço estreito entre nós, os olhos desfocados.

Depois de mais uma esfregada lenta por cima da calcinha molhada, eu pego a sacola e jogo a garrafinha de óleo no teto do carro.

— Não vamos precisar disso.

— Mas...

Rasgo a embalagem do vibrador com os dentes.

— Ah, nossa. Olha só você. Hum... — Ela balança a cabeça, atordoada. — A vendedora disse que poderia estar só parcialmente carregado, mas ela não sabia.

Aperto o botão e o vibrador começa a funcionar.

— Ah — diz ela, rouca, hipnotizada pelo brinquedo roxo vibrante. — Está carregado.

Ergo a saia dela até a cintura. Meu Deus do céu, essas coxas. E tudo que tem entre elas, pronto para mim. *Meu. Por enquanto.*

— Eu não deveria estar fazendo isso, Taylor.

— Eu sei — concorda ela, ofegante. — Estou distraindo você da investigação.

— Uma investigação da qual você faz parte, a gente querendo ou não.

— Aham.

Pare de falar. Agora. Você conta coisas demais para essa mulher.

— Mas e o jeito como você me beija? Como se estivesse curiosa e sobrecarregada ao mesmo tempo? O ritmo perfeito dos seus quadris quando se esfregou no meu pau hoje de manhã, implorando pra eu meter em você... e, meu Deus, o jeito como me chupou... — Cuspo no vibrador e o enfio sob a calcinha amarela dela, esfregando a vibração bem onde ela precisa, ouvindo seu gemido entrecortado e memorizando o choque de prazer que transforma a expressão dela. — Eu já sei que você seria a melhor transa da minha vida, de longe, e isso torna muito difícil ficar longe dessa sua calcinha. Você entende, Taylor?

— Sim-sim-sim.

— Eu vou cuidar desse tesão que está te afligindo, porque ele é todo culpa minha, não é? — Ela assente, trêmula, e uma satisfação diferente de tudo que já senti se espalha por dentro de mim como tinta numa tela. Responsabilidade, possessividade. Umas merdas que eu nunca esperava sentir na vida. — Vamos cuidar do que você precisa e voltar para o trabalho, entendeu?

— Perfeitamente — responde ela, depressa.

— Me diz quando estiver pronta para ter isso aqui dentro de você.

— *Agora.* Eu... Eu...

Arrasto um dedo pela boceta dela, e ele sai molhado.

— Já tá toda molhada. Não é?

Ela já está começando a tremer. Cacete, ela está tremendo. Os lábios afastados. Os olhos vidrados, as coxas estremecendo, a perna arqueada. Preciso de toda a minha força de vontade para não meter meu pau nela aqui mesmo, contra a lateral desse carro, mas há uma coleira invisível ao redor do meu pescoço, colocada lá em nome da autopreservação. Se eu transar com essa mulher, se permitir que a gente se entregue a isso sem regras ou limites, não vai ter volta. De alguma forma, sei disso com total certeza. Não vou conseguir ficar longe quando tudo isso acabar. Inferno, mal consigo ficar longe agora. E se algo acontecesse com ela... se eu me distraísse e deixasse alguma pista passar, como da última vez...

Eu a beijo com força, recusando-me a pensar nisso. Beijo-a por tanto tempo e com tanto desejo que ambos estamos ofegantes quando nos separamos.

— Myles... — Ela geme contra a minha boca, e sei exatamente o que está pedindo. Então a olho nos olhos e abaixo a ponta curva e molhada do vibrador na boceta dela, devagar, devagar, até os nós dos meus dedos encontrarem os seus lábios úmidos e ela estar gemendo. — Por favor, por favor — repete ela. — *Por favor.*

Caralho, está acontecendo de novo. Assim como na caverna, assim como no quarto antes da boia, eu estou me perdendo. Estou tão concentrado nela que nada mais importa. Não existe estacionamento, rua, crime a ser resolvido. Se isso não for um sinal de alerta, não sei o que é, mas não consigo evitar que minha boca encontre a dela, tão macia, capturando seus gemidos e enrolando nossas línguas de um jeito que diz *é, é isso mesmo, vou te comer tão gostoso que você nunca mais vai ser a mesma*. Não consigo me impedir de pressionar aquela ponta vibratória no clitóris dela e amar o jeito como ela se contorce entre mim e o carro, suas coxas quentes tremendo sob a minha mão.

E estamos em outro lugar agora, um lugar sem pretextos, então abro a boca, e tudo que esteve preso na minha cabeça escapa num jorro.

— Você é linda, querida. — Ainda estimulando o clitóris dela, faço movimentos de vaivém na entrada molhada. Gostoso, devagar e fundo, bem, bem fundo, apertando quando não consigo ir mais além. Esfregando. Ouvindo-a ofegar e implorar por mais.

— Seus olhos. Seu sorriso. Tudo isso já acaba comigo, mas aí você rebola essa sua bunda. *Meu Deus*. Eu mataria para te comer por trás. O jeito como você se move mostra que está pronta e apertada onde mais importa.

— Ai, meu Deus, para. Para. Não, não para. Não para. — A boca de Taylor está na minha, faminta, a língua indecente, a mão apertando meus ombros como se ela quisesse me escalar e nunca descer. Não sei se eu a deixaria. — Finge — pede ela no nosso beijo seguinte, quase se engasgando. — Finge que é você.

Bem quando eu acho que ela não tem mais como me surpreender.

Mais tarde, talvez eu encare a parede e fique espantado que essa professora do fundamental tenha me pedido para fingir que estou metendo nela enquanto enfio esse vibrador entre suas pernas, mas agora? Ah, cacete, só me resta obedecer. Posiciono o brinquedo na frente do meu zíper protuberante, empurro-a contra o carro e bombeio com o brinquedinho vibratório, como se estivesse conectado a mim. Estou dolorosamente ciente de que não está, mas o prazer dela supera minha agonia. Sua bunda range baixinho enquanto desce e sobe na porta do carro, meus quadris se movendo entre as pernas semiabertas dela, o vibrador afundando e saindo, e ela está mordendo o lábio inferior, os peitos subindo e descendo, porque está quase, a qualquer segundo agora ela vai ser engolida por um orgasmo e eu vou observar. Eu. Eu tenho esse privilégio.

— Toda vez que usar esse negócio, lembre que meu pau é maior — vocifero no ouvido dela. — E estou em algum lugar por aí, pensando em você enquanto bato uma.

Nem estou dentro dela, mas juro que a sinto se contrair após essas palavras. A ponta dos seus dedos arranha minha camiseta, e ela ofega, geme meu nome, rebola e atinge o orgasmo, seu prazer deslizando pelo vibrador e se acumulando na palma da minha mão. Cobrindo meus dedos. Ela sobe e desce no silicone que eu controlo, as coxas pulsando ao redor da minha mão, os peitos inchando no decote do vestido, e eu só observo, maravilhado. Ela é uma maravilha.

— Uma obra-prima — digo, rouco, beijando-a e abafando seus gritos. — Você é a porra de uma obra-prima.

— *Demais!* — grita ela na minha boca depois de mais alguns segundos, e eu cuidadosamente puxo o aparelho de dentro dela, colocando-o no teto do carro e a beijando como se minha vida dependesse disso.

Enfio os dedos no seu cabelo. Meu pau está inchado e latejando na calça jeans. Ela está molhada e retribuindo o beijo, ainda excitada. Eu poderia tomá-la bem aqui, agora mesmo. Da próxima vez que ela gozasse, sentiria sua boceta se contrair ao meu redor e seria o paraíso. Poderia finalmente me livrar dessa dor no saco que não consegui me convencer a resolver sozinho porque tudo dentro de mim tem a porra do nome dela escrito...

Há uma batida alta atrás de mim.

Minha vida passa na frente dos meus olhos.

Desperto do êxtase em que me encontro e analiso a ameaça, puxando a arma da cintura. Apontando-a para o chão, posiciono Taylor entre mim e o carro, procurando a fonte do barulho. E percebo, com uma onda de alívio, que é a porta do bar. Um grupo de jovens barulhentos está saindo aos tropeços e bateu a porta da lateral do estabelecimento. Minha adrenalina despenca, e de repente estou suando frio. Taylor está dizendo algo para mim, mas não consigo escutar com o zumbido nos ouvidos. Qualquer coisa poderia ter acontecido enquanto eu a beijava com as costas viradas para a rua. *Qualquer coisa.* Eu estou louco, colocando-a em perigo desse jeito? Não estou apto a ser detetive. Não fui feito para isso. Se conseguir resolver esse caso e ir embora sem ferir ninguém, vai ser um milagre.

— Entre no carro — digo para ela, minha voz totalmente áspera. — Ligue para o seu irmão e diga para ele que está esperando. Vocês dois precisam voltar para casa.

— Myles...

— Por favor, Taylor. Só ligue.

Ela parece querer discutir, mas entra no lado do motorista e liga para Jude. Um minuto depois, o irmão dela sai do bar cantarolando, e eu passo por ele sem dizer uma palavra, mesmo quando ele chama o meu nome.

Preciso achar meu foco. Agora.

Ela se satisfez. Nada de deslizes agora.

Mesmo que o deslize tenha gosto de redenção.

Capítulo 13

TAYLOR

Seguro um punhado de areia e deixo cair entre os dedos, fazendo os grãos serem levados pelo vento de Massachusetts no domingo de manhã. O ar fresco e enevoado é exatamente o que preciso sentir na pele depois de acordar de um sonho com Myles hoje de manhã. Se eu soubesse nadar tão bem quanto Jude, me lançaria ao Atlântico para tentar finalmente me refrescar, mas é melhor só assistir ao meu irmão mergulhando da beira.

Olho para trás e vejo Myles parado no topo da escadinha que desce para a praia. Ele está com o celular pressionado no ouvido e fala com aquela voz rouca e arrastada, os olhos escondidos pelos óculos Ray-Ban. Seu cabelo escuro está sacudindo ao vento. Do meu ponto de observação, aqui embaixo na praia, ele voltou a parecer um guerreiro *highlander* antigo que viajou no tempo e se viu usando jeans e moletom.

Quando percebe que estou olhando, ele para no meio de uma frase, tensionando o maxilar. Mas um momento depois continua sua conversa. Deixando claro que estou revirando os olhos exageradamente, eu me viro para o mar de novo a tempo de ver Jude sair mancando — só um pouco agora — das ondas, tirando o cabelo do rosto e sorrindo. Abro um sorriso automaticamente.

— Quando ele chegou aqui? — pergunta Jude, estendendo a mão, e eu jogo para ele a toalha felpuda azul com o bordado de uma âncora.

— Ele ficou indo e vindo a noite toda. Com ele é assim. Liga e desliga. Quente e frio.

— O que aconteceu entre vocês no estacionamento ontem?

Mesmo na brisa fresca, fico subitamente quente e sou bombardeada por imagens. As lembranças vívidas que me fizeram ficar revirando na cama a noite toda, até finalmente adormecer, acordar e descobrir que os lençóis estavam suados. Myles rasgando a embalagem do meu Socador. Cuspindo nele. O jeito como ele rosnava toda vez que enfiava o brinquedo em mim. Seus beijos possessivos. O jeito como ele gemeu quando *eu* gozei. Era para eu seguir minha vida normalmente depois daquele encontro público frenético? Não vejo como seria possível. Minhas roupas parecem diferentes e minhas terminações nervosas estão em alerta máximo, com até os folículos capilares zunindo. Fui estimulada até um estado de consciência aguçado e depois jogada do topo da montanha.

— Hum, no estacionamento? — Não é a primeira vez que Jude me pergunta. É óbvio que *alguma coisa* aconteceu. Peguei três saídas erradas no caminho para casa. Fiquei dando respostas monossilábicas, mas agora que absorvi, de forma geral, o que aconteceu, preciso me abrir com alguém. — Primeiro, a gente se beijou. — Não há por que entrar em detalhes. Enfim, nem sei se conseguiria falar do que aconteceu sem começar a suar. — Aí a gente terminou, mesmo que nem tivéssemos começado a namorar. Estamos terminando nosso relacionamento inexistente desde que nos conhecemos, na verdade. É o que a gente faz.

— Hum. — Jude se vira rapidinho e faz uma saudação irônica para Myles. — Ele só não quer lidar com um relacionamento à distância ou…?

Bufo.

— Ah, não estamos nem perto de tratar de questões práticas como distância, visões políticas ou se ele vai me deixar montar a árvore de Natal em novembro. Ele diz que eu o distraio do caso. Ele... — É estranho falar sobre o passado de Myles com outra pessoa, mas aí lembro que é Jude. — Antes de adotar uma vida nômade caçando recompensas, ele meio que cometeu um erro num caso de sequestro em Boston. Essa é a primeira vez que investiga um crime desde então e...

— Ele não quer errar de novo.

— É. — Puxo os joelhos até o peito, envolvendo-os com os braços cobertos pelo moletom justo. — Ele está se punindo. E não tenho escolha exceto deixar que faça isso. Não é como se fôssemos namorados. Nunca estivemos no mesmo lugar na mesma hora sem começar a discutir.

— Mesmo assim, ele passou a noite acampando do lado de fora da sua janela. E está todo agitado no topo da escada querendo sua preciosa Taylor dentro de casa de novo, onde é seguro.

— Sim. Conhecendo Myles, ele provavelmente não eliminou nem o oceano como suspeito.

Jude ri, se aproxima de mim na areia e joga o braço sobre meus ombros.

— De vez em quando, aparece um cara que te tira dos eixos, mas você vai encontrar seu equilíbrio de novo.

— Já aconteceu com você?

Ele bufa, observando o horizonte.

— Não. Eu só estava generalizando.

Solto um murmúrio baixo.

— Tem certeza? — pergunto, dando uma cutucada de leve nas costelas dele. — Sempre tentei não interferir nos seus relacionamentos. Nunca *tive* que interferir, porque eles não duram o bastante para exigir uma conversa. Mas... — Os músculos dele já estão se tensionando. Ele sabe onde isso vai parar. — Quer falar sobre Dante?

— Meu Deus, não. — Gotas de água voam em todas as direções quando ele balança a cabeça. — Não. Definitivamente não quero falar sobre Dante.

— Ele ligou para você desde que a gente chegou?

— Antes. Durante. Depois. Ele não desiste.

— Desiste do quê? Achei que vocês fossem só amigos.

— E somos — diz Jude depressa, fazendo um gesto incisivo com a mão. — Amigos. Nada mais. Ele é hétero, Taylor.

— Eu sei...

Quando eles eram jovens, essa parecia ser uma verdade concreta. Agora, conforme cresciam e avançavam no ensino médio... o fato de o melhor amigo de Jude só ter namorado garotas não parecia um indicador muito forte. Como Dante podia namorar se ele estava sempre com Jude?

— O cara interpreta Goliath na franquia *Phantom Five*. A última coisa que ouvi dele é que ia morar com Ophelia Tan... sua colega de elenco deslumbrante. Não tem como se enganar quanto às preferências dele, e eu nem ia querer questioná-las. Dante é Dante. Eu nunca ia querer mudá-lo. Só queria que ele fosse viver sua vida incrível e parasse de tentar... continuar com isso.

Não consigo esconder minha confusão.

— Continuar com a amizade de vocês?

— É complicado, T. — Ele sorri para suavizar a dureza em seu tom. — Só confie em mim quando digo que é complicado.

— Certo. — Assinto e apoio a cabeça no ombro dele. — Vou te deixar em paz.

A bochecha dele descansa no topo da minha cabeça.

— Obrigado. — Jude fica em silêncio por um bom tempo. — De toda forma, prefiro coisas descomplicadas. E você?

Balançando os dedos na areia, considero a pergunta.

— Não sei. Já saí com muitos caras descomplicados. Todos tinham o imposto de renda certinho e um melhor amigo chamado Mark. Jogavam golfe. Tinham uma lavanderia favorita. Era isso que eu queria. *Quero*. Mas...

— O caçador de recompensas está bagunçando com a sua cabeça?

— É como comer um burrito apimentado no café da manhã depois de passar anos só no mingau de aveia.

Ele me abraça mais forte.

— Que droga, né?

— É. Que droga. E a pior parte é que... eu gosto dele. Eu *gosto* dele. No começo pensei que ele era apenas um cara grosseiro, mas agora só o acho honesto. E, quando penso nos encontros que já tive com homens com potencial, vejo que aquelas conversas nem de longe eram autênticas. Gosto de estar perto de Myles porque sei exatamente o que vou ter com ele. Ele não mente. Nunca. Então, quando fala algo significativo ou gentil, ou faz um elogio, é como... uma manhã de Natal. Isso parece tão idiota...

Alguém pigarreia atrás de nós.

Meu coração quase sai pela boca, a negação como um atiçador em brasa entre minhas costelas.

Minha intuição já está me dizendo quem fez aquele som.

E tenho razão. É Myles.

O caçador de recompensas se agiganta atrás de nós, as botas afundando parcialmente na areia, o rosto retorcido numa careta.

A careta é para mim, mas os olhos? Eles estão suaves. Surpresos. Vulneráveis.

— Oi, cara — diz Jude, finalmente acabando com o silêncio desconfortável. Myles me ouviu. Obviamente ouviu tudo que eu disse. Agora eu assumo uma nova identidade e vou morar numa comuna ou o quê? Como as pessoas costumam lidar com essas situações? — Muito ocupado hoje?

Myles sai do seu transe. Mais ou menos. Ele ainda está olhando para mim.

— Quê?

— Eu perguntei... — Jude nem se dá ao trabalho de esconder o sorriso. — Você está muito ocupado hoje *stalkeando* minha irmã?

— Protegendo — corrige Myles, brusco.

— Entendi. — Jude olha para mim, depois para ele. — Taylor e eu íamos para casa fazer uns burritos para o café da manhã.

— Você é um brincalhão — murmuro, finalmente reunindo a coragem para me levantar e limpar a areia da bunda.

Eu encaro Myles com relutância e levo um tempo para perceber o que há de diferente: ele não sabe o que fazer com as mãos. Em geral, fica com os braços cruzados numa postura que exala confiança, ou gesticula, ou anota coisas no celular. Mas suas mãos só parecem meio perdidas no espaço agora. Minha vergonha por ser pega num discurso apaixonado sobre as qualidades dele se dissipa um pouco.

— Quer comer burritos com a gente?

Ele balança a cabeça.

— Não.

Seu tom abrupto me deixa sem palavras. Assinto e começo a andar na direção da escada.

— Tenho uma reunião na delegacia mais tarde — explica Myles, vindo atrás de mim. — O relatório da balística finalmente saiu. Preciso pôr as coisas em ordem primeiro.

— Entendi — respondo, sorrindo para ele.

— Não sei dizer se está sendo sincera.

— Nossa versão de burrito de café da manhã é basicamente tudo que tinha no taco de ontem à noite, só que a tortilha é macia e acrescentamos ovos — explica Jude. — Taylor nunca joga fora as sobras.

— Não sabe se estou sendo sincera sobre o quê? — pergunto a Myles, quando nós três paramos ao pé da escadinha.

O caçador de recompensas coloca as mãos nos quadris e olha para a areia, como se tentasse achar uma explicação.

— Parece que não gostou muito quando recusei os burritos.

Fico completamente confusa.

— E daí?

Agora ele começa a se irritar.

— E daí que só quero começar meu dia sem você ficar brava comigo, Taylor. É pedir demais?

— Desde quando você se importa se estou brava com você?

— E eu lá vou saber?! — vocifera ele.

— Geralmente colocamos abacate nos burritos, mas não encontramos nenhum maduro no mercado, então... — Jude coça a sobrancelha. — Nada de abacate hoje.

Myles voltou a não saber o que fazer com as mãos. Sei o que eu gostaria que ele fizesse com elas, mas estou começando a achar que deixar esse homem me tocar foi autodestrutivo desde o começo, porque agora só consigo pensar nisso.

— No que você está pensando? — Ele dá um passo para perto de mim, estreitando os olhos e examinando meu rosto. — Posso ver que não é nada bom.

— Meus pensamentos são pessoais, Myles. Vá pôr suas coisas em ordem.

— Tá bom. Vou lá comer a merda dos burritos.

Eu jogo as mãos para o alto.

— *Meu Deus do céu.*

— A gente *tentou* colocar pasta de feijão uma vez, mas é meio pesada para o café da manhã — continua Jude, dando uma batidinha na barriga. Passam-se vários segundos. — Ei, será que vocês dois podem parar de bloquear a escada para eu poder fugir daqui?

Dou um passo para a direita.

— Desculpa.

Jude sai mancando o mais rápido que consegue com o pé machucado.

— Qual é o seu problema hoje? — pergunto a Myles.

Ele passa a mão pelo rosto, atraindo minha atenção para suas olheiras e a exaustão que emoldura sua boca.

— Estava tudo bem até ouvir o que você disse sobre mim.

Minhas bochechas esquentam. Eu já suspeitava fortemente que ele tinha ouvido minhas confissões para Jude, mas a confirmação transforma meu rosto numa fornalha.

— Não entendo. Foi difícil ouvir que você tem algumas qualidades?

— Não sei o que foi.

— Tá vendo? Honesto. Gosto disso em você. E daí? Não posso fazer nada.

Ele parece estar mastigando um graveto invisível.

— Bem, eu gosto que você é teimosa e generosa. E corajosa, mesmo que não saiba disso.

As palavras são como um abraço quentinho. Um abraço apertado que fica cada vez mais forte até me deixar com dificuldade de respirar.

— Obrigada.

Com um aceno curto, ele se afasta de mim e vai encarar o oceano. É incrível, de verdade, o que se revelou dentro de mim desde o começo dessa viagem. Primeiro, percebi que sou muito mais forte e resiliente do que imaginava. E agora? Neste exato momento? Esse homem bruto e enlouquecedor confirmou isso. Tudo o que eu esperava esse tempo todo que fosse verdade sobre mim — e estou ficando mais determinada do que nunca a aceitar essas partes inabaláveis de mim.

O que eu quero?

Abandonar esse caso no qual fiquei interessada? Não.

Quero me afastar desse homem que estou conhecendo melhor, deixando as coisas em aberto? Não. Se dependesse de mim, eu iria para a pousada dele neste exato momento. Há uma série de impulsos físicos dentro de mim que suspeito fortemente que só podem ser acessados por Myles. Sim, tenho medo de voltar para casa sem ter experimentado nenhum deles. Ao mesmo tempo, não quero ser uma distração para ele. Esse homem guarda muita dor e parte para o ataque como forma de escondê-la. E talvez eu seja mole demais, mas não consigo evitar o desejo de ajudar. Por mais que eu queira provar a mim mesma que sou corajosa e sei me virar, também quero que Myles perceba que teve um caso ruim em Boston, mas isso não significa que ele tem que abandonar o resto da sua vida, nem uma carreira na qual obviamente é bom.

Em resumo, ele está me mantendo longe por um motivo. Tenho que respeitar isso. Mas ele tem razão. Sou teimosa.

Quis resolver o assassinato de Oscar Stanley desde o começo. Solucionar o quebra-cabeça e provar que sou mais do que a Taylor que nunca corre riscos. Agora acrescentei o desejo de ajudar Myles.

Ele querendo ou não.

Ele *sabendo* disso ou não.

— Você vem comer burrito?

— Vou — rosna ele, virando-se e passando por mim furiosamente.

Eu sorrio para as costas dele e o sigo.

— Eu estava pensando...

— Jesus, lá vamos nós.

— Não, não é nada ruim. Só preciso de algo para ler. E, como você está determinado a ser minha babá, eu esperava que pudesse ir com você até o centrinho agora de manhã, pode ser?

Ele para abruptamente quando chegamos na rua, me segurando quando tropeço. Seu olhar é desconfiado.

Eu sou o retrato da inocência. Por fora, pelo menos.

— Só quero ver o que tem de bom na biblioteca.

Ele não está caindo nessa.

— Tem certeza de que é só isso que está planejando?

— Quer dizer... — Para distraí-lo, corro a mão pelo seu peitoral e ele engole alto, observando-a se mover para cima e depois para baixo, na direção da sua braguilha. — Se quiser revisitar o estacionamento, não vou reclamar.

— Taylor — repreende ele, engasgado, apertando e afastando meu pulso, com a respiração entrecortada. — Não faça isso comigo, querida.

Puxo a mão de volta, fingindo que a rejeição não faz minha garganta doer. Não quando entendo seu motivo e simpatizo com ele.

— Vai me deixar ir junto ou não?

— Claro que vou.

— Ótimo. — Eu me obrigo a abrir um sorriso, mesmo que a rejeição continue a doer. Meu cérebro entende, mas meu coração não quer aceitar. — Vamos comer.

Ele fica parado no meio da rua por mais alguns segundos, uma veia pulsando na têmpora, até que por fim me segue.

Capítulo 14

MYLES

O que eu vou fazer com essa mulher?

Taylor se inclina para encher minha xícara de café outra vez, e preciso de toda a minha força de vontade para não tirar o bule da mão dela e puxá-la para o meu colo. Na verdade, tenho bastante certeza de que seria a coisa mais natural do mundo. E quanto mais começo a admitir coisas assim para mim mesmo, mais determinado fico a manter as mãos longe dela.

Quando nos conhecemos, decidi que ela era uma mulher feita para relacionamentos. Para casar.

Não para mim. Ela *não* era para mim.

Mas então ela me surpreendeu com toda aquela história de sexo bruto e eu pensei: talvez... talvez eu possa ceder e mostrar para ela como funciona.

E Taylor passou a *me* mostrar como funciona, em vez disso.

Mais forte. Mais.

Finge que é você.

Ela está usando a boca, a confiança e a pele com cheiro de maçã para acabar comigo. Não consigo dormir nem pensar direito, que dirá me concentrar no caso. E agora... agora que ouvi o que ela disse sobre mim na praia, me sinto exposto. Estou me preocupando com os sentimentos dela como se fosse a porra do meu trabalho. Quero ser o homem que ela acha que sou. Talvez eu sempre tenha sido e só não conheci a mulher certa para mim ainda. Talvez só esteja correndo há tanto tempo que não consigo me ver com nitidez. Mas quando ela sorri para mim... eu vejo. Ou estou *começando* a ver.

Só que não quero tentar. Já enveredei por esse caminho de tentar ser bom, nobre e heroico e no fim descobri que era para ser o vilão. Ser o vilão tem sido mais fácil que enfrentar o passado — e eu jamais deveria ter aceitado esse caso, porque, no fundo, *há* uma esperança germinando. Uma esperança de que eu possa superar o passado. Taylor está regando essa esperança, deixando-a ao sol. Mas superar o que aconteceu com aquele menino... não. Não, eu não serei absolvido. Não vou perdoar minhas ações e me esquecer da dor que causei.

Se não tomar cuidado, vou ter uma recaída também. Com Taylor. Preciso continuar focado, protegê-la, descobrir quem matou Oscar Stanley e seguir em frente. Fim de papo.

Infelizmente, minha determinação está seriamente abalada.

Taylor volta à cafeteira com o bule meio vazio, e eu me reclino para vê-la andar. Porque, Jesus Cristo, quem vendeu essa calça justa pra ela? Ela podia muito bem estar nua. Consigo ver as linhas da sua calcinha através do tecido cinza. Tenho que trincar os dentes para bloquear o impulso de ir atrás dela até a cozinha e puxar a sua bunda para o meu colo, onde é o lugar dela.

— Pronto para ir? — pergunta ela, remexendo na bolsa, sem a menor ideia de que está me deixando duro e ao mesmo tempo fazendo coisas estranhas acontecerem dentro do meu peito.

— Sim. — Eu me empurro para longe da mesa e levanto. — Só a biblioteca, certo, Taylor?

Ela me olha toda inocente.

— Aham. Só a biblioteca.

Até parece.

Mas vamos ver o que acontece. Se eu não a levar para a cidade, Taylor vai acabar indo sozinha. E vai ser impossível trabalhar se estiver me preocupando com a segurança dela.

— Alguma objeção a ir de moto? — pergunto na porta. Diante do seu silêncio, eu me viro com a mão na maçaneta. — Tampinha.

— Estou pensando.

Cruzo os braços e me reclino na entrada.

— Você tem medo de quê?

— De acidentes. — Ela está retorcendo a bolsa nas mãos. — Motos não têm proteção externa, Myles. Nem airbags.

— Estou ciente disso, Taylor.

— Mas estou tentando ser mais corajosa. — Ela vem em minha direção como se estivesse caminhando numa prancha, a segundos de mergulhar em águas cheia de tubarões. — Imagino que isso signifique arriscar a vida de vez em quando, certo?

Taylor falando sobre sua morte potencial vai me fazer vomitar o café da manhã.

— Você nunca estará em perigo se eu estiver com você — digo, surpreso com minha própria confiança.

De onde vem isso? Dela? Por causa do que ela disse na praia quando não sabia que eu estava ouvindo?

Agora Taylor me olha fixamente.

— Eu sei que estou segura com você. São as outras pessoas na rua que me preocupam. — Minha pulsação acelera enquanto ela cruza a sala até mim. — Eu confio em você.

— Hum. — Uma sensação quente desce da garganta até meu estômago, e não consigo olhar para ela. — Acho que gosto disso.

— De saber que eu confio em você?

Eu dou um grunhido. E assinto, caso o grunhido não tenha deixado minha resposta clara o suficiente.

E ela segura minha mão.

É tão bom que quase me afasto. Ficar de mãos dadas não faz parte do trabalho.

Nada disso faz parte do trabalho.

Mas cá estou eu, levando-a até a moto pela mão como um namorado devotado. Colocando meu capacete na cabeça dela com delicadeza e ajudando-a a subir na garupa. Ela parece tão frágil sobre a moto que minha testa começa a suar. Juro por Deus, se outro carro chegar a três metros de nós, vou perder a cabeça. Por que sugeri ir de moto? É tarde demais para pegar o carro?

— Estou começando a ficar empolgada — diz ela, sorrindo para mim através do capacete. — Eu só seguro a minha bolsa?

— Não. — Eu a tiro das mãos dela e a guardo em um dos alforges laterais. — Você vai se segurar em mim.

— Entendido.

Quando me sento na moto e os braços dela envolvem minha cintura e seu rosto pressiona minhas costas, várias coisas acontecem no meu corpo ao mesmo tempo. Meus músculos se tensionam com propósito. Um impulso protetor enche minhas entranhas. Minha língua fica espessa na boca, a pele pegajosa em alguns pontos e quente em outros. Sem falar no meu pau endurecido, que está há tantos dias consecutivos num estado de infelicidade perpétua que comecei a me acostumar com a dor. O principal, porém, é o órgão acelerado no meu peito. Batendo loucamente. De alguma forma, sei que nunca vou levar outra mulher na garupa da minha moto além de Taylor. Ela é a última.

Não importa o que aconteça.

Com esse pensamento desconfortável pairando no ar, aciono a embreagem e ligo a moto, saindo na rua devagar, expirando com um estremecimento ao sentir as coxas dela se apertarem nos meus quadris, os braços ao meu redor como um cinto. Vou devagar. Abaixo do limite de velocidade. Cada buraco e placa é uma ameaça em potencial.

— Mais rápido — pede ela, mais alto que o vento, me apertando.

Mesmo que sinta que vou vomitar se acelerar, ainda assim obedeço, porque estou orgulhoso dela. Por ser corajosa. Por enfrentar seu medo. E por confiar em mim para fazer isso com ela. E, cacete, estaria mentindo se dissesse que não gosto do jeito como ela se agarra a mim, sua boceta quente contra a minha lombar. Sua bunda sexy usando fio dental está empinada sobre o motor ruidoso da minha moto, e isso me deixa louco. Me faz pensar em sexo suado. Me faz pensar em nós dois na cama enquanto ela grita *mais rápido* no meu ouvido. Por que eu me recuso a simplesmente bater uma e aliviar um pouco a pressão entre as pernas? Essa manhã mesmo, voltei ao meu quarto na pousada para tomar um banho e trocar de roupa. Poderia ter aliviado um pouco da frustração com a mão, mas não consegui, por mais que meu pau estivesse mais duro que uma tábua. Meu corpo sabe que nada vai se aproximar da realidade. De Taylor.

Meu Deus, como eu quero transar com ela. Posso muito bem admitir que não me permito... não me permito porque meu coração está comprometido. Caso contrário, já teria passado a noite na cama dela a essa altura. Entrar e sair, sem me envolver. Nada de sentir um medo aterrorizante de perder algum detalhe do caso e feri-la.

Ou pior.

Minhas mãos estão se transformando em geleia no guidão, então refuto a direção sombria que meus pensamentos estão tomando e me concentro em levá-la ao centrinho da cidade com segurança. Quando chegamos ao centro de Falmouth, as ruas estão lotadas.

— Ah, esqueci — diz ela no vento que abranda. — O comício.

Concordo com a cabeça, cuidadosamente nos levando para um dos estacionamentos municipais. Não há qualquer vaga à vista, então estaciono ilegalmente entre um carro e um portão, ganhando um sorrisinho de Taylor quando tiro seu capacete.

— Então — digo, devagar. — O que achou?

— Adorei — responde ela, ofegante, jogando os braços ao redor do meu pescoço. — Obrigada por me convencer. E por não tirar sarro de mim quando fiquei com medo.

— Ninguém nunca mais vai tirar sarro de você — deixo escapar.

É uma promessa idiota demais. Não tenho como garantir isso. Mas o que mais vou dizer quando ela está sorrindo para mim desse jeito, como se eu fosse o seu herói? Será que promessas vão simplesmente sair da minha boca agora? Logo, logo vou estar prometendo uma casa, bebês e uma viagem à Disney. Camisetas iguais não parecem mais tão horríveis assim.

Nossa. Escuta isso que você está pensando.

Eu a ergo da moto e a mantenho perto de mim, na ponta dos pés, seu rosto corado da empolgação do trajeto. E não há nada no mundo que possa me impedir de beijá-la. Eu me surpreendo ao encaixar nossa boca com delicadeza, enrolando seu cabelo no meu punho e lentamente introduzindo mais língua, acariciando a dela, desfrutando seu sabor. Seu cheiro de maçã. Grunhindo quando ela geme, mantendo o ritmo lento. Devoro-a gradualmente. Esse beijo é diferente dos que vieram antes. Eu... *o que estou fazendo?* Cultuando essa mulher? É isso que parece, com esse movimento deliberado de línguas, as mordidinhas nos lábios dela, nos meus, entre beijos mais longos e profundos. Damos uns amassos como se tivéssemos todo o tempo do mundo e foda-se, foda-se, mas eu gosto demais disso. Todo o tempo do mundo.

Com um xingamento, eu me obrigo a interromper o beijo.

Taylor se inclina na minha direção, atordoada, torcendo um parafuso no meio das minhas costelas. Que caralhos eu vou fazer em relação a ela? Eu me distraio pegando e entregando de volta a bolsa dela.

— Vou com você até a biblioteca — digo de repente, roçando os dedos na mão dela, esperando que ela queira que eu a segure de novo. Quando ela põe a mão pequena na minha, solto um ar que não sabia que estava prendendo. — Você pode ficar na delegacia durante a reunião.

— Não vou conseguir olhar nada com você no meu cangote. Além disso, estamos no meio do dia — diz ela, balançando a cabeça. — Vá para sua reunião. Te encontro depois. — Ela sorri para mim. — Podemos tomar um sorvete.

Eu bufo.

— Eu pareço o tipo de cara que sai para tomar sorvete com mulheres, tampinha?

— Não — responde ela, com um suspiro — Acho que não.

Caminhamos em silêncio por alguns segundos.

— Que sabor você vai querer? — pergunto.

Os dedos dela apertam os meus. Estou muito fodido.

— Amigos e residentes de Falmouth e do condado de Barnstable — diz a prefeita no microfone, sua voz ecoando pela rua comercial principal da cidade. — Escutei suas reclamações, e podem ficar tranquilos: estou aqui para ajudar.

Taylor e eu paramos em frente à delegacia, examinando a cena. A prefeita está em pé na traseira de um caminhão, segurando um microfone conectado a um sistema de som improvisado. Há placas magnéticas presas nas portas do caminhão que dizem: "Reelejam Rhonda Robison." Diante dela, encontram-se o que parecem ser centenas de moradores segurando pôsteres e usando camisetas com os dizeres "Hóspedes, voltem para casa". Eles entoam essas palavras enquanto a prefeita está fazendo seu discurso, por mais que o assistente de óculos, Kurt, faça gestos tranquilizadores para a multidão.

É minha imaginação ou Kurt está olhando para Taylor em vez de para o público cada vez maior?

Não, ele fez isso de novo.

O sujeito empurra os óculos para cima do nariz, se atrapalha com a prancheta e se inclina para o lado para vê-la melhor em meio à massa fervilhante de corpos.

Ergo nossas mãos unidas até a boca e beijo os nós dos dedos dela.

O assistente rapidamente abaixa o olhar para a prancheta.

Mas, apesar da satisfação que toma meu corpo... esse é o tipo de homem com quem Taylor vai acabar se casando, não é? Um cara certinho da idade dela com uma profissão nobre. Consigo imaginar o cara com os filhos, ensinando-lhes sobre a importância do trabalho voluntário e levando-os para aulas de ioga para crianças e trilhas na natureza, ou qualquer outra merda do tipo.

— Ah, olha — diz Taylor em meio ao barulho, e, caralho, fico feliz pela distração. Mas quanto tempo posso ficar sem pensar em onde isso vai parar? Em um pouso turbulento. Um final. Não tem outra opção, tem? — Sal está ali.

Sigo seu olhar e encontro o vizinho temporário de Taylor no meio da multidão, com uma camiseta igual à dos outros. Como se sentisse nossa atenção, ele olha para nós e toma um susto. Sua boca está congelada num rosnado, como se ele tivesse interrompido seu grito de guerra, mas, quando lhe mostro os dentes, ele se derrete na massa de corpos e desaparece.

— Se você tem uma queixa pessoal quanto a uma locação de férias perto de sua propriedade ou sente que o proprietário está sendo negligente ao alugar para visitantes de procedência duvidosa ou ao não resguardar as regras da comunidade, por exemplo — continua a prefeita —, por favor, envie um e-mail ou ligue para o meu gabinete. Meu assistente, Kurt, está à disposição para anotar seus problemas e aconselhá-los sobre como resolvê-los, enquanto meu governo trabalha para limitar os aluguéis de temporada na área e manter nossa vizinhança o que sempre foi: um lugar tranquilo para morar.

— Sua campanha fez a mesma promessa quatro anos atrás! — grita alguém na multidão.

— Nossos filhos não podem nem brincar na rua com todos esses bêbados dirigindo!

— Como alguém vai dormir com esse bando de festas toda hora?

— Eu consigo ouvir a hóspede ao lado cantando no chuveiro! Ela guincha que nem um gato afogado!

Taylor arqueja, virando-se revoltada para mim.

A gargalhada brota do meu âmago, grande demais para ser contida. E cá estou eu, rindo no meio da calçada quando deveria estar investigando um assassinato. E não posso evitar. É bom pra caralho. Nem consigo me lembrar da última vez que ri com outra pessoa que não ela.

Taylor torce o nariz para mim, mas há um brilho bem-humorado em seus olhos verdes — dos quais não consigo desviar o olhar, ao que parece. Quando ela fica na ponta dos pés para falar no meu ouvido, eu automaticamente me abaixo para encontrá-la no meio do caminho.

— Você já quebrou sua promessa de nunca mais tirar sarro de mim de novo. Daqui a pouco vai me chamar de Shaquille.

Dou um beijo rápido no biquinho que ela faz.

— E se eu te comprar uma bola extra de sorvete?

Ela evita meu próximo beijo.

— Isso é o melhor que você pode fazer? — Ela empurra meu peito de brincadeira. — Vá para a sua reunião. Eu te encontro na sorveteria daqui a uma hora.

Aponto para o chão entre as minhas botas.

— Volte aqui e me dê um beijo.

Ela morde o lábio inferior e balança a cabeça. *Não.*

Não acredito.

Ela está me provocando. Me fazendo querer mais. Tornando impossível não tomar… tudo.

E, droga, está funcionando.

Capítulo 15

TAYLOR

—Você é *foda* — sussurro para mim mesma, caminhando com confiança.

Não só andei numa Harley hoje de manhã, mas evitei as suspeitas do homem mais desconfiado que já conheci. Ele acha que vim à biblioteca para pegar o best-seller mais recente — e, na verdade, talvez eu faça isso e mate dois coelhos com uma cajadada só —, mas o que Myles não sabe é que o cartório fica logo atrás da biblioteca e é meu verdadeiro destino.

Uma parte significativa de mim só quer pegar alguns livros e ir encontrar Myles para tomar sorvete. Não empregar todas essas artimanhas. Só que mais cedo, na praia, decidi que o ajudaria a resolver este caso de qualquer jeito, custe o que custar. Por mim mesma. Por Myles. Se há algo que eu possa fazer para impedi-lo de se punir pelo passado e talvez, só talvez, considerar se tornar um investigador profissional de novo, eu quero fazer isso. Preciso tentar fazer a diferença.

E, depois de sete anos ouvindo *Gravado em Osso*, sei de uma coisa: sempre há uma pista negligenciada. Nos estágios iniciais de uma investigação, os componentes gerais, como linhas do tempo, oportunidade e evidências físicas, são a preocupação principal, mas quando os detetives voltam ao começo e examinam melhor as conexões pessoais do assassino — quando destrincham os registros em papel —, é aí que os assassinatos são resolvidos.

Myles mencionou que Lisa Stanley vai herdar as propriedades do irmão. Isso, sem dúvida, lhe dá um motivo para matá-lo. O dinheiro é muitas vezes uma motivação primária.

Mas o negócio é o seguinte: não é barato comprar casas em Cape Cod. Especialmente perto do mar.

E Oscar Stanley era um carteiro aposentado.

Alguma coisa não está batendo. É possível que ele tivesse dinheiro de família, como uma herança, ou uma indenização que o ajudou a comprar essas propriedades de alta demanda uma a uma, mas esses detalhes precisam ser analisados. É aqui que posso ser útil. É aqui que posso provar a mim mesma que não sou o tipo de mulher que espera sentada e deixa todo mundo correr os riscos enquanto fica parada observando.

Com os ombros eretos e determinados, eu me movo entre as estantes até os fundos da biblioteca e empurro a porta de vidro que a separa do cartório.

— Olá — digo, educada, à mulher atrás da mesa. — Estou procurando escrituras de propriedade.

Ela assente e pega um lápis.

— Endereço?

— Tenho vários.

— É claro — diz, dando um suspiro.

Vinte minutos depois, estou segurando várias folhas impressas. Usando o quadril para abrir a porta de vidro, volto à biblioteca e encontro uma mesa tranquila na seção de biografias, espalhando as escrituras de Oscar Stanley à minha frente. Verifico o celular para ver se Jude não ligou ou mandou uma mensagem. Nada. Myles também não. Ótimo. Os homens estão ocupados.

Estou livre para fuçar.

Deixo o telefone na mesa e examino a primeira escritura, que se refere à casa onde Oscar foi assassinado. Não vejo nada estranho. Seu nome é o único listado como proprietário. É quando passo para a escritura seguinte que minha coluna começa a formigar. Sob o nome do proprietário está Oscar Stanley.

Mas ele não é o único listado. *Evergreen Corp.*

Está na escritura seguinte também. E nas outras três.

Oscar Stanley não era o único dono dessas propriedades.

Ele tinha um sócio.

E todo mundo sabe que sócios são as pessoas com mais chances de cometer um assassinato, logo após os cônjuges. Tenho que falar com Myles...

Estou na metade do pensamento quando algo pesado bate na lateral da minha cabeça.

A dor explode na minha têmpora, e tudo fica escuro.

— Taylor!

A consciência retorna aos poucos, mas imediatamente desejo ainda estar desacordada.

Minha cabeça está latejando, e consigo sentir cheiro de sangue. Isso já é ruim.

Mas também há um caçador de recompensas gritando a um centímetro do meu rosto.

Abro um olho, e ele sussurra uma prece para os céus antes de voltar a gritar.

— Você está bem? Onde mais está machucada? Diga que está bem!

— Estou bem, para de gritar — respondo, em um sussurro estrangulado.

— Parar de *gritar*? Você está deitada aqui *sangrando* e quer que eu pare de gritar? — As mãos dele percorrem meu corpo e minhas costas até a cabeça, o castanho-esverdeado dos seus olhos tomado pelas pupilas dilatadas. Seu rosto está todo suado. Ele está tremendo? — Que caralhos aconteceu?

— Não sei. — Quando percebo que há uma multidão ao nosso redor, muitos aparentemente ligando para a polícia, faço um esforço para me sentar. — Eu estava sentada aqui. Alguém bateu em mim. Com um livro, acho. Parecia couro.

— Tinha um livro ali no chão — informa a recepcionista do cartório que me ajudou mais cedo. Mais cedo quanto? Há quanto tempo estou desmaiada no chão da biblioteca? — Tem um pouco de sangue nele. Provavelmente dela.

— Jesus Cristo — resmunga Myles, parecendo nauseado.

Alguém me atacou.

Um som nervoso escapa dos meus lábios, e sou imediatamente puxada para os braços de Myles. A segurança do corpo dele me faz esquecer da nossa plateia, e simplesmente me embrulho ao seu redor, envolvendo as pernas na sua cintura e passando os braços ao redor do seu pescoço, desesperadamente precisando do calor. Estou com frio, os dentes batendo. É como se tivesse sido tirada de uma lagoa gelada.

— Myles.

— Estou aqui, Taylor. Estou aqui. — Ele respira fundo, como se tentasse se acalmar, mas posso ver que não está funcionando. — Tem câmeras aqui? Quero saber quem fez isso. *Agora.*

— Não há câmeras, senhor. Sinto muito. — É uma voz masculina. Há uma pausa em que tudo que ouço é meu coração acelerado contra o de Myles. — Tem uma ambulância a caminho.

— Não quero ambulância. Só quero ir pra casa.

— Você pode ter tido uma... — Ele engole em seco, o pomo de adão se movendo contra o lado não machucado da minha cabeça. — Você pode ter tido uma concussão. Meu Deus. Saí da reunião assim que vi o relatório da balística. A arma que você achou na praia não foi a arma do crime, Taylor. Ela ainda está por aí. E eu estava sentindo que tinha algo errado. Não deveria ter te deixado sozinha...

Absorvo a notícia sobre o relatório da balística e me bate uma tristeza.

— Não é culpa sua. Estou numa biblioteca pública no meio do dia — respondo, encostada no ombro dele. — Deveria ter estado a salvo.

— Mas não estava, Taylor. Não estava.

Minha intuição está sussurrando que isso é uma péssima reviravolta. Não só porque é a segunda vez que fui alvo de violência, mas porque, ao tentar ajudar Myles, posso ter acidentalmente piorado tudo.

— Estou bem.

— Preciso que um paramédico me diga isso, tudo bem? Fique acordada, ok? Olhos abertos. — Um bom tempo se passa, e eu lentamente noto os músculos tensionando sob o meu corpo. — É sua essa papelada na mesa?

Ah, céus. Não é hora para isso.

— Estou sentindo uma tontura...

Myles se levanta comigo nos braços e avança entre as estantes, para longe dos ouvidos ao nosso redor. Se não estou enganada, ele também está nos embalando com um movimento sutil. Mas ainda está respirando depressa, suas exalações quentes atingindo a lateral da minha cabeça.

— Acredite, eu só quero que você fique deitada numa cama em algum lugar com gelo na cabeça, mas preciso de informações agora, Taylor. Alguém te *feriu*.

— Certo. Eu sei. Tudo bem. — Engulo em seco. — Nunca fez sentido para mim que Oscar Stanley, um carteiro aposentado, pudesse bancar tantas casas de praia. Obviamente ele podia ter recebido uma herança ou algo do tipo, mas um sócio fazia mais sentido. Então vim checar as escrituras e estava certa. Não... não consigo lembrar o nome da empresa agora porque estou meio tonta...

Ele faz um som aflito, me apertando com mais força.

— Mas em todas as propriedades, exceto a casa onde ele foi assassinado, havia outro nome listado na escritura. Não da irmã. Uma empresa.

Por um momento, Myles fica pensativo, até que começamos a voltar para a mesa, onde a papelada ainda está.

— Até agora, eu só tinha checado a escritura da primeira casa — diz ele, abaixando os olhos para os documentos.

— Você teria voltado para as outras. Os investigadores sempre voltam ao começo.

— Mas você decidiu fazer isso por mim e quase morreu. — O pomo de adão dele se move. — Antes que eu pudesse voltar para ver o que tinha deixado passar.

— Sim. Eu sou professora. Nós temos uma sede de conhecimento... e também adoramos ter razão. Myles, não estou gostando do seu tom sombrio.

Nem da rigidez que tomou conta seu corpo. Ele me acomoda na beirada da mesa e reúne os papéis em uma pilha, dobrando-a e enfiando-a no bolso traseiro da calça jeans. Estou tentando encontrar seu olhar para determinar o que há de errado, mas um paramédico entra no meu campo de visão, junto a um policial que reconheço.

— Detetive Wright! — exclamo, sem conseguir conter um sorriso.

O movimento súbito faz minha cabeça latejar, e eu me encolho. Myles xinga e começa a andar de um lado para outro.

— Queria que estivéssemos nos reencontrando em circunstâncias melhores — começa Wright.

— Eu também. Como você está?

— Já estive melhor, na verdade. — Ele aponta o dedão para a rua. — Graças a Deus o comício já acabou há um tempo. Os moradores são mais arruaceiros do que parecem...

— Chega de conversa fiada! — vocifera Myles, a alguns metros de nós, a expressão furiosa. — Alguém examina logo a cabeça dela, porra.

Wright assobia baixinho, puxando a caneta e o bloco.

— Me chamaram — murmura o paramédico. Ele examina o ferimento e faz algumas anotações. Aponta a lanterninha para meus olhos e me faz uma série de perguntas antes de desligá-la. — Você não está com uma concussão, só um corte feio. Vou colocar um curativo e você vai poder tirar tudo isso da cabeça.

Wright ri pelo nariz.

— Tirar da *cabeça*. — Ele olha para Myles. — É engraçado porque ela foi ferida na cabeça.

— Como isso é engraçado? — rosna Myles. Ainda encarando o detetive, ele desaba na cadeira que ocupei antes, me puxando da mesa para o seu colo. Consigo sentir que mais sangue saiu do ferimento nos últimos minutos, e ele observa a pele cortada com o rosto pálido. — Cuide disso.

— Você está bravo comigo? — sussurro no ouvido dele.

— Depois a gente conversa.

Wright se agacha na minha frente com o bloco.

— Certo, primeira pergunta. — Um sorriso ergue os cantos da boca dele. — Vocês dois estão juntos? Parece que sim.

Se Myles destrincasse os dentes agora, tenho quase certeza de que cuspiria fogo.

— Não — respondo por nós.

Myles se sobressalta, franzindo a testa para mim.

— Bem, peraí. Isso não é exatamente verdade.

— É, sim — digo a Wright. — Não estamos juntos. Pode escrever isso.

— E ficar de mãos dadas é o quê? — pergunta Myles para mim.

Wright finge anotar, murmurando:

— Então vocês ficam de mãos dadas…

— Não sei o que você considera estar "juntos", Myles. — Estou tão confusa quanto o caçador de recompensas parece estar. Afinal, só afirmei a verdade. — Mas as pessoas não… tropeçam e caem num relacionamento. É preciso ter uma conversa. Perguntas têm que ser feitas.

— Tipo o quê? — dizem Myles e Wright ao mesmo tempo.

Além de ter um ferimento na cabeça, meu rosto está começando a esquentar. Os dois homens estão me olhando como se eu fosse louca. Será que estou errada sobre todo o processo? Nunca encontrei esse nível de ceticismo a respeito do assunto. Embora talvez seja porque nunca tenha expressado minha opinião em voz alta.

— Bem. Uma das partes pede para a outra ser... permanente. E monogâmica.

— Tipo uma proposta de casamento? — quer saber Wright.

Ai, meu Deus. Ele está fazendo anotações.

— N-não. Não exatamente. Mais tipo...

— Pedir para namorar firme com alguém? — Myles termina por mim, suas feições ganhando um toque brincalhão.

Acho que eu deveria ficar feliz por ele não estar mais com a testa franzida, mas não estou.

Fecho a boca bruscamente e não consigo mais olhá-los nos olhos. Uau. Será que venho reproduzindo inconscientemente essas crenças desde o ensino médio? Quando meu primeiro namorado me pediu em namoro, presumi que era assim que funcionaria para sempre. Limites seriam estabelecidos. Uma intenção declarada com todas as letras.

Não deveria ser assim?

Sim. Deveria.

Dou de ombros.

— Não sei como se chama. Mas ele não disse as palavras para uma pessoa se sentir segura e confortável. Não estamos juntos.

O tom brincalhão de Myles se apaga como uma luz.

— Certo, vamos limpar esse ferimento — diz o paramédico, ajoelhando-se ao lado de Wright, que começa a me fazer perguntas que *de fato* tratam do ataque.

— Você notou alguém quando entrou na biblioteca?

— Ninguém exceto as pessoas atrás do balcão. — Aponto para elas, ainda rondando por perto.

— Teve algum encontro estranho antes de entrar na biblioteca?

— Só com Myles. Nossos encontros sempre são estranhos. — A piada mal saiu da minha boca quando algo maravilhoso me ocorre e eu arquejo, virando no colo do caçador de recompensas para encará-lo. Ele está me olhando como se estivesse tentando mastigar um pedaço de metal. — *Você* é um suspeito dessa vez.

— Tecnicamente, não — intervém Wright. — Ele estava numa reunião com a gente.

Ergo uma sobrancelha para Myles.

— Vou precisar montar uma linha do tempo para ter certeza disso.

A princípio, acho que ele não vai responder. Que só vai continuar olhando fixamente para a frente, um músculo saliente na bochecha. Mas então ele se inclina e fala no meu ouvido, baixo o suficiente para que só eu ouça:

— Eu levaria uma bala na testa, mas jamais levantaria sequer um dedo para você, Taylor. O fato de você ter passado um segundo com dor me faz querer morrer. É desse tipo de palavras que você estava falando? Porque são as únicas que eu tenho.

Ai, meu Deus. É muito difícil me concentrar depois disso, mas consigo chegar ao fim das perguntas. Meu corte é limpo e recebo um curativo. Eu mal terminei de agradecer a Wright e aos paramédicos quando Myles me levanta e me carrega pela saída da biblioteca.

— Mandei uma mensagem para Jude vir nos pegar, mas ele não respondeu — comenta Myles.

— Ele está ignorando o celular por causa de Dante.

— Quem? — pergunta ele, distraído.

— Deixa pra lá. Sabe, eu não preciso ser carregada. Consigo andar.

O homem nem me responde.

Um sedan preto está esperando atrás da biblioteca, e Myles me leva até lá, onde nos acomoda no banco traseiro. O motorista nos lança um olhar curioso pelo retrovisor, mas sai do estacionamento sem fazer perguntas.

É aí que minha adrenalina mergulha como um andaime caindo de dez andares.

O frio me invade, e eu começo a tremer, apesar do calor que Myles está irradiando em mim. A última meia hora passa na minha mente como um sonho. Eu estava mesmo conversando sobre relacionamentos com um policial ou meu cérebro está me pregando uma peça? A pancada forte na lateral da minha cabeça se repete sem parar até que fica difícil respirar, e meus tremores só pioram.

— Taylor, você está tremendo.

— Eu sei.

A voz de Myles está muito calma, mas há uma camada de ansiedade logo abaixo da superfície.

— Você disse ao paramédico que não estava com náusea. Algo mudou?

— Não, só está caindo a ficha do que aconteceu. De como poderia ter sido pior.

— Bem-vinda ao meu mundo.

— Agora que não tem… agitação. Ou perguntas para responder. — Esfrego meu braço, e Myles imediatamente assume essa função. — Estou bem. Só com muito, muito frio.

Ele assente, um nó se movendo para cima e para baixo da garganta.

— Estamos quase chegando em casa. Vou cuidar de você.

Eu posso cuidar de mim mesma. É o que sinto vontade de dizer. É o que *sempre* digo, de uma forma ou de outra. Mas não quero estar no comando agora. Só quero que esse homem em quem confio me leve a algum lugar aquecido onde eu possa processar tudo que aconteceu.

— Não acho que você seja um suspeito de verdade, Myles.

— Claro que não, querida. — Ele beija minha atadura com cuidado. — Nunca achei que você fosse também.

Eu gosto dele assim — gentil e tranquilizador — tanto quanto gosto dele honesto, direto e bruto. Ele é mais complexo do que parece ser. Camadas e camadas. Eu já não sabia disso, de alguma forma?

— Acabamos não indo tomar sorvete — digo no pescoço dele. — Eu estava doida para saber que sabor você escolheria.

— Cookies and cream.

— *Sério?*

— Nunca escolho outra coisa.

— Estou chocada. É tão frívolo.

— Cerveja sabor pêssego é que é frívolo, tampinha. Sorvete de cookies and cream é inigualável.

— Falou como alguém que nunca experimentou sabor caramelo.

— E jamais farei isso. É um sabor de vovó.

Inspiro bruscamente, pronta para confrontá-lo, mas então noto que ele está tentando me distrair do que aconteceu — e está funcionando. Ele é sensível por dentro. Será que parte de mim percebeu isso desde o começo? É. É, acho que sim. Agora ele está conversando sobre sorvetes mesmo que a veia em sua têmpora pareça prestes a explodir.

— Está tudo bem.

Ele engole em seco.

— Caralho, Taylor.

Não consigo evitar me esticar um pouco e beijar o queixo dele. Ele fecha os olhos e leva a boca à minha, nossa respiração se misturando.

— Por favor — pede, rouco, contra os meus lábios. — Para.

— Com o quê?

— Não sei. Tudo. Tudo que você faz, não importa o quê, me afeta. Quando está irritada, ou rindo, ou machucada, ou quando nem *está* do meu lado, mexe comigo.

— São essas... as palavras — sussurro, abalada, meu peito se contorcendo.

Ele está balançando a cabeça.

— Taylor, eu vou embora depois que resolver esse caso. Assim que descobrir quem fez isso com você, vou trancar o sujeito numa cela e jogar a chave fora. E aí vou voltar a caçar recompensas. Você em Connecticut. Eu na estrada. Não vou ser seu namorado. Você não vai me consertar. Não vou me casar e ter uma família. Certo? Se é isso que você está pensando que pode acontecer... — A mandíbula dele se contrai. — Fiz tudo que pude para te dar a impressão contrária.

— Eu sei, Myles. Eu...

— O quê?

— Eu não cheguei tão longe assim. Tipo, no futuro. Um futuro em que você é meu namorado. Não imaginei o que viria em seguida se ficássemos juntos. Isso nem passou pela minha cabeça.

Agora ele parece mais furioso que nunca. Esse homem é *confuso demais*.

— Eu só quero estar com você *agora* — murmuro, endireitando-me no colo dele, roçando a boca na pulsação acelerada na base do seu pescoço, minha mão alisando a frente da sua camisa. — Preciso estar com você. Só por enquanto.

Movo a parte inferior do corpo em um círculo lento no colo dele, mas Myles agarra meus quadris antes que eu possa completar o giro.

— Você está *machucada*.

Com a boca pressionada no ouvido dele, eu sussurro:

— Isso só me faz precisar ainda mais de você.

O carro para na frente da casa alugada.

E Myles solta um suspiro trêmulo.

— Merda.

Capítulo 16

MYLES

Deixamos os sapatos perto da porta da frente, e carrego Taylor pela casa. Metade de mim torce para que Jude esteja aqui, para nos dar uma distração, mas a outra metade torce para que não esteja.

Ok, certo. Bem mais do que metade de mim está esperando que a gente esteja sozinho. Talvez eu inteiro, até. Mas eu *não deveria* estar levando essa mulher escada acima até o seu quarto. Jesus, ela acabou de ser atacada. A porra do meu sangue está quente, está frio, nem sei mais. Só sei que, quando a vi caída inconsciente no chão, meu mundo virou de ponta-cabeça. Nunca senti aquela combinação de medo glacial e fúria violenta e não quero sentir de novo nunca mais. É por isso que sou um caçador de recompensas. Não me apego a ninguém.

Consigo permanecer impassível. Robótico. Eficiente.

É tarde demais para isso agora. Com Taylor.

Sou uma *tempestade* de emoções por causa dela. Tantas que mal consigo distingui-las no turbilhão para tentar defini-las. Eu me sinto protetor em relação a Taylor, orgulhoso dela, excitado a ponto de sentir dor, todo admirado e confuso. Porque eu sei, eu sei muitíssimo bem, que se transar com ela vou ficar ainda mais apegado e deixá-la vai acabar comigo, mas cá estou, colocando um pé na frente do outro. Segurando-a contra o peito como se ela fosse frágil, talvez tentando me enganar e esquecer que ela não quer ser tratada como se pudesse quebrar, mas de um jeito mais bruto.

Meu saco está quase explodindo. Minha cabeça está cheia. Meu peito é uma bagunça bizarra depois que ela foi atacada sob os meus cuidados. Meus. Tudo porque eu deixei um detalhe passar. De novo. Deixei passar uma coisa. Mas ela está beijando meu pescoço, e meu pau poderia abrir um buraco na janela e, caralho... ela está atiçando cada vez mais aquele ponto debaixo da minha orelha, os dentes fechando ao redor do meu lóbulo e puxando. Lambendo. Beijando.

Ela me disse no Uber que não considerou um futuro para nós.

Por mais que isso tenha bagunçado a minha cabeça, para mim é bem conveniente acreditar nessa promessa agora. Que ela não está pensando em nós no longo prazo. Isso remove a culpa por transar e depois abandonar uma mulher que deveria ser carregada ao altar nas asas de uma pomba. Levada para casa, para conhecer a mãe de alguém. Que deveria ganhar tudo que ela quer até sentir uma felicidade inigualável.

Eu nunca seria capaz de fazer isso. Não sei como.

Nem consigo protegê-la.

Esse pensamento me faz entrar no quarto pisando ainda mais forte, chutando a porta do banheiro e indo até o chuveiro. Ponho Taylor de pé e abro a torneira.

— O que você está fazendo?

— Aquecendo você.

Talvez... talvez eu consiga resistir a isso. Talvez eu consiga colocá-la no chuveiro e esperar lá fora, ficar mais um dia sem ceder ao meu desejo voraz por essa mulher. O sexo nunca passou de uma distração para mim. Uma comichão para coçar. Mas seria um compromisso com Taylor, não importa o que ela diga. Mesmo se estiver sendo sincera sobre isso ser temporário. Uma necessidade momentânea. O *meu* coração e a *minha* cabeça se comprometeriam. Isto é, eu me comprometeria a guardá-la na memória pelo resto da vida. Será que conseguiria só seguir minha vida sabendo que ela existe? Não sei. Não faço ideia, cacete.

— Você ainda está com frio, certo? — pergunto, apontando para o chuveiro.

Ela assente.

O banheiro já está começando a encher de vapor.

Ela está a dois passos de mim, com um curativo na cabeça, me pedindo para confortá-la com seus olhos verdes incríveis. Estou por um fio, e a pressão aumenta a cada segundo. Ainda mais quando ela olha para o contorno da minha ereção, umedece os lábios… e puxa a regata por cima da cabeça.

Ah, isso.

Porra. Esses *peitos.*

A regata devia ter um daqueles sutiãs embutidos, porque ela não está usando nada agora. Só a calça justa…

E elas somem em seguida. Devagar. Taylor engancha os polegares no cós e se inclina para a frente, deslizando o tecido sobre os quadris, sobre o volume macio da bunda. *Saia do banheiro*, eu me ordeno quando o fio dental dela está à mostra. Mas estou paralisado. Que homem não estaria, com uma beldade dessa lhe fazendo um striptease, com vapor do chuveiro condensando em seu corpo todo? Fazendo-a brilhar? Especialmente quando a calcinha dela está um pouco apertada e ela se endireita, chutando a calça para longe, sem deixar nada para a imaginação.

— Você pode muito bem mostrar logo essa boceta. Já estou vendo tudo.

Ela entra embaixo do chuveiro, deixando-se ser tomada pela água quente, e, vendo a calcinha colada à sua boceta, começo a ofegar, apertando a borda da porta de vidro do boxe.

— Se quiser me ver sem ela, tire você mesmo — murmura Taylor, a voz se mesclando à água, fazendo a cena toda parecer um sonho.

É, é um sonho. A realidade fica cada vez mais distante enquanto ela ensaboa o corpo. Os peitos e as coxas e a calcinha. Ela ensaboa aquele monte doce através do tecido roxo, e eu perco a cabeça. Minhas reservas evaporam, e eu estendo o braço para dentro do chuveiro, puxo sua cintura e a tiro do boxe com um rosnado.

Eu a carrego pingando pelo chão do banheiro e apoio sua bunda gostosa na pia, já desabotoando a calça jeans. E ela está me matando, me matando por completo em seu estado atual, encharcada, com espuma escorrendo pelos mamilos e a barriga, os lábios abertos e gemendo. Eu não deveria ter deixado meu tesão triplicar, quadruplicar e se tornar infinito desse jeito. Agora ela está com uma atadura na cabeça e estou com o pau duro demais para fazer qualquer coisa além de fodê-la até o fim de semana que vem.

— Taylor — resmungo, estremecendo de alívio quando finalmente liberto meu pau do zíper apertado. Meu corpo está gritando para que eu arranque aquela calcinha encharcada e comece a meter nela com força e não pare até gozar. Mas essa adoração, esse... jeito como ela faz meu peito ficar apertado, me leva a erguer o queixo dela e fazê-la me olhar nos olhos. — Diga que você não está machucada demais para isso. Diga que não está só abalada e precisando de conforto.

— Eu *preciso* de conforto. Só do seu. — Ela corre o dedo pela minha barriga e pelo meu pau, me fazendo xingar baixinho. — Mas também quero isso. E quero há muito tempo. Não é por causa do ataque, Myles.

— Se eu tirasse vantagem de você, nunca me perdoaria...

— Você não faria isso. — Ela me beija uma vez, duas, beijinhos leves sem se afastar da minha boca. — Não conseguiria.

— Diga que confia em mim — imploro contra a boca dela, enquanto minhas mãos a puxam para a beirada da pia. Rápido. Sua boceta encharcada colide com meu pau, empurrando-o contra a minha barriga.

— Eu confio em você — diz ela, rouca, fitando meus olhos.

E alarmes começam a soar na minha cabeça. Isso não é só sexo. Mal começamos, e parece que meu peito vai rachar no meio, mas não tem volta. Não quando os mamilos dela estão duros e ela está abrindo as coxas para mim, deixando que eu invada sua boca com a língua. Estou tão excitado que poderia só me esfregar na sua calcinha algumas vezes e gozar, mas isso não é bom o bastante. Nada é bom o bastante para a minha garota, então eu interrompo o beijo e caio de joelhos, amando o jeito como ela geme quando percebe minha intenção, os dedos puxando a minha camisa para cima.

Assim que minha cabeça escapa pela gola e meu peito está nu, engancho um dedo na calcinha dela e a puxo para a esquerda, beijando os lábios da sua boceta. Beijando-a só com os lábios, depois familiarizando-a com a minha língua, separando seus lábios macios e procurando aquela protuberância. *Ali.* Tão doce. Tão inchada, mesmo antes de eu começar a provocá-la. Deixo o topo da língua ondular contra ela, então acariciar, em um impulso devagar e gostoso, mais forte quando ela geme meu nome. Os quadris dela começam a se mover na pia, suas coxas alternando entre se abrir e fechar, apertando meu rosto.

— Myles.

Murmuro na lambida seguinte, incapaz de responder diante de um gosto tão doce.

— N-não me trate como se eu fosse frágil só por causa do que aconteceu hoje. Ok? — Ela se esforça para inspirar entre as palavras. — Você, não. Por favor. Principalmente agora, eu preciso me sentir… me sentir forte.

Dê o que ela quer. Dê o que ela vem pedindo.

O que ela está pedindo desde o começo.

Não é só o pedido, mas meu sexto sentido em relação a Taylor me incentiva a ser bruto, a realizar aquele desejo que ela confiou a mim — e eu não sou um cara gentil. Definitivamente não agora, quando a quero tanto que mal consigo enxergar ou pensar direito. *Minha*.

Faça um teste. Teste os limites dela.

— Essa sua bocetinha é linda.

Digo isso enquanto passo a língua, observando a cara dela. Interpretando-a. Julgando seu humor. Descobrindo como ela se sente. E, quando ela mexe os quadris bruscamente na lambida seguinte no clitóris, enfiando os dedos no meu cabelo, eu sei. Eu sei como Taylor quer ser comida. Rápido, forte, de um jeito bruto. Estamos cheios de dedos há dias. E é bom para mim, é ótimo, porque não faço a menor ideia de como fazer amor.

Isso é o mais perto que vou chegar.

Eu me inclino para o lado e estapeio a pele macia entre as coxas dela. Não com força. Só o suficiente para chamar sua atenção e fazer aqueles lindos olhos se revirarem.

— Myles.

— Que foi? — Bato de novo, notando que ela está mais molhada dessa vez. Caralho. Que mulher perfeita. — Você gosta quando eu bato na frente?

— Gosto — responde ela, gemendo.

Não sei dizer se Taylor está suando ou só coberta pelo vapor do chuveiro, mas cada centímetro dela está brilhando, incluindo sua boceta, e é a coisa mais gostosa que já vi em meus trinta e quatro anos de vida. A professora certinha reluzindo toda molhada, as pernas abertas para a minha boca. O som do meu tapa. Ainda nem estou dentro dela e nunca vou me recuperar. Nunca.

Minhas mãos sobem pelas suas coxas, pela pele escorregadia que cobre suas costelas arquejantes, e se fecham ao redor dos seus peitos, apertando, antes de eu me concentrar nos seus mamilos. Eles ficaram duros toda vez que chegamos perto de transar — que inferno, ficam excitados mesmo quando estamos só nos *olhando*. Supersensíveis. Assim que passo os polegares nos bicos, os tremores dela ficam mais intensos e eu movimento mais rápido a língua. Cada vez mais rápido, subindo e descendo no clitóris dela até ela puxar meu cabelo com uma das mãos, a outra apertando a borda da pia. Ela grita com os dentes cerrados e estremece durante o primeiro orgasmo, e, meu Deus, eu a lambo inteira. Saboreio aquela doçura e a deixo ver que estou ansiando por isso, orgulhoso, e ela treme ainda mais forte quando solto grunhidos animalescos enquanto a massageio com a língua.

Mas há um pulso frenético dentro de mim me impelindo a me levantar e me aproximar das coxas dela com o pau na mão. Meus jeans estão ao redor dos calcanhares e eu estou arrasado. Destruído, gemendo e pingando, e nada no mundo pode me salvar exceto ela. Olhando para os seus olhos atordoados, não vejo nada além de incentivo. Mas quero ter certeza.

— Se você precisar parar, querida, a gente para. Escutou? Na hora. Nem que me mate.

— Eu não quero parar. — Ela se aproxima mais um centímetro da beirada da pia e puxa meus quadris, cravando as unhas neles. — Não quero que você se segure também.

Eu começo a arquejar, o vapor girando entre nós. Os dedos se atrapalham em busca da camisinha no meu bolso. *Rasgar. Enfiar.*

Jesus, sou um touro à espera da abertura do portão.

— Não é melhor desligar o chuveiro? — pergunta ela, olhando para a minha boca.

— Não. — Eu me aproximo, pressionando o rosto dela no meu ombro, me posicionando na sua entrada quente e molhada com a outra mão. Quando enfio a cabeça dentro do paraíso, levo as mãos para trás dela e aperto sua bunda. — Se alguém chegar em casa, o chuveiro vai abafar os sons enquanto eu meto fundo nessa sua boceta.

Vou para a frente, nem devagar, nem rápido, e não paro até estar enterrado. Chego a gritar. Enquanto ela geme no meu ombro, a rapidez com que meu saco sobe, pulsando contra meu pau, me faz grunhir. E não é à toa, porque ela é um sonho. Como eu sabia que seria, mas um milhão de vezes melhor. Molhada, apertada e se contraindo. Apesar do risco altíssimo de gozar rápido demais, não consigo impedir meus quadris de prensá-la contra a pia, tentando entrar mais fundo nela. Precisando que toda ela seja minha. *Minha.*

— Ainda quer que eu seja bruto, agora que você está sentindo o que eu tenho?

A respiração dela escapa de uma vez contra o meu ombro.

— Q-quero, por favor.

— Você é doce demais aqui embaixo para ter que pedir por favor, Taylor. É só chamar o pai que eu faço o resto.

É. E não é que isso a faz se contrair pra caralho? Bem como eu esperava.

Mordo a curva do pescoço dela e começo a meter. Rápido. Forte. Tenho que apoiar um antebraço atrás dos seus quadris para evitar que Taylor escorregue e bata no espelho, mas, caralho, ela é incrível. Deixa o pescoço relaxar e cair para trás de modo que estou olhando direto para os seus peitos balançando enquanto meto fundo. O vapor a deixou toda brilhosa, grudando seu cabelo ao pescoço e às bochechas. Meu Deus. Meu Deus. Entro fundo nessa mulher, mas não parece o suficiente. O jeito como ela rebola a cada investida dos meus quadris está me destruindo. Me deixando mais frenético, dizimando meu autocontrole. Nosso corpo colide, a pele molhada e ávida, e estou quase usando toda a minha força nela. Quase.

Se eu continuar nesse ritmo, vou gozar. É inevitável. Estamos numa velocidade que só costuma rolar mais para o final, perto do clímax. Mas mentalmente, emocionalmente, não estou pronto ainda. Preciso de mais dela. Não absorvi o suficiente de Taylor. Então reduzo o ritmo de leve, mas continuo empurrando o pau fundo, fundo, minha mão direita vindo brincar com o clitóris dela. Ela geme meu nome, e nós dois olhamos meu polegar brincar com aquele botão lindo. Cada vez mais rápido, o peito dela sobe e desce com o esforço, os dedos da mão direita agarrando os pelos do meu peito, puxando até eu grunhir.

— Isso, me arranha, querida — rosno na boca dela. — *Acaba comigo.*

Ela desce as unhas pelos meus ombros, e eu perco o controle, novamente metendo nela com vontade em cima da pia, meu polegar fazendo hora extra naquele botão inchado até que finalmente, finalmente, ela está estremecendo, gritando no meio do nosso beijo molhado e desajeitado, a boceta pulsando ao meu redor. Pulsando tão apertado que meus ouvidos começam a zumbir e minhas mãos se movem por vontade própria, esmagando-a contra mim, meus quadris abrindo as coxas dela ainda mais, mais, para eu poder sentir cada tremor. Ai, meu Deus. Meu Deus. Essa mulher é a porra de uma droga. Não, ela é a onda, na verdade. E eu não acabei. Eu me recuso a deixar isso acabar agora.

— Mais — digo, rouco, erguendo-a da pia, sem ter ideia de para onde ir.

Só sei que precisamos ficar nesse banheiro. Nesse mundo particular, onde o nosso amanhã nunca chega. Eu a carrego pelo piso de mármore, com a boca colada na minha. Posso nunca mais deixar os pés dela tocaram o chão de novo, a minha princesa. Estou engolindo promessas que estão loucas para serem feitas. Meu pau está tão duro que me sinto quase delirante. É inaceitável que eu ainda não tenha dado tudo de mim para ela. Tudo. Ela pediu, não pediu? É isso aí.

Eu a deslizo pela frente do meu corpo, virando-a para encarar o vidro do boxe.

— Continue molhadinha. Vou entrar de novo.

Não sei se ela sabe exatamente o que está vindo ou se só espalma as mãos contra o vidro para se equilibrar, mas é exatamente o que precisa acontecer. Estamos tão sincronizados que por um breve momento eu me pergunto se estou sonhando. Mas não. Não, ela se empina toda, e eu esfrego o pau na bunda dela e quase gozo com a fricção perfeita. *É bom demais*. Não há nada mais real do que ela. Que nós.

Com o coração loucamente acelerado e a respiração errática, ergo um pouco Taylor e meto nela por trás. Não abafo o grito dela a tempo. Nem me dou ao trabalho. Nada importa, só aquela boceta encharcada e o modo como Taylor está arranhando o vidro, mexendo os quadris em pequenos círculos espasmódicos, rebolando no meu pau de um jeito que me faz grunhir para o teto.

— Tá tentando me fazer gozar, meu bem?

— *Sim* — diz ela, arquejando, os músculos frágeis na base da coluna flexionando com os movimentos da parte inferior do corpo, o vapor cobrindo suas costas.

Linda. Maravilhosa. Perfeita.

— Eu já poderia ter enchido essa camisinha umas dez vezes, Taylor, mas não quero parar.

Puxo o cabelo dela, passando os dentes com força na lateral do seu pescoço, fechando-os ao redor da sua orelha, e, Jesus, isso a faz se contrair loucamente no meu pau. Ela está amando. Amando a brutalidade. Se é isso que ela quer, então é isso que vou lhe dar, sem restrições. Eu me inclino para a frente, mantendo-a na ponta dos pés, a bochecha espremida contra o boxe do chuveiro, e a fodo forte o bastante para fazer os dentes dela baterem.

— Quer que eu pare?

— *Mais rápido.*

Puta que pariu. Começo a ver tudo em dobro. Ela está me destruindo. Tem uma parte de mim que quase me odeia por eu usar *toda* a minha força numa mulher, mas as evidências de que ela quer e precisa disso estão por toda parte. Encharcando os pelos entre minhas pernas, se apertando ao meu redor como se ela fosse ter outro orgasmo, e eu a levo depressa até ele. Levo nós dois. Deixo aquela barreira final contra a minha força cair até que

Taylor está suspensa, inclinada num ângulo de noventa graus, a bunda no meu colo, e eu estou grunhindo a cada estocada.

— Antes mesmo de eu te comer, você fez com que as punhetas perdessem a graça pra mim. Não foi, Taylor? Eu sabia que você ia ficar toda molhada no meu pau. Sabia que você ia amar quando eu te curvasse assim.

As palavras devem ser demais, agressivas demais, reveladoras demais, mas não consigo parar, e então... não faço ideia de como chegamos até aqui, mas ela está de quatro no chão do banheiro, o cabelo preso no meu punho, meus quadris batendo contra sua bunda. Perdi completamente a cabeça. Isso é demais. Só pode ser demais para ela, certo? Por que meu coração parece que vai explodir?

Mas aí nosso olhar se encontra no vidro do boxe. Está embaçado, então eu mal consigo distinguir as feições dela, mas consigo ver sua boca aberta em um O. Consigo ver que ela está presente, realizada. Seus olhos estão abertos, e não sei dizer se ela está olhando para mim, mas, Jesus, só a possibilidade de que ela esteja me observando nesse grau de vulnerabilidade, totalmente exposto, prestes a gozar mais forte do que nunca, é o suficiente para me fazer explodir. Perco completamente o controle e me esvazio com tanta força que esqueço meu nome.

— Aperta o meu pau, querida. Perfeita. Jesus *Cristo*. Nunca mais se machuque, ouviu? *Nunca mais*.

Estou gemendo palavras que nem fazem sentido contra o pescoço molhado dela, mas ela atingiu um terceiro clímax e está gozando comigo, e não há nada nesse mundo que faça mais sentido do que Taylor se contraindo em mim, arquejando, gritando meu nome enquanto seus joelhos deslizam para a frente e para trás no chão de mármore porque ainda estou metendo nela. Não consigo parar. Não consigo parar mesmo estando quase vazio.

— *Taylor*.

Não reconheço minha voz rouca, mas ela parece saber o que estou dizendo. O que estou pedindo. Então se vira e sobe no meu colo. Ela me agarra, com os braços ao redor do meu pescoço, as pernas ainda trêmulas envolvendo meus quadris. Estou chocado demais com a intensidade do que aconteceu para fazer qualquer coisa exceto cair de bunda no chão com ela nos braços, tentando desesperadamente organizar meus pensamentos ou pelo menos respirar direito, mas não adianta. Tudo que consigo fazer é ficar sentado aqui, atordoado. Essa professora do fundamental acabou de me dar um chá daqueles.

Minutos se passam até que nossa respiração volte ao normal.

Sou incapaz de pensar no que vai acontecer em seguida. O que eu gostaria de fazer é mantê-la na cama por um mês. Ou talvez um ano inteiro. Mas eu deveria transar com ela de novo? Isso não seria iludi-la? Decidimos que isso seria apenas sexo e, se eu puder só fingir que não há um turbilhão de sentimentos desconhecidos dentro de mim, talvez consiga me lembrar disso...

— É. — Os braços dela caem do meu pescoço, e ela se reclina, bocejando, mais sonolenta e linda do que qualquer pessoa teria o direito de ser. — É, é exatamente assim que eu gosto. — Ela me dá um beijo na bochecha. Um beijinho. Na bochecha. — Obrigada por me ajudar a confirmar.

Ela sai do meu colo antes que eu entenda o que está acontecendo, desliga o chuveiro e desaparece no quarto. Obrigada por me ajudar a *confirmar*? Que caralhos está acontecendo aqui? Não sei, mas vou descobrir.

Eu me levanto e ponho a calça, xingando quando cambaleio um pouco. Jesus, ela realmente me tirou dos eixos. Cada pedaço meu. Até meu peito dói.

— Taylor — rosno, vendo-a no quarto. Encontrando-a já com um vestido que parece uma camiseta longa. — "Obrigada por me ajudar a confirmar"? Que caralhos você quer dizer com isso?

Ela franze o nariz com a pergunta, como se a reposta fosse óbvia. Meu Deus, ela é muito, muito linda. Está reluzindo após três orgasmos.

— Quero dizer exatamente isso. Obrigada por não me tratar como a futura chefe do comitê da feira do bairro. Você acreditou em mim quando falei que eu sabia o que queria, e me deu isso. Eu agradeço. Mas concordamos que não haveria sentimentos.

Não há mentira em seus olhos. Nada de malícia. Ela não está fazendo joguinhos comigo. Está sendo sincera. Quase alteramos o tempo e o espaço naquele banheiro, e ela está tranquila de se afastar. E cá estou eu, o primeiro homem na Terra a desejar que uma mulher *esteja* fazendo joguinhos com ele. Qual é o meu problema? É exatamente isso que eu queria. Experimentá-la sem que ninguém se apegasse ou se ferisse. Como eu não digo nada, ela ergue a sobrancelha e continua:

— Lembra?

— *Sim, eu lembro!* — grito, mas minha voz sai esquisita.

Qual o problema com a minha garganta?

— Eu vou ser mais confiante para pedir o que preciso agora — complementa ela.

— Isso não vai ser...

Paro antes de dizer o resto. *Isso não vai ser assim com mais ninguém.* Falar isso em voz alta me tornaria um filho da puta. Não estou oferecendo um relacionamento a ela. Como ouso arruinar sua expectativa otimista de ter isso com outra pessoa? Como ouso querer rastrear um cara que possa segurar sua mão no futuro, prendê-lo na jaula do leão em um zoológico e vê-lo ser devorado enquanto ele grita por ajuda?

Não tenho esse direito.

Não tenho o direito de impedi-la de nada.

Sentindo-me completamente entorpecido, eu a vejo passar por mim.

— Com licença — murmura. — Preciso ver onde Jude está.

Capítulo 17

TAYLOR

Um pé na frente do outro, escada abaixo.

Eu consigo fazer isso. Consigo ter um casinho e não me envolver emocionalmente.

Consigo, sim.

Não vou nem dar bola para a pressão crescendo atrás dos meus olhos ou a que está fazendo de tudo para irromper do meu peito. É ridículo. Entrei naquele banheiro sabendo o que ia acontecer, não foi? Myles deixou muito claro que não queria nada sério. Só a ideia de uma professora de escola particular de Connecticut namorando com um caçador de recompensas já é completamente *absurda*. Eu disse a mim mesma que, quando a gente revolvesse essa tensão sexual, eu poderia ir embora entendendo melhor do que gostava na cama. E, uau. Entendi mais do que esperava. Muito mais.

Comparando o que eu e Myles acabamos de fazer com as transas desconfortáveis e sem graça do meu passado, sou obrigada a rir. Gargalho na escada que leva à sala de estar. Eu já suspeitava que o sexo com Myles seria muito melhor que minhas outras experiências? Já. Infelizmente, não tinha previsto a convicção absoluta de que nem tão cedo vou ser capaz de replicar a experiência que tive com o caçador de recompensas. Nem tão cedo.

Mas não há nada que eu possa fazer. Ele vai solucionar o caso e voltar para o emprego dele. E eu vou voltar para Connecticut. Assim como ele disse. Então preciso ser madura. Sem amarras. Essa era a expectativa, e nada mudou. Não tenho motivos para esperar nada mais de Myles e não vou fazer isso. A gente transou. As pessoas transam o tempo todo. Não vou fazer uma tempestade em copo d'água.

Ainda que ele seja uma tempestade.

Uma força da natureza, grande e poderosa.

Quase tropeço no último degrau e ouço uma inspiração brusca atrás de mim.

Myles está me seguindo escada abaixo, a camiseta jogada no ombro musculoso. Claro que ele está me seguindo. Ele tem que sair pela porta da frente, não tem? Olho para trás e lhe dou um sorriso educado, mas ele só franze a testa.

— Taylor...

A porta da casa se abre, e Jude entra. Ele tira os óculos e os joga na mesa do hall de entrada. Quando me vê, para de repente.

Com um suspiro, Myles passa por mim, finalmente vestindo a camiseta.

— Preciso fazer uma ligação — murmura, uma ruga profunda se formando entre as sobrancelhas ao olhar para mim. — Sobre o que você encontrou nas escrituras.

Assinto.

— Ok.

— Estarei lá fora.

— Ok.

Ele obviamente está uma fera, e eu não tenho a menor ideia do que fiz de errado. Com um xingamento ríspido, ele vai em direção à porta da frente. Mas Jude bloqueia o caminho e apoia a mão no peito de Myles.

— Você não vai a lugar algum sem me explicar por que minha irmã está com um curativo na cabeça.

Em meio aos meus pensamentos confusos sobre Myles, não me ocorreu pensar no que essa cena poderia parecer aos olhos de Jude. Estou descendo as escadas com Myles pisando forte atrás de mim, exibindo sua natureza rabugenta. Estou com uma atadura na cabeça e provavelmente parecendo que rastejei num temporal. Não sei se já vi meu irmão — ou qualquer pessoa — ficar tão branco quanto um fantasma, mas tenho que desmentir o que quer que ele esteja pensando.

— Jude...

— Se você bateu na minha irmã — diz ele a Myles —, eu vou te matar.

Ai, meu Deus. Corro para me colocar entre eles.

— Não. Jude, ele não...

— Eu não bati na Taylor. — Myles ergue as mãos e olha Jude nos olhos. Totalmente calmo. Sem menosprezar a preocupação do meu irmão nem ficar na defensiva como eu temia. — Eu nunca bateria na Taylor. Você é um bom irmão por se certificar disso.

Jude solta o ar depressa, o peito descendo alguns centímetros. É como se estivesse saindo de um transe. Mas Myles espera, e suas palavras são assimiladas com um aceno antes que ele abaixe as mãos.

— O que aconteceu? — pergunta Jude, aproximando-se e examinando o curativo.

— Não aguento mais ouvir essa história de novo — resmunga Myles, pegando o celular e indo até a porta. — Vou lá para fora.

Jude o encara e diz:

— Acho que eu deveria pedir desculpas.

— Não — digo, vendo o caçador de recompensas se abaixar para passar pelo batente da porta. — Acho que ele não precisa disso. Não é fofo?

— É, é mesmo — concorda Jude após um segundo. — Acho que ele até ficou orgulhoso de mim.

— Não é fofo?

— Você já disse isso, T.

— Disse? — Um nó se forma na minha garganta quando vejo Myles andando na varanda, de um lado para outro, o celular colado ao ouvido. — Deve ser o golpe na cabeça.

Conto ao meu irmão sobre o ataque em detalhes, porém com o mínimo de emoção possível. Não há por que deixá-lo nervoso. Mas de alguma forma ele ainda parece prestes a vomitar quando termino de contar o ocorrido.

— Eu estou bem, sério. Podia ter sido pior.

— Eu não deveria ter deixado você se envolver nisso — diz Jude, agarrando o cabelo e o segurando no topo da cabeça. — Você está sempre cuidando de mim, e essa era minha chance de retribuir o favor, e onde eu estava? Dormindo na praia.

— Isso é bom! Você está de férias.

— *Nós* estamos de férias, Tay...

Um carro freia cantando pneus na frente da casa. É seguido por vários outros carros freando e desligando os motores. Em seguida, ouvimos um falatório e uma gritaria, como se um portal tivesse se aberto e uma multidão houvesse sido despejada de outra dimensão.

Uma voz grave se destaca das outras.

— Ah, não. — Jude fecha os olhos. — Ai, meu Deus. Ele veio mesmo.

— Quê? — Olho para a porta, depois para meu irmão. — Quem?

— Dante.

— Dante está *aqui*?

— Está.

De braços dados, nos aproximamos devagarzinho da janela da frente, mas a maior parte da vista é bloqueada pelas costas musculosas de Myles.

— Que porra é essa aqui?! — berra ele.

— Myles — diz Jude, dando tapinhas nas costas do caçador de recompensas pela janela aberta. — Está tudo bem. Ele não é uma ameaça. — Meu irmão ergue o tom de voz e exclama: — Ele é só teimoso!

— É você que está se recusando a me ver sem um bom motivo — retruca Dante, e não consigo evitar: sinto um quentinho no peito. — Vou entrar.

— Foi mal, mas não vai, não — diz Myles, com um tom de voz ríspido. — Taylor?

— Oi.

— Por que o cara dos filmes do *Phantom Five* está na sua varanda?

Massageio seus ombros tensos pela janela, mas eles continuam duros como concreto.

— A gente o conhece. Ele cresceu com Jude. São melhores amigos.

— Somos? — Ouvimos a voz desencarnada de Dante. — Tenho quase certeza de que meu melhor amigo não deveria ficar me evitando a ponto de eu precisar vê-lo no noticiário para descobrir que ele está tirando férias numa cidade com um assassino à solta.

— Noticiário? — repete Myles, nos lançando um olhar sombrio por cima do ombro. — Do que ele está falando?

Dante pigarreia.

— Podemos fazer isso aí dentro? Fui seguido por alguns paparazzi.

— Deixa ele entrar, Myles — digo. — Podemos confiar nele.

— Tem muita gente aqui fora, Taylor — responde Myles. — Afaste-se da janela.

Jude e eu damos passos gigantes para trás, ficando entre a sala de estar e a cozinha.

— Pronto.

A porta se abre, e lá está Dante. Mas ele não é o garoto meio desajeitado e discretamente bonito de que eu me lembrava. Não, ele é uma versão mais alta, forte e musculosa, com olhos castanhos expressivos, cabelo escuro e a barba por fazer no rosto anguloso de astro de cinema. Eu deveria ter esperado a transformação. Afinal, vi os dois filmes de *Phantom Five* no cinema. Eu o vi pular de um arranha-céu e pousar na asa de um avião, lutar contra um robô de seis metros de altura e... fazer amor. Meu rosto esquenta um pouco quando me lembro *daquela* cena do segundo filme. Aquela em que ele transa furiosamente com a bela vilã interpretada por uma das minhas atrizes preferidas. Mordo a língua antes de perguntar a Dante como ela é na vida real. Porque não é o meu momento. O meu reencontro. O momento definitivamente pertence a Dante e ao meu irmão, e *não* acontece o que estou esperando.

Espero que Dante chame Jude de vacilão. E que Jude dê uma resposta sarcástica, jogue o cabelo para trás e que tudo culmine num abraço com tapinhas nas costas. Em vez disso, Dante para assim que entra pela porta e franze a testa para Jude.

— Caralho, você está vivo — diz ele, impassível — Bom saber.

Jude revira os olhos.

— Jesus, Dante. Guarde um pouco da emoção para os filmes.

— A gente poderia ter feito isso tranquilamente pelo telefone.

Meu irmão se desvencilha de mim e manca até a geladeira.

— Relaxa aí e toma uma cerve...

— Por que você está mancando? — A pele marrom de Dante perde um pouco da cor. Ele se vira para Myles, que acabou de entrar na casa atrás dele. — Como Jude se machucou? Não era para você ser o guarda-costas dele?

Myles fecha a porta com um chute enquanto o *flash* de várias câmeras dispara lá fora.

— De jeito nenhum. — Ele me perfura com um olhar intrigado. — Quando vocês dois apareceram no jornal?

Para quem acaba de conhecer o caçador de recompensas, sua personalidade pode parecer enérgica. Ou agressiva. Mas não para mim. Reconheço a ruga de preocupação entre suas sobrancelhas e a dificuldade que ele está tendo para engolir. Tornamos o trabalho desse homem infinitamente mais difícil, e ele se adaptou a tudo. Ele poderia ter nos deixado vulneráveis. Claro, ele grita, xinga e não tem o mínimo de tato, mas é... um cretino maravilhoso. Né? É o *meu* cretino.

Ai, meu Deus. Estou ferrada.

— Estou começando a me perguntar se esse cara é o motivo de você estar mancando — murmura Dante, cruzando os braços sobre o peitoral de super-herói.

E não sei o que acontece dentro de mim nesse momento. Eu meio que perco as estribeiras.

É a segunda vez em cinco minutos que alguém acusa Myles de nos machucar fisicamente? É. É, sim. Um instinto protetor que parece um gêiser jorra dentro de mim. Sobretudo quando vejo Myles se encolher diante da acusação. Ele não é feito de pedra. É um protetor. Um homem bom, apesar da imagem que apresenta ao mundo. Quantos golpes sua armadura consegue aguentar?

Antes que eu me dê conta das minhas intenções, atravesso a sala como um furacão. Pego a mão de Myles e entrelaço nossos dedos, apertando nossas mãos contra o meu peito.

— Esse homem é muito bom no que faz. Infelizmente, ele não tem como proteger Jude de uma água-viva. É por *isso* que ele está mancando...

— Eu não o estava acusando de verdade... — começa Dante, erguendo a mão para se desculpar.

— Bem, mas acusou. — Eu me aproximo mais de Myles. — *Acusou.* E ele não mereceu. Sim, ele parece ser um grande babaca, mas por dentro é sensível, sabia? — Espero Dante assentir. — Ele levaria uma bala na testa, mas jamais levantaria sequer um dedo contra mim. Essas foram suas palavras exatas. E ele sente a mesma coisa por Jude.

— Não *exatamente* a mesma coisa, Taylor — murmura Myles, dando de ombros para meu irmão. — Sem ofensas.

— Que pena. — Jude abre duas cervejas e aponta para nós três com elas. — Já vi esse pornô também.

— Jesus — diz Dante, com um suspiro, e dá um sorrisinho de canto da boca. — Você não mudou nada.

A expressão de Jude permanece a mesma.

— Um de nós tinha que continuar o mesmo.

O sorriso do astro de cinema morre. Jude e ele voltam a se encarar e não param, nem quando Jude atravessa a sala mancando e estende uma cerveja ao amigo. Parecem dois gatos de rua esperando para ver quem pisca primeiro.

— É melhor a gente deixar esses dois conversarem — digo, erguendo os olhos para Myles.

Fico surpresa ao vê-lo já franzindo a testa para mim. Não com raiva, e sim mais curioso ou surpreso.

— Um grande babaca, é?

— É nessa parte que você vai focar?

— Não — diz ele baixinho, segurando meu rosto, me encarando com fascínio, o polegar acariciando minha bochecha. — Não é.

— Não?

Um resmungo.

— Estou esperando a polícia me dar um retorno sobre a Evergreen Corp. Pode levar cerca de uma hora. — Ele balança a cabeça. — Há várias outras pistas que preciso seguir, mas só fico pensando que você não conseguiu tomar o seu sorvete.

Não sei se é possível se apaixonar por um homem em quatro dias — mas, se for, acho que realizei essa proeza com sucesso absoluto com Myles Sumner. E não há mais como fingir que não estou completamente ferrada.

Capítulo 18

MYLES

Eu não a levo de volta ao centro de Falmouth para tomar sorvete. Nem pensar. Depois de fazer três desvios para me certificar de que não estamos sendo seguidos, vamos até Wood's Hole no carro de Taylor — onde, com sorte, ninguém vai tentar matá-la.

Quando entramos na sorveteria, quase não consigo resistir ao impulso de gritar: "Tudo! Dê uma bola de tudo pra ela!" Quero comprar uma bola de cada sabor. Que inferno, quero comprar a porra da sorveteria inteira para ela e pendurar uma placa na frente com o seu nome. Isso não é um bom sinal, considerando minha partida iminente. Nem um pouco. Por alguma guinada insana do destino, fui de derrubar criminosos no chão, desviar de balas e cuidar de ferimentos em quartos de pousada para ficar de mãos dadas com essa mulher enquanto saímos para tomar sorvete. Como, em nome de Deus, chegamos a esse ponto?

Mais importante: como eu faço para voltar a pensar nesse lance entre nós como algo temporário? Parece que não consigo, por mais lógica que eu tente aplicar à situação.

Diante de tantos fatores agindo contra nós, isso é uma loucura. Eu vivo na estrada. Ela tem uma rotina estável em Connecticut. Quer ter marido e filhos.

E eu definitivamente não quero nada disso.

Definitivamente.

Mas enquanto ela está se inclinando para a frente e sorrindo para as montanhas de sorvete do outro lado do vidro, talvez... *talvez* eu me deixe imaginar. Nós dois entrando neste lugar com uma criança nos meus ombros, seus dedos grudentos no meu cabelo. Taylor grávida de mais um.

Grávida, porque eu a deixei assim.

Levo um momento para superar as imagens que *essa* ideia me traz à mente.

Certo, mais do que um momento.

Será que faríamos amor normalmente e só deixaríamos na mão do acaso? Ou ela... Será que a gente transaria com a intenção expressa de engravidar? Meu Deus. Isso seria...

Pare de pensar na satisfação que isso traria! Não pense em olhar nos olhos dela enquanto goza e saber que serve a um propósito além do prazer físico. Não pense nela apertando as coxas com mais força, inclinando os quadris e me elogiando pelos meus *nadadores* saudáveis.

A não ser que eles não sejam saudáveis...

Aí teríamos que consultar um médico. Fazer todo aquele negócio de fertilidade...

Meu Deus, como eu cheguei a esse ponto?

De volta à sorveteria. Tem uma criança nos meus ombros. Provavelmente usando uma camiseta do Red Sox. Como Taylor está grávida, provavelmente terá desejos e vai pedir algo diferente do seu caramelo de sempre. Ela teria guardanapos extras na bolsa para limpar o rosto do nosso filho. Eu prometeria massagear os pés inchados dela quando chegássemos em casa.

Em casa.

Como seria a nossa casa?

— Myles. — A voz de Taylor interrompe os meus pensamentos. Ela está com um olhar esquisito. — Ouviu o que eu disse? Perguntei se quer ficar no cookies and cream mesmo ou experimentar o caramelo, que é muito superior.

— Cookies and cream — dou um jeito de responder mesmo com um nó na garganta.

Tenho que soltar a mão de Taylor para pegar a carteira, mas fico de olho nela enquanto pago pelo sorvete, para poder segurá-la de novo assim que possível. Gosto muito de segurar a mão dela. Não sei se gosto de vê-la defendendo minha honra para o amigo do irmão, porque essa atitude fez meu peito... se esfarelar. Há muito tempo que ninguém me defendia assim. Meu irmão provavelmente foi a última pessoa a falar alguma coisa legal a meu respeito. Em voz alta.

E, pela primeira vez em três anos, de repente quero ligar para Kevin.

Quero ligar para ele, contar sobre Taylor e perguntar o que caralhos devo fazer em relação a ela. Ele passou por altos e baixos com o marido, não foi? Provavelmente poderia me dar uns conselhos. Na verdade, eu só gostaria de falar com ele... ponto. Com meus pais também. Meus ex-colegas de trabalho. Passei três anos na estrada, entorpecido, e estou começando a descongelar.

Em algum nível, eu reconheço o que isso significa. A mulher ao meu lado me faz bem. Ela me abalou, me desafiou, me excitou como nenhuma outra. Agora sua aparente fé em mim está me obrigando a examinar minha própria vida e minhas ações.

Só não tenho certeza se quero fazer isso.

Não tenho certeza se estou pronto para enfrentar o passado e trabalhar para superá-lo.

A adolescente atrás do caixa me entrega o troco, que jogo na caixinha de gorjetas. Com a casquinha em uma mão e a mão de Taylor na outra, saímos da loja.

— Você está muito quieto — comenta ela, lambendo o sorvete devagar, fazendo meus dedos apertarem os dela. — Está pensando no caso?

— Sim — respondo, rápido demais.

Com que cara eu ficaria se ela descobrisse que estou marcando consultas com especialistas em fertilidade imaginários? O que definitivamente *não vai* acontecer na realidade. Minha imaginação só é muito mais fértil do que pensei.

— É... estou pensando na Evergreen Corp. Quem poderia estar por trás dela.

Examino os arredores, os carros estacionados, as portas e o rosto dos transeuntes, certificando-me de que não há nenhuma ameaça contra Taylor. Desde que saímos de casa, nuvens cobriram o céu, então tem pouca gente na rua. Donos de loja estão tirando placas das calçadas; clientes estão entrando em restaurantes. Vai chover.

Taylor parece perceber isso ao mesmo tempo que eu, e começamos a caminhar mais rápido até onde paramos o carro dela, a cinco quarteirões dali, em um dos estacionamentos municipais. Só percorremos um quarteirão quando dá uma trovejada e começa a chover. Uma chuva leve a princípio, mas lentamente se transformando em um temporal.

— Ih, rapaz, não é à toa que só tinha a gente na sorveteria — diz Taylor, soltando minha mão para proteger sua casquinha.

— Melhor corrermos até o carro?

— Com um *machucado na cabeça*? Não.

— Sabe o que também é ruim para um machucado na cabeça? Alguém gritando com você.

Na rua lateral, avisto a entrada de uma igreja católica. Com a mão na lombar dela, eu a guio nessa direção.

— Desculpa.

Ela se sobressalta e quase escorrega na calçada molhada.

— Ah, querido! Você pediu desculpas!

Querido?

Mil cataventos começam a girar no meu estômago ao mesmo tempo.

— Não se acostume — murmuro, tentando com todas as forças me ater à missão de tirar Taylor da chuva antes que ela, além de quase ter uma concussão, fique doente. Não é tão fácil quando ela está abrindo um sorrisão para mim e rapidamente se tornando a vencedora de uma competição de camisetas molhadas. — Vamos só esperar o temporal passar aqui.

Ela examina a porta de madeira pesada.

— Acha que está aberta?

— Elas sempre estão abertas.

— Ah.

Eu a levo até um vestíbulo escuro. Vem um brilho fraco da nave da igreja, mas com uma olhada rápida percebo que não há ninguém lá dentro. Quando volto ao vestíbulo, Taylor está inclinada contra a parede de pedra adjacente à porta, tomando o sorvete nas sombras. A chuva forte lá fora ecoa no espaço estreito, e não há sinal de que vai estiar. É como se tivéssemos entrado em outro mundo. Só nós dois.

Você precisa parar de se deixar levar antes que seja tarde demais.

— Deixa eu experimentar isso aí — pede ela, me distraindo desse pensamento preocupante. Flertando. Ela está flertando ou é impressão minha? — E você pode provar o meu.

Por um momento, interpreto a sugestão como algo sexual. Pelo menos, até me lembrar da casquinha na minha mão. Aproximando-me dela, ergo o sorvete de cookies and cream na direção da sua boca, sentindo uma fisgada lá embaixo quando ela o lambe e crava os dentes nele, deixando para trás o formato de sua mordida. — Humm. — Ela se encolhe. — É bom, mas doce demais para mais de uma mordida.

— Fraca.

Ela ri, um som baixo e musical.

— Sua vez — murmura, erguendo o sorvete até a minha boca. — Como você sabe que igrejas católicas estão sempre abertas? Você cresceu na igreja?

Confirmo com a cabeça, dando uma mordida tão grande do sorvete de caramelo que ela puxa o ar, chocada.

— É, principalmente por causa da minha mãe. Ela nos arrastava para a missa todo domingo. Nos fazia usar camisa de botão e resumir tudo que escutávamos. Se desconfiava que não estávamos ouvindo a missa, a gente não podia jogar beisebol com os amigos depois.

— Sua mãe parece ser durona.

— Ela é. — *Ela te adoraria. Todos te adorariam.* — Você não ia à igreja quando era criança?

— De vez em quando, no Natal, já que meus pais viajavam muito. Os dois não conseguiam realmente se... *enturmar* na comunidade onde morávamos. Eles sempre meio que foram peixes fora d'água. Ou as pessoas chegavam à conclusão de que eram péssimos pais por colocarem a vida em risco toda hora, ou só ficavam intimidadas pelos dois guerreiros das artes que moravam no fim do quarteirão.

— Isso quer dizer que você e Jude também tinham dificuldade para se enturmar?

— Eu, talvez. Mas Jude, não. Ele faz amigos aonde quer que vá. As pessoas são naturalmente atraídas pelo seu espírito aventureiro.

— Pode ser. Mas foi você que passou essa confiança para ele.

O sorvete dela para no caminho até sua boca.

— O quê?

— Jude. Seus pais eram ocupados, certo? Você o criou. E agora... — Mordo minha casquinha, meio perplexo com a confusão dela. Taylor já não sabe disso? — Você ainda é a maior apoiadora dele. Admito que ele é descolado. Gosto dele. Mas você age basicamente como se ele cagasse arco-íris, Taylor. A confiança e a coragem dele vêm de você.

— Ai, meu Deus. — Para o meu horror, os olhos dela se enchem de lágrimas. — Que coisa linda de se dizer.

— Eu... só estou falando a verdade. — Ela dá uma choradinha. — Puta merda.

Ela funga para mim.

— Você deveria estar xingando na igreja?

— Não. Por favor, não conte para a minha mãe.

Agora ela está rindo. É como ver a porra de uma partida de tênis, exceto que os jogadores estão usando meu coração em vez de uma bola verde. Depois de nos encararmos por tanto tempo que começo a me perguntar quantos filhos ela planeja ter, sacudo a poeira mentalmente.

— Acabou o sorvete?

— Ah. — Ela parece ter se distraído também. — Aham.

Rapidamente tiro a casquinha pegajosa da mão dela e a jogo no lixo do outro lado do vestíbulo, junto com a minha. Quando volto, já estou respirando com dificuldade, porque a chuva parece só ter ficado mais intensa e estamos nesse espacinho escuro, isolados do mundo, e minhas mãos estão se coçando para tocar sua pele macia. Talvez eu conseguisse aguentar cinco minutos sem levar as coisas para o lado físico, mas seu aroma de maçã está se misturando com a chuva e sua doçura natural, deixando minha boca seca. Estou gravitando na direção dela como se um poder superior — ironicamente — estivesse me controlando, e ela me observa chegar mais perto com os olhos semiabertos, as costas se arqueando bem de leve da parede. Então sigo em frente até meu antebraço estar plantado na parede, acima da cabeça dela, minha boca a alguns centímetros da sua.

— Eu estava falando sério antes — sussurra Taylor. — Você é sensível por dentro.

Os cataventos dentro de mim começam a enlouquecer de novo.

— Não sou, não.

As mãos dela sobem pelo meu peito.

— É, sim. — O toque desce, desce, passando pela minha barriga e indo além, onde ela desabotoa minha calça jeans. *Caralho.* Isso está mesmo acontecendo. — Quando nos conhecemos, eu precisava de alguém que me tratasse de maneira meio brusca. Talvez você precisasse do oposto. — Ela enfia a mão dentro da minha calça e acaricia meu pau com um toque levíssimo. Só roça a ponta dos dedos. Mesmo assim, estou trincando os dentes para não gozar. — Talvez você precise de alguém que vá devagar e seja gentil com você. Para você saber que é capaz disso. Para saber que merece.

Estou balançando a cabeça. Não.

Não sei por quê, mas não posso deixar *isso* acontecer.

De alguma forma, sei que qualquer coisa devagar e gentil com essa mulher seria ainda mais catastrófica do que forte e brutal. No entanto, estou removendo minha arma e apoiando-a na prateleira mais próxima.

— Taylor. — Por que estou rouco? — Vamos *transar*.

— Nã-hã.

— Não?

Ela deixa minha ereção apoiada na abertura do meu jeans e devagar, meu Deus, bem devagarinho, ergue os lados do vestido, puxando-o até a cintura e deixando-o lá. As coxas nuas. Os quadris. Aquela boceta *tão* perto... e coberta por uma calcinha de renda vermelha.

Ela está usando a calcinha sexy.

Na igreja.

— Você sabe que eu só ia usá-la para você, certo? — murmura ela.

Deixo o rosto cair contra a parede de pedra à direita da cabeça de Taylor e solto um gemido. Gemo ainda mais alto quando ela começa a me masturbar de novo, a mão se movendo num ritmo metódico e torturante, e meus quadris começam a se mexer junto, esfregando.

Esfrega. Pausa. Esfrega. Pausa. Tão leve. Mas, do jeito que ecoam no vestíbulo de pedra, os sons roucos da minha respiração parecem vir de alto-falantes.

O que ela está fazendo comigo?

— Você faz com que eu me sinta segura e protegida — sussurra ela contra o meu queixo, depois mais alto, nos meus lábios.

— Mas, ao mesmo tempo, me passa a sensação de que eu mesma posso me proteger. Isso não é incrível? — Ela dá beijinhos no meu queixo. — Você não é incrível?

Ela sente.

Meu pau crescendo ainda mais com o elogio dela. Bem ali na sua mão.

Deus sabe que eu também sinto isso.

Eu já tinha percebido isso — o fato de que preciso da admiração dessa mulher. De sua confiança. E é muito generoso da parte dela me dar essas coisas apesar da minha natureza. Do meu jeito. Ela viu além da minha casca. Está me vendo com mais clareza do que qualquer outra pessoa já viu, agora mesmo, recitando um feitiço que vai me transformando em massinha em suas mãos. Estou agarrando a parede como se minha vida dependesse disso, deixando-a me destruir com uma carícia por vez. Sinto um impulso irritante de rosnar para ela, dizer que não preciso de elogios nem da sua admiração. Mas o ignoro, os dentes enterrados no lábio inferior, esperando para ouvir o que ela dirá em seguida.

Tudo bem. Se vou ser obrigado, eu começo.

— É *você* que é incrível — deixo escapar. Não vou ganhar prêmios por essa declaração, mas ela gosta. Os cantos da sua boca fantástica se erguem, e ela me masturba com mais força, me fazendo sibilar. — Sinto saudade de você à noite. Quando está dormindo.

O peito dela arqueja mais rápido.

— Sente?

— *Sinto.*

Essas confissões são uma má ideia. Elas vão voltar para me assombrar. Mas é bom demais contar para essa mulher os meus pensamentos. Eu poderia despejar nela toda merda que penso, e ela deixaria tudo melhor. Essa verdade é inabalável. Meus sentimentos por ela são ainda mais sólidos. Feitos de titânio. Não há como negar esse fato.

Taylor fica na ponta dos pés e roça os lábios nos meus. Tudo dentro de mim dispara. Nunca, nunca foi assim. Nem um por cento. Quando ela finalmente me beija, eu morreria se tivesse que esperar mais um segundo. Mas ela não me faz esperar. Abre sua boca doce, com gosto de caramelo, e convida minha língua para dentro com uma lambida provocadora. E eu a sigo, voraz, inclinando a cabeça, grunhindo em meio ao movimento escorregadio das línguas. O beijo é uma cilada lenta e completa, como tudo o mais que ela está fazendo — e eu a deixo fazer. Eu a deixo ser dona de mim. Entrego minha alma, assino na linha pontilhada.

— Querida.

Eu me afasto, ofegando contra a testa dela.

O que estou pedindo?

Ela sabe. Ela *sabe.*

A perna direita dela se ergue ao redor do meu quadril. Não é fácil com nossa diferença de altura. Sua perna esquerda ainda está equilibrada na ponta do pé. Então desço automaticamente os braços para segurá-la. O braço esquerdo apoia sua bunda por baixo. A mão direita segura seus peitos por cima da camiseta molhada, os nós dos dedos roçando nos mamilos duros.

— Tira a minha calcinha do caminho — sussurra ela, a voz falhando, erguendo-se para outro beijo.

Este é um serviço digno para minha mão direita. Deslizando os dedos dos peitos dela para o ponto entre suas coxas, eu praticamente rasgo a renda vermelha do corpo dela em minha pressa de revelar aquele lugar, *aquele lugar* que parece mais com um lar do que qualquer lugar onde já morei.

E, enquanto me mantém drogado com seus lábios e sua língua, ela esfrega a cabeça do meu pau na sua entrada, me deixando sentir como está molhada. Excitada.

— Porra, querida, que macio...

Ela assente, ainda me beijando.

— Você deveria sentir como é dentro — diz ela, mordiscando meu lábio inferior. — Quer?

Meu Deus do céu. Taylor está falando sacanagem no meu ouvido.

Está me olhando com ternura enquanto me pergunta se quero foder.

Não, não. Fazer amor.

Não é isso que está acontecendo? Deve ser. Porque não é nada que eu já tenha experimentado. Estou amarrado a ela por um milhão de cordas invisíveis. Conectado a cada respiração dela, cada movimento dos seus quadris e estremecimento do seu corpo.

— Quero — consigo dizer, rouco, puxando a calcinha dela para o lado e esfregando meu pau no seu punho, implorando a ela que me ponha dentro.

Bem aí. *Bem aí.* Eu poderia fazer isso eu mesmo. Poderia jogá-la contra a porra dessa parede e fazer os gritos de incentivo dela ecoarem em questão de segundos. Mas não posso fingir que isso não é gostoso. Perfeito. Essa tortura lenta me obriga a pensar, a saborear, a estar presente em vez de desaparecer na minha cabeça, e ela merece isso de mim.

— Por favor — rosno, nossa boca colada uma na outra. — A camisinha está no meu bolso.

Olhando-me nos olhos, Taylor encontra a embalagem, rasga e a põe em mim, tão devagar que estou quase delirando quando enfim termina de colocar. E então ela arrasta a cabeça do meu pau nos seus lábios encharcados uma última vez e me pressiona na sua entrada. Cacete, eu começo a tremer. Com responsabilidade, com tesão. Ou talvez só porque o que está acontecendo é intenso e meu corpo está reagindo à altura. Correspondendo ao movimento tectônico que ocorre no meu peito. Deixo o rosto cair no seu pescoço doce e solto um grunhido longo e alto enquanto ela coloca mais alguns centímetros para dentro, seu punho ao redor da base do meu pau, me enfiando devagar, os quadris se mexendo lentamente, os sons molhados dela se misturando com a chuva que cai lá fora.

Estamos respirando com dificuldade, e eu ainda nem comecei a me mexer. E, meu Deus, eu quero, eu *preciso* disso. Meu saco está pulsando. Mas ela me prendeu nesse feitiço. Essa mulher, essa mulher perfeita, está me colocando dentro dela, beijando meus lábios suavemente, recuando a cada poucos segundos para me comunicar algo com os olhos. Estou tentando decodificar a mensagem quando ela a anuncia em voz alta e me arruína.

— Você entrou fundo em todo lugar. — A voz dela está aguda, arquejante. Ela pega minha mão direita, que ainda está desnecessariamente afastando a calcinha para o lado, e coloca minha palma entre os seios. — Não só entre minhas pernas.

Não sei o que acontece. Meio que só caio contra ela, prensando-a contra a parede de pedra, inspirando e expirando no seu pescoço. Ela está me dizendo que eu mexo com ela. Que eu mexi com ela. Isso é tão aterrorizante quanto um milagre.

— *Taylor.*

Minha mão se move sozinha, tentando colocar a outra perna dela ao redor dos meus quadris. Com as duas coxas me envolvendo, não vou mais poder ir devagar. Vamos foder como se estivéssemos possuídos. Mas não, não, ela não vai deixar. Solta meus dedos do joelho dela e balança a cabeça, me fazendo entrar e sair da boceta molhada com reboladas provocadoras e terrivelmente gostosas. Devagar. Devagar. Deslizo alguns centímetros para fora, aí ela me puxa de volta até a base, se contrai contra mim e se esfrega. O tempo todo me olhando nos olhos.

E eu desisto, cacete.

Faço amor com ela.

Enfio os dedos no seu cabelo úmido e estremeço com cada investida da sua boceta molhada. Para a frente e para trás, para a frente e para trás. *Caralho.* É gostoso demais. Eu a mantenho no alto e equilibrada com meu antebraço esquerdo, mas ela ainda está na ponta do pé esquerdo, se esfregando em mim, a perna direita abraçando minha cintura. Eu poderia gozar só de assistir. Vendo-a me foder com tudo, possuindo a minha alma com firmeza.

Por mais que esteja tentando se manter no controle, seus olhos estão começando a se revirar, sua respiração está ofegante.

— Eu... — As mãos dela agarram a frente da minha camiseta, e o ritmo de seus movimentos se acelera, quase transformando meus joelhos em cinzas. — Desculpa, é só que você é do tamanho perfeito. Só... um pouco grande demais, o suficiente para doer, mas não muito.

Considere-me fodido.

Não. Não, eu já estava fodido.

Isso é outra coisa. Ela está acessando minhas necessidades mais básicas, e preciso de todo o meu esforço para não atingir o clímax. Para não empurrar a bunda dela contra a parede de pedra, meter bem fundo uma vez e gozar.

— Você é do tamanho certo para mim também, Taylor. Um pouco apertada, mas não o suficiente para eu me sentir culpado por te comer assim.

Ela solta um gemido alto, jogando a cabeça para trás.

Desço as mãos até sua bunda e a puxo mais para cima, de um jeito bruto, meus dentes na sua boca enquanto ela me fode, rebolando os quadris com movimentos cada vez mais frenéticos.

— Mesmo se nos afastarmos, ainda vamos pertencer um ao outro. — Aqueles olhos verdes vulneráveis se erguem para os meus, e meu coração se aperta. — Não vamos?

— Sim. *Sim.*

— Você é importante para mim.

— Taylor — sussurro.

A boca dela está no meu pescoço.

— Você é grande, gentil e orgulhoso... — Colo a boca na dela para bloquear o fluxo de palavras.

Não porque não quero ouvi-las. Não porque, no fundo, parte de mim não precise delas, ou anseie por elas, mas porque estou prestes a ser desarmado aqui mesmo. Ela está me matando ou me trazendo de volta à vida. Não sei qual dos dois.

— Chega, querida — digo, ofegando no nosso beijo.

— Me deixa terminar.

— Não. — Com o peito quase implodindo e o corpo implorando por alívio, eu a pressiono com força na parede, ergo sua outra perna e meto nela com a brutalidade que ela ama. De um jeito que vai distraí-la de sua missão de me desmantelar, osso por osso, tijolo por tijolo, palavra por palavra. — Agora tenho essa bocetinha linda presa aqui, não tenho?

O som que sai dela é um gemido meio choroso, os olhos verdes perdidos, suas costas subindo e descendo pela parede, as unhas deixando marcas vermelhas no meu pescoço, nas minhas costas.

— Ai, meu Deus, Myles. Isso, isso, isso.

Arrasto a língua por seu pescoço.

— Eu sei do que você gosta.

— E do que eu amo? — balbucia ela contra a minha boca, os olhos fechados. — E quem eu poderia amar tão fácil?

Que coragem. Ela é mais corajosa que eu. Paro de ir e vir. Eu me espremo contra ela, inspirando, atordoado com o ritmo excessivo do meu coração.

— Você — diz ela no meu ouvido. — Eu poderia te amar tão fácil.

Com essas palavras inacreditáveis zumbindo na minha mente, meu corpo se move para a frente sem nem que eu me dê conta. Uma vez. *Forte.* Ela geme, e eu gozo dentro dela, meu corpo se esvaziando tão rápido que me esforço para não cair de joelhos. Com o queixo caído, os olhos sem ver nada, coloco a mão entre nós e encontro seu clitóris automaticamente, esfregando-o com a ponta do polegar, usando a umidade do meu gozo para dar voltas nele cada vez mais rápido, até ela estar tremendo entre mim e a parede, as coxas trêmulas e se contraindo ao redor dos meus quadris, a voz entoando um nome no meu ouvido.

— Myles, Myles, *Myles*.

O calor dela desce para onde nosso corpo está unido, e eu solto o fôlego, aliviado.

— Desculpa. Desculpa. Não sei o que aconteceu. Eu...

Ela me silencia e me puxa para um beijo. Suas pernas caem da minha cintura, e eu me abaixo para impedir que nossa boca se separe. Ou talvez para adiar o momento em que vou olhá-la nos olhos e confessar as palavras que estão na ponta da minha língua. *Eu também poderia te amar fácil demais. Já amo. Meu Deus, Taylor, não sei como isso aconteceu e não sei qual é a coisa certa a fazer.*

Se ela tem a coragem de confessar, eu também tenho.

Ela espera honestidade de mim, e eu quero dar isso a ela. Ela acredita em mim.

Não sei para onde vamos a partir daqui, mas não posso deixá-la escapar.

— Taylor...

Ouvimos vozes altas do outro lado da porta da igreja. Taylor inspira bruscamente, e nossas mãos colidem na pressa de arrumar a calcinha e o vestido dela. Tiro a camisinha e fecho a calça, me estendendo até a lixeira para jogá-la fora. Quando volto para Taylor, ela está dando risadinhas e tentando recuperar a bolsa caída ao mesmo tempo. Antes que eu tome consciência do que está acontecendo, também estou rindo, pegando minha arma e me sentindo mais leve do que nunca. Ela me torna um homem melhor. Um ser humano melhor. Muito melhor.

Estou na iminência de dizer isso a ela quando as portas da igreja se abrem e duas freiras entram, parando de repente quando nos veem. Atrás delas, vejo que a chuva parou e as calçadas estão novamente tomadas pela multidão de verão. Há quanto tempo estamos aqui?

— Irmãs — digo, pegando a mão de Taylor, grato quando percebo que ela já estava procurando a minha. — Estávamos só esperando a chuva passar.

Uma delas ergue a sobrancelha.

— Já passou faz um tempo.

— É mesmo? — Taylor finge ignorância, a mão apertada no meio do peito. Exageradamente perplexa. — Não ouvimos através dessa madeira dura e grossa.

— Putz — murmuro, arrastando a mão pelo rosto.

Eu me viro e vejo que ela está ficando vermelha.

— E-eu... eu quis dizer que a porta é...

— Você só está piorando as coisas — digo com o cantinho da boca, assentindo para as freiras e puxando Taylor pelas portas duplas.

Quando chegamos à calçada, examino a rua em busca de ameaças. Janelas, carros estacionados, transeuntes. Nada fora do comum. Ela está a salvo. Então finalmente solto a gargalhada que estava segurando, rindo pela segunda vez em poucos minutos.

— Você fez uma piada de sacanagem para duas freiras.

— Foi sem querer! — Ela faz uma careta, obviamente repassando o encontro na mente. — Ai, *meu Deus.*

— É com Ele que elas estão falando agora mesmo. Deus. — Eu suspiro e lhe dou um tapinha nas costas. — Pedindo que tirem você do caminho sombrio do pecado.

Rindo, ela empurra meu ombro.

— Para!

Taí uma história que não contaremos aos nossos netos.

Essa é só pra gente.

O pensamento se forma antes que eu entenda o que aconteceu, e meu coração dispara. Eu estava a segundos de me abrir com ela na igreja, antes de sermos interrompidos. Agora que estamos sob a luz do sol, é muito mais assustador, porque não tenho um plano. Não seria melhor descobrir como um relacionamento entre nós funcionaria antes de despejar nela meus sentimentos, como um idiota impulsivo? Eu não estava pronto para um relacionamento sério aos vinte e poucos anos. Mas não consigo de jeito nenhum imaginar um mundo em que eu não desejaria passar cada segundo do meu tempo com essa mulher. Não consigo imaginar ter uma briga com ela e me afastar sem fazer as pazes. Eu não faria isso. Seria uma tortura.

Eu sou... diferente agora. Eu seria diferente por ela. Não tenho escolha, não quando me sinto assim.

Quando viramos a esquina e saímos na avenida, seguindo na direção do carro, Taylor sorri para mim, e eu esqueço como se respira. Foda-se. Vou pensar num plano depois.

— Escute, eu estava pensando...

Não é o começo mais romântico, mas tudo bem. Meus parâmetros no quesito romance são extremamente baixos. Só pode melhorar a partir daqui, certo?

— No quê?

Meu celular toca. Droga. Eu o tiro do bolso com a intenção de colocar no silencioso, mas a polícia de Barnstable está me ligando.

— Pode ser alguma notícia da Evergreen Corp.

Ela para imediatamente, empurrando o aparelho na minha direção.

— Atende.

— É... — Ainda quero jogar o aparelho no esgoto, mas atendo com relutância à ligação. — Sumner.

— Sumner. — Uma voz baixa me alcança, quase impossível de ouvir. — É o Wright.

Wright, faço com a boca para Taylor.

— Por que você está sussurrando? — pergunto ao detetive.

— Não tenho muito tempo. Escute, a Evergreen Corp... você não vai acreditar. Está registrada no nome da prefeita. Rhonda Robinson. — Há um alvoroço no fundo, e Wright fala algo sobre pegar uma pizza na volta para casa para o jantar, como se estivesse conversando com a esposa em vez de comigo. Passa-se um momento, e então ele volta a sussurrar: — O delegado é amigo íntimo da prefeita. Achei que íamos chamar Robinson para interrogá-la, mas os chefes estão reunidos a portas fechadas agora. Eu tenho a sensação de que...

— Eles vão só encobrir a história.

— Pois é. — Uma porta se fecha do outro lado da ligação. — Você não ouviu isso de mim.

— Ouvi o quê? — A respiração aliviada de Wright atravessa a linha. — Obrigado por me avisar.

Desligo e conduzo Taylor às pressas, mantendo o corpo entre ela e a rua. Meu sexto sentido está apitando. Estou em alerta máximo. Uma das lições que aprendi como filho de um detetive e depois como detetive é a seguinte: quando há política e corrupção envolvidas num caso, há baixas inevitáveis. E nem fodendo vou deixar Taylor ser uma delas.

Mas ela não tem a menor intenção de ficar de fora. Assim que chegamos ao carro e eu a faço se sentar e pôr o cinto de segurança no banco do carona, entrando em seguida no lado do motorista, ela começa a fazer uma pergunta atrás da outra. As respostas vêm naturalmente, o que me deixa surpreso. Não há mais barreiras com essa mulher. Todas desmoronaram.

— O que está acontecendo? O que ele disse?

— A Evergreen Corp está registrada no nome da prefeita. Rhonda Robinson.

— *Quê?* — Ela bufa, chocada. — Eu não esperava por essa. Ela é dona das casas de temporada e está liderando a campanha contra elas? Isso não faz sentido. — Após uma longa pausa, a ficha cai. As pistas se juntam para ela do jeito como fizeram para mim quando estávamos a caminho do carro. — Oscar estava ameaçando expô-la. Isso teria arruinado toda a campanha. Aqueles recados ameaçadores eram para a prefeita.

— Pois é. — Saio da vaga e acelero até sair na rua principal.

— Vou levar você para casa, Taylor. Você precisa ficar lá até eu voltar. *Por favor.*

— Aonde você vai?

— Para a casa de Lisa Stanley.

Um segundo depois, Taylor puxa o ar.

— Porque Lisa vai herdar as propriedades. Toda a papelada do irmão vai chegar hoje e... saber disso a torna uma ameaça para Rhonda. Precisamos avisá-la, levá-la a um lugar seguro.

— Exato.

— Não perca tempo me levando pra casa. Me leve junto.

A imagem dela deitada no chão da biblioteca, com a cabeça sangrando, cria uma pressão ofuscante no meu crânio.

— Taylor, não me peça para fazer isso.

Ela abre a boca para discutir, mas o celular vibrando a interrompe.

— Ai, meu Deus, é a Lisa — constata ela, erguendo o telefone e respondendo no viva-voz. — Alô?

Por um momento, só há vozes embaralhadas.

O som de arranhões.

E então o barulho distinto de uma porta batendo na parede.

— *Sai daqui!* — grita Lisa. A ligação cai.

Taylor e eu trocamos um olhar horrorizado.

Suando frio, piso fundo no acelerador.

Capítulo 19

TAYLOR

Ligo para a polícia de Barnstable a caminho da casa de Lisa Stanley e peço para falar especificamente com Wright, que fica pasmo quando explico que a prefeita invadiu a casa da irmã de Oscar e provavelmente é uma assassina. Por sorte, ele não perde tempo relatando ao chefe a ligação de Lisa, nem a nossa suspeita de que a irmã de Oscar está em perigo iminente. Talvez até pior. Quando enfim paramos cantando pneu na frente da casa dela, há sirenes tocando ao longe — mas, se elas vêm da delegacia, devem levar mais de cinco minutos para chegar.

— Não podemos esperar, vou entrar logo — afirma Myles, sacando a arma da jaqueta. — Você vai dirigir até o fim do quarteirão, para longe da casa. Entendeu?

— Entendi.

— Entendeu *e* vai fazer o que estou pedindo.

Eu assinto. Assinto vigorosamente, mas a minha garganta se fecha só de eu pensar em Myles entrando numa casa onde há uma assassina. Ele é tão grande e indestrutível que nunca tive motivos reais para me preocupar. Mas agora estou apavorada. E não tenho como afirmar categoricamente que conseguirei me afastar de carro e deixá-lo ali correndo risco de morrer.

— Taylor?

Eu posso mentir? Não, não posso. *Seria* o modo mais simples de tranquilizá-lo, para ele parar de se preocupar comigo e fazer seu trabalho, mas odeio mentir. Então não minto.

— Vou dirigir até o fim do quarteirão. — Eu me inclino e o beijo, a adrenalina deixando minha voz mais estridente que o normal. — Para longe da casa.

— Bom. — Ele me beija de volta, duas vezes, e parece querer dizer mais. Em vez disso, sai do carro xingando e dá uma batidinha no teto. — Venha para o lado do motorista. *Vamos*, Taylor.

— Tá bem.

Meus olhos estão se enchendo de lágrimas e as mãos, tremendo, mas, quando Myles desaparece na lateral da casa, com a arma empunhada, consigo mudar de marcha e me afastar da calçada, vendo a casa de Lisa ficar cada vez menor no retrovisor. Sinto minha pulsação martelando nos ouvidos, e meu estômago está completamente embrulhado. Ai, meu Deus. Ai, meu Deus. Não quero me intrometer em mais investigações de homicídio. Oficialmente já participei mais do que deveria. Myles está bem? Sim. Sim, ele sabe o que está fazendo. Até onde sabemos, a prefeita já foi embora faz tempo, em todo caso. Ou entendemos errado a ameaça. Mesmo se Rhonda Robinson estiver dentro daquela casa com a verdadeira arma do crime, pronta para usá-la, tenho quase certeza de que se atirassem em Myles a bala só ricochetearia nele. Certo?

Errado. Ele é um ser humano. De carne e osso.

As chances de ele e Lisa sobreviverem são muito maiores se tiverem ajuda, e as sirenes ainda soam como se pudessem estar a uns três ou quatro quilômetros daqui. Eu posso ajudar. Eu posso fazer *alguma coisa*. O que meus pais falam sobre ter medo? Que é saudável? Isso. Eles costumam dizer que qualquer coisa que vale a pena fazer inspira medo. Considere-me inspirada.

— Vou dirigir até o fim do quarteirão, para longe da casa — murmuro, trêmula. Assim que chego à placa de PARE, faço o retorno e disparo de volta na direção de onde deixei Myles. — Mas não disse que ficaria ali.

O que meus pais diriam se pudessem me ver agora? Passei a última hora fazendo amor no vestíbulo de uma igreja e agora estou disparando por um quarteirão residencial, direto para o lugar onde há um possível crime em andamento, na esperança de ajudar meu amante caçador de recompensas. Isso pode ser chocante até para eles. No entanto, por mais estranho que pareça... não estou preocupada de verdade com a opinião dos meus pais sobre o que estou fazendo, se eles achariam que sou corajosa ou se ficariam agradavelmente surpresos ao descobrir que herdei a coragem dos dois, no fim das contas. No momento, só estou preocupada com como *eu* me sinto sobre minhas ações. Com o que minha consciência e minha intuição estão dizendo.

Eu fui corajosa o tempo todo.

Só tive que parar de aceitar a definição de corajosa dos *outros* para entender isso.

Estacionando o carro no mesmo lugar de antes e deixando-o em ponto morto, analiso o que consigo ver. Todas as cortinas da casa estão fechadas. Noto diversos veículos estacionados pelo quarteirão, mas não tenho como saber se um deles pertence à prefeita. Não há sinal de Myles. Meu couro cabeludo se arrepia com esse último pensamento. Onde ele está? Já entrou na casa?

Myles *e* Lisa estão em perigo potencial. Tem que ter algo que eu possa fazer. Mordo o interior da bochecha por um momento antes de abrir a janela do lado do motorista. É aí que ouço gritos vindo de dentro da casa. Vozes femininas. Duas delas. Uma pertence a Lisa. A outra... acho que pertence a Rhonda Robinson, embora ela não esteja usando o tom profissional que ouvi em coletivas de imprensa.

Sua voz está estridente, em pânico. E suplicante.

— Por favor. *Por favor*. Me escuta. Eu não matei o seu irmão!

— Eu já disse que acredito em você! Só saia daqui! A polícia está vindo.

— Você não entende? Eu não posso ser interrogada pela polícia. Tem olhos por todo lugar aqui. Aposentados intrometidos e mães enxeridas que adorariam me derrubar do meu posto, e, ah, *acredite* em mim, isso seria suficiente. Seria mais que suficiente. A prefeita investigada por homicídio? Você acha que minha carreira *sobreviveria* a isso? — Segundos se passam, um murmúrio.

— Não tenho como saber se você vai deixar meu nome fora disso. Por que faria isso?

Há apenas um indício de movimento do lado esquerdo da casa. É Myles, com as costas contra a parede, espiando pela janela lateral, a arma apontada para o chão. A descarga de alívio que sinto ao vê-lo ileso é rapidamente interrompida pela expressão sombria dele quando repara em mim sentada no carro estacionado. Trincando os dentes, ele aponta o queixo para a rua.

— Vá, Taylor — articula ele. — Agora.

Há um barulho alto dentro da casa.

Myles recua e então lentamente espia lá dentro, mas também posso ver que ele está me observando pelo canto do olho. Estou sendo uma distração. Percebo isso agora. Por mais que queira ajudar, a melhor coisa que posso fazer nesse momento é voltar para o fim do quarteirão e avisar a polícia. Mudo de marcha e começo a me afastar da calçada.

A porta da casa se abre. Rhonda Robinson desce os degraus correndo, com uma faca na mão. *Uma faca?* Levando em conta como Oscar Stanley foi assassinado, eu esperava uma arma, mas não tenho tempo para pensar nisso agora. Ela está correndo em direção a um sedan preto, parado em um ângulo que bloqueia parcialmente a entrada de carros do vizinho de Lisa. Claramente ela estacionou com pressa e agora está correndo de novo. Tentando fugir antes que a polícia chegue?

Myles sai das sombras da casa, a arma apontada para Rhonda.

— Pare onde está, Rhonda. No chão.

A prefeita se vira com uma expressão de choque e horror. Ela começa a dobrar os joelhos, e Myles se aproxima devagar.

— Mãos atrás da cabeça. Agora.

Outra sirene mais alta é acrescentada à cacofonia de sons e assusta Rhonda. Ela se levanta de novo e corre para o veículo, a faca em uma das mãos, as chaves na outra.

Meus olhos voam para o espelho retrovisor, torcendo para ver luzes vermelhas e brancas. *Onde está a polícia?*

Sinto que estamos esperando há uma hora quando, na verdade, provavelmente só se passaram três ou quatro minutos. Mas é tempo demais. Rhonda vai escapar — e ela é claramente a assassina. Seu nome está nas escrituras junto ao de Oscar Stanley. Ela estava lucrando com a locação das casas enquanto mentia aos eleitores sobre erradicar aluguéis de temporada de Cape Cod. Sua motivação era manter Oscar calado. Aqueles recados ameaçadores, escritos por Oscar, eram destinados à prefeita. Ela estava prestes a ser desmascarada. Tudo bate.

O que significa que foi ela quem jogou a boia que quebrou a minha janela.

Que bateu na minha cabeça com um livro.

Que matou um homem. O irmão de alguém. Se isso acontecesse com Jude, eu não ia querer que alguém interviesse para ela ser levada à justiça?

Vou simplesmente deixá-la ir embora ou vou fazer alguma coisa?

Ela pode estar prestes a fazer algo drástico. Ferir outra pessoa.

Quando a prefeita salta para dento do sedan e liga o motor, eu tomo uma decisão. Pelo canto do olho, vejo Myles correndo na minha direção. Ele deve adivinhar o que estou planejando, porque berra meu nome.

Posso pedir desculpas por assustá-lo depois.

Afundo o pé no pedal, giro o carro na rua e paro de lado na frente do veículo da prefeita, impedindo-a de ir embora. Ela olha freneticamente por cima do ombro, mas o carro do vizinho a impede de dar ré. As sirenes estão mais próximas agora. Uns quinhentos metros, talvez. São muitas. Myles bate o punho no teto do carro de Rhonda, mandando-a sair com as mãos erguidas, mas ela não está ouvindo. Está me encarando, gritando para eu sair daqui. Graças a Deus ela só tem uma faca, senão tenho certeza de que, no desespero, já teria atirado no meu para-brisa. Nunca vi uma angústia como essa tão de perto, e naqueles minutos, enquanto as sirenes se aproximam, sinto uma pontada de solidariedade, apesar de tudo o que ela fez.

De repente, ela perde toda a força e murcha, recostando a cabeça no assento. Lágrimas escorrem pelas suas bochechas, e ela ergue as mãos, as palmas voltadas para frente. As viaturas param cantando pneu ao nosso redor, e Myles começa a gritar orientações para a polícia — uma explicação do que está acontecendo, começando com o fato de que eu não sou uma ameaça. Mas eu mal consigo ouvir em meio às batidas aceleradas do meu coração. Pulsando nos meus tímpanos e na ponta dos meus dedos. Eu inspiro e expiro para tentar controlar, mas ainda estou vibrando da cabeça aos pés quando Myles abre a porta do motorista com tudo e me puxa para fora, esmagando-me contra o peito.

— Você ficou maluca, Taylor? — Ele me aperta e fica na minha frente para me proteger, me arrastando para longe da cena da prefeita sendo algemada. Mais adiante, Lisa sai cambaleando da casa e desaba nos degraus, cobrindo a boca. Ela não parece ferida, só em choque. — Meu Deus — rosna Myles no meu cabelo. — No que você estava *pensando*?

Minha resposta é parcialmente abafada pelo seu ombro.

— Pare de gritar comigo.

— Eu vou gritar o quanto quiser. Você *mentiu* para mim. Eu pedi a você que ficasse no fim do quarteirão.

— Não, você pediu que eu *dirigisse* até o fim do quarteirão. E foi o que eu fiz.

Definitivamente não escolhi o momento certo para ficar debatendo semântica.

Com uma risada totalmente desprovida de humor, ele se afasta devagar — e vejo que esse não é o seu mau humor de sempre. Eu o deixei abalado. Muito. Ele está branco como um fantasma, a frente da camisa encharcada de suor.

— Ela podia ter outra arma no carro, Taylor. Ou com ela mesma. A gente a teria detido uma hora. Lisa estava a salvo. Você não tinha que se colocar em risco.

Não posso questionar o que ele está dizendo. Ele tem razão. O que me faz discutir talvez seja meu pico de adrenalina ou a humilhação de ouvir gritos por tentar ajudar — não, por *ter* ajudado. Qualquer que seja o motivo, não consigo recuar. Talvez eu esteja brigando por mais do que só mostrar que estou certa. Parece que estou brigando por nós. Pelo que podemos ser juntos.

— Eu não queria ficar sentada vendo todo mundo fazer o mais difícil. Fiz isso a minha vida toda.

— Isso tem a ver com os seus pais de novo. — Ele aperta a ponte do nariz. — Jesus.

Agora é a *minha* raiva que está crescendo. E dói. Dói ouvi-lo mencionar meus pais e sua influência sobre minhas escolhas quando acabei de aprender a superar a influência deles. Quando confiei tanto nele a ponto de lhe confessar essas coisas.

— Não, na verdade não tem mais nada a ver com eles. Tem a ver comigo. Com participar da minha própria vida em vez de me esconder…

— Às vezes, Taylor… — Ele põe as mãos na cintura, o lábio superior franzindo. Hesitante. — Talvez seja melhor se esconder.

— É isso que você está fazendo — sussurro. — Se escondendo. Fugindo do que aconteceu em Boston, com o sequestro.

— E se eu estiver? — Ele está se fechando. As luzes estão se apagando. As saídas estão sendo lacradas. É como ver uma parede de tijolos sendo construída em câmera rápida. — Eu gosto das coisas assim. Do jeito que eram antes de aceitar esse trabalho. Eu *gosto* de não ter conexões com os casos. De não me envolver a ponto de cada fracasso se tornar algo pessoal. De não ter que me preocupar que alguém com quem me importo vai ser levado ou ficar traumatizado. Ou levar um tiro na cabeça. *Por vontade própria.*

— Não me coloque no mesmo patamar do que aconteceu em Boston.

Ele afunda o punho na palma da outra mão, os nós dos dedos brancos, as rugas se aprofundando ao redor da boca.

— Vou te colocar, sim. Não posso evitar. Você é uma tragédia anunciada, e eu não vou cair nessa. Não consigo, caralho.

— Myles...

— Como você acha que funcionaria um relacionamento entre nós, no fim das contas?

A expressão dele está séria agora. Fechada.

A intuição me diz que ele vai cravar o último prego no caixão e que não há nada que eu possa fazer para impedi-lo. Eu me coloquei em perigo, e ele não tem recursos para lidar com esse tipo de trauma. Essa falta de controle. Eu trouxe seu pior medo numa bandeja de prata, e ele está descontando em mim. Não há nada que eu possa fazer para evitar isso.

— Você poderia pegar a estrada comigo, né, tampinha, e a gente iria atrás de bandidos juntos. Criaria um aperto de mãos descolado e levaria seus alunos para ficarem de tocaia.

Minha garganta começa a arder, assim como meus olhos.

— Eu sei que você só quer que eu me afaste. Sei que é isso que está fazendo.

— Você deveria ter esperado no fim do quarteirão — diz ele de repente, secando o suor da testa.

Ele vai para longe, e então volta. Abre e fecha a boca. Silêncio. Silêncio demais.

— Talvez eu tenha cometido um erro bloqueando o caminho da prefeita com o carro mesmo sem saber se a ameaça era séria. Tá bom? Talvez tenha sido um erro. Mas se eu tivesse só esperado no fim da rua como uma soldadinha obediente, teria havido uma próxima vez. Outra vez em que você se sentiria vulnerável... se tentássemos fazer isso dar certo. No futuro, meu pneu teria furado numa estrada escura sem você. Ou talvez eu finalmente criasse a coragem para pular de paraquedas com Jude...

O olhar de horror absoluto que ele me lança seria engraçado se essa conversa não fosse tão excruciante.

— E você lembraria que eu sou um inconveniente. Uma ameaça à vida livre de emoções que está tão determinado a levar. E me afastaria. Melhor fazer esse negócio agora, antes que as coisas fiquem complicadas demais, né? Acabar logo com isso!

Dou um passo para perto dele, e sua mandíbula se tensiona, os dedos flexionando nas laterais do corpo. Quase como se tivesse medo de que eu o toque e ele desmorone. Talvez isso acontecesse mesmo. Talvez ele pedisse desculpas pelas palavras duras, e aí a gente se beijaria e voltaria para casa juntos, mas a fonte dos problemas ainda existiria.

— Não há nada livre de emoções na culpa — continuo, me esforçando pra manter a voz firme. — No modo como está se punindo. Coisas terríveis acontecem às vezes, mas você não pode evitar os picos de felicidade ou alegria por ter pavor de levar um tombo grande. Talvez eu mesma tenha aprendido parte dessa lição desde que nos conhecemos. Eu só... — Isso está ficando difícil demais. Estar tão perto dele e não cair nos seus braços, não sentir o seu calor me permear quando eu mais preciso dele. — Você nunca me fez nenhuma promessa, Myles. Mesmo que quisesse. Então eu te absolvo de qualquer culpa nesse sentido. Ok? Dito isso... — Com o queixo erguido, eu o olho nos olhos. — É você que está perdendo, caçador de recompensas.

— Taylor — diz ele, rouco.

Dou meia-volta e me afasto. Eu o deixo para trás, literal e figurativamente, porque não tenho escolha. Não vou me apegar ainda mais, se ele está deixando claro que é uma ilha no meio do oceano. Inalcançável. Um homem solitário que não se compromete com ninguém. Meu sonho é ter o oposto: um relacionamento afetuoso baseado no compromisso, no qual seja óbvio que vamos passar por cada aventura e cada tragédia juntos. No qual isso nem seja uma questão. Myles quer a estrada — e nunca mentiu quanto a isso —, então minha única opção é dar meu testemunho à polícia, voltar para casa e embarcar no primeiro dia da jornada para dar um jeito no meu coração partido.

Capítulo 20

MYLES

Não faço ideia de há quanto tempo estou sentado na beira da cama nesta pousada, olhando para o nada. Minha mala está no chão. Cheguei a tirar as roupas dela?

Não. Alguma vez eu já fiz isso?

Eu deveria estar a duzentos quilômetros de Cape Cod a essa altura. Meu e-mail está cheio de oportunidades de trabalho. Alguém violou a liberdade condicional na Carolina do Norte. Um motorista de Michigan que atropelou uma pessoa e fugiu foi visto por uma câmera de segurança e há uma recompensa de dez mil dólares por ele. Trabalhos rápidos, fáceis, dos quais eu poderia seguir em frente e nos quais nunca mais pensaria. Se eu conseguir me mover daqui. Se eu conseguir só me levantar, sair e deixar esse pesadelo de quarto verde para trás. Subir na moto e ir embora.

É óbvio por que não consigo me mandar desse lugar. Ela é o motivo. E, Jesus, dói pra caralho pensar nela. *É você que está perdendo, caçador de recompensas.* Palavras mais verdadeiras jamais foram ditas. Até ela jogar o cabelo para trás e se afastar de mim na calçada, nunca parei para reconhecer que tenho TEPT. Nem fodendo que um homem deixa uma mulher dessas abandoná-lo, a não ser que esteja bloqueado por algum trauma emocional sério. Eu tenho estresse pós-traumático. O caso de Christopher Bunton bagunçou com a minha cabeça e...

E ela tem razão. Estou me punindo por isso. Três anos depois, meu passado está me levando a fazer coisas como gritar com essa mulher incrível quando eu deveria beijá-la, comemorar que ela está a salvo e elogiá-la por sua coragem. Eu não fiz nada disso. Parti para o ataque como um urso ferido. E tinha noção disso. Continuei por conta do medo residual esmagador. Ela dirigiu na direção de uma assassina. Poderia ter batido, poderia ter levado um tiro ou sido apunhalada. Ou ter sido pega num fogo cruzado com a polícia. Fico apavorado só de pensar.

Então, é, ainda estou puto com o que ela fez. Sinto muito.

Provavelmente continuarei puto até o dia em que morrer.

Mas estou me sentindo bem pior por ela não estar no meu colo agora.

Bem pior.

Mais ou menos como se fosse morrer.

Tento engolir e não consigo; em vez disso, um som engasgado escapa de mim.

Taylor prestou seu depoimento e saiu logo de lá, sem olhar na minha direção. Ela cansou mesmo de mim. E eu só continuo vendo vislumbres dela. Em todo lugar. Eles passam na parede à minha frente. Taylor lambendo sua casquinha de sorvete. Correndo ao meu lado na chuva. Iluminada pela lua na praia. Sarapintada em um misto de raios de sol e sombras na caverna.

— Porra.

De alguma forma, eu levanto e atravesso o quarto, os pés entorpecidos, com a mão esfregando o meio do peito, onde uma erupção aparentemente está acontecendo. Essa mulher, essa mulher que está na minha cabeça e dando nos meus nervos e que — melhor admitir logo — comprou um imóvel no meu coração, não quer mais saber de mim. Eu me comportei como um babaca. Não só hoje, mas durante a maior parte do tempo em que nos conhecemos. Nem sei por que ela me aturou até agora.

Ela vai encontrar alguém que não tenha que aturar.

Ela vai encontrar um homem de quem goste. Que a trate como uma princesa.

Que vai dar filhos para ela.

— Merda. — Caio de volta na cama, me encolhendo para enfiar a cabeça entre as pernas. Inspirando e expirando pelo nariz. — Merda, merda, merda.

Taylor vai ter filhos com outro cara.

Puta merda.

Quando minha pele começou a pegar fogo?

Antes que eu me dê conta dos meus movimentos, estou com o celular na mão e clico no contato de Taylor. Eu *preciso* ouvir a voz dela, mas tenho quase certeza de que vou cair morto de dor se for direto para a caixa de mensagens. E o que eu diria, afinal? Hoje mais cedo, eu estava pronto para me jogar sem pensar. Um relacionamento com Taylor não seria nada como meu primeiro casamento, porque eu fico muito… *presente* com ela. O que sinto por ela não chega perto de nada que eu já tenha experimentado. Ou que soubesse ser possível. Mas eu não tenho estabilidade para oferecer a Taylor. Será que eu a estaria afastando da felicidade que ela poderia encontrar com outra pessoa? Jesus, não posso fazer isso.

Preciso de mais. Ela precisa de mais. Por onde começo?

Procuro o número do meu irmão e faço a ligação, segurando o aparelho ao ouvido em um aperto trêmulo.

— Você está me ligando de propósito ou só sentou em cima do celular e foi um acidente infeliz?

Faz tanto tempo que não ouço a voz de Kevin que levo um momento para responder. É como entrar num túnel de lembranças.

— Estou ligando de propósito.

— Ah, é? Bom, então vai se foder.

— Vai se foder você também. — O barulho no fundo me revela que ele está no meio de uma multidão. A voz de um homem retumba num alto-falante, e alguém grita pedindo uma cerveja.

— Onde você está?

— Eu? Onde *eu* estou? — A multidão dá um suspiro coletivo decepcionado. — Você não tem direito de perguntar isso depois de passar três anos sabe-se lá onde.

— Você tem a vida inteira para ser um cretino, Kev. Não gaste toda a sua cota numa única ligação.

A respiração que ele solta é como uma panela de pressão soltando vapor. Ele hesita por um instante.

— Você fez alguma merda ou algo do tipo? — pergunta por fim.

Minha aparência extenuada está refletida no espelho acima da penteadeira.

— De certa forma, sim.

— Desembucha, Myles. Eu não sei ler mentes.

— Quer saber? — Afasto o telefone do ouvido, pronto para encerrar a ligação. — Esquece.

— Não! — Ele pigarreia. — Não… espere. Estou ouvindo. Você me ligou no meio de um jogo do Sox. Esperava o quê?

A nostalgia me domina. O cheiro de cachorro-quente e cerveja. Bloquear o sol de verão com a mão para ver o campo. Kevin batendo no meu ombro depois de uma boa jogada. Sinto saudade dessas tardes com meu irmão. Acho que não tinha percebido quanto desde que vi Taylor com Jude.

— Você está no jogo?

— Claro — responde, bufando. — Acha que deixei de comprar ingressos para a temporada só porque você não está mais aqui para contribuir com a sua parte?

— Caralho. — Solto um assobio baixo. — Acho que estou te devendo uma grana.

— Volte para casa e estaremos quites.

A arquibancada comemora, a voz empolgada do locutor narrando a jornada de um jogador até a área do rebatedor. Voltar a Boston esteve fora de questão por três anos, mas agora… parece possível. Tudo parece possível depois de ver Taylor dar um cavalo de pau e parar na frente do carro da prefeita como uma dublê de cinema. Depois de ter aquela mulher incrível correndo até mim e me deixando segurá-la, *nada* no mundo parece impossível.

Não vou me desintegrar se entrar na casa do meu irmão ou dos meus pais. Eles me querem lá, apesar do fracasso que carrego para todo mundo ver. Estar com Taylor e Jude me fez pensar em minha própria família ao longo da semana. O que estou perdendo. O que *eles* fariam num mergulho de snorkel. Provavelmente tirariam sarro do tamanho dos meus pés. Ou meus pais e eu nos juntaríamos para zoar Kevin e falar que vimos um tubarão. O típico comportamento sem noção com que eu cresci e que me moldou não é perfeito, mas é nosso.

Eu não sou perfeito... mas sou deles.

Eu poderia ter sido *dela*. Ela me disse que poderia me amar facilmente. Isso deve significar que não sou um caso perdido, certo?

Talvez seja hora de acreditar na minha família quando eles dizem que ainda me querem por perto.

Que... vale a pena me ter por perto.

— Estou em Massachussetts. Cape Cod, na verdade. Eu posso... passar aí.

Meu irmão não diz nada por um momento.

— É mesmo?

— É. Para visitar, ou sei lá. Eu posso ir.

— Da última vez que conversamos, você me disse que só voltaria para Boston no dia de São Nunca. O que mudou?

— Eu, hum... não sei. — Meu peito se retorce. — Conheci uma mulher...

— Ah. Merda. — Dá para perceber o sorriso na voz dele. — Por essa eu não esperava.

— Nem eu.

— Você é o cara que sempre disse que mulheres são um transtorno, certo?

— Ele mesmo. — Suspiro, massageando os olhos.

— Só conferindo. — Meu irmão ri. — Qual é o problema? Traga ela junto para visitar.

— Levando em conta que a gente acabou de terminar, vai ser difícil... — Eu me levanto e começo a andar de um lado para outro no quarto. — A gente nem estava namorando oficialmente. Ela era uma suspeita num caso que estou investigando. É um favor que estou fazendo, uma longa história. O que interessa é que ela se cansou da minha atitude de merda e... sabe? É melhor assim.

— Ah, sim, sim. Deve ser melhor assim mesmo. Você está à beira das lágrimas...

— Nem fodendo.

Na verdade, estou bem perto de chorar mesmo.

— Qualquer que seja sua versão de lágrimas, você está perto dela.

Revirando os olhos, vou até o outro lado do quarto.

— É isso que ganho por te ligar para pedir conselhos, imagino.

— Conselhos? Sobre *mulheres*? Esqueceu que eu sou casado com outro coçador de saco?

— Não. — Enfio a mão no cabelo. — E como ele está, aliás?

— Bem. — Pelo jeito como a voz do meu irmão muda, sei que o marido está sentado ao seu lado. — Ainda bota whey protein em tudo que eu como e usa short de corrida literalmente em todo lugar para onde a gente vai. — Ele faz uma pausa. — Como é essa mulher?

Uma imagem de Taylor surge na minha cabeça, do jeito como ela estava no primeiro dia: usando a parte de cima de um biquíni e short, descalça, bronzeada e fofa, mas secretamente querendo um sexo bruto. Basicamente um milagre com pernas bem torneadas, que caiu do Paraíso direto no meu colo.

— Ela é professora do fundamental de uma escola particular em Connecticut. Ela é... Bem. — O nó na minha garganta se expande. — Linda não chega nem perto de descrever. Ela gosta de fazer planos. E de cuidar das pessoas. Sempre garante que todo mundo tenha comida e café suficientes. É inteligente pra cacete. Corajosa. Também chora muito, mas de um jeito que, sei lá... é fofo, entende? Ela é teimosa e esperta. — Viro e bato a cabeça na parede, o que destrava a parte que eu não pretendia falar em voz alta. — E me deixa louco na cama.

— Jesus, você está muito mais aberto e sincero do que costumava ser.

Sinto um ardor na ponta das orelhas.

— Desculpa.

— Não precisa se desculpar. Não vejo a hora de usar essas informações contra você no futuro. — Kevin ri. — Onde você está agora? E ela?

Eu viro para trás, olhando ao redor. Nada é familiar porque passei todo o meu tempo trabalhando ou com ela.

— Estou no quarto de uma pousada em Cape Cod. Ela está na casa que alugou.

— Então levanta a bunda daí e vai até lá pedir desculpas pelo que você fez, seja lá o que for.

— Como você sabe que eu fiz algo errado? — Ele não diz nada. — Tá bom. Foi culpa minha. Toda minha. Mas não posso só ir lá e me desculpar. Nós não vamos nos tornar compatíveis só por eu ter pedido desculpa. Você não ouviu a parte sobre ela ser professora em Connecticut? Meu próximo trabalho é na Carolina do Norte. E depois sabe-se lá onde. Taylor quer se casar. Ser mãe. Ter uma vida pacata e ser feliz.

— Nossa, que horror. Quem quer ser feliz? Que nojo.

Solto um palavrão baixinho.

— Você não está levando isso a sério.

— Estou, sim, babaca. O que parece melhor para você? Voltar para a estrada como um fora da lei todo ferrado? Ou ir morar com sua professora e acordar pelado com ela todos os dias?

Ah. Ai, meu Deus.

Nunca tive a chance de acordar com a cabeça dela no travesseiro ao meu lado. Ela seria tão quente e aconchegante. E estaria doida para transar de manhã. Ficaria tão gostosa em cima de mim, os quadris rebolando para a frente e para trás, nosso abdômen deslizando um no outro. Nós dois suados. Depois eu beijaria cada parte do seu corpo. Simplesmente a beijaria até os dedos dos pés, e ela riria. Eu estou completamente acabado.

Estou destruído.

— "Fora da lei todo ferrado" saiu rápido da sua boca, hein — consigo dizer, mesmo com o bolo que sinto na garganta. — É assim que você me chama desde que fui embora?

— Não. É assim que a nossa mãe chama você.

— Ah.

Desde quando estou sentado no chão? Não faço ideia de como cheguei até aqui.

— Escute, Myles. Você precisa agarrar sua chance de felicidade com as duas mãos. Isso não aparece com muita frequência. Algumas pessoas nunca chegam a ter essa chance. E você está desperdiçando tudo, cara. Acha que ela está melhor sem você?

— Provavelmente…

— Esqueça que eu perguntei isso. — O dedo dele bate contra o aparelho, como se estivesse pensando. — Imagine que ela cometeu o mesmo erro que você. No caso Bunton. Acha que ela mereceria ser feliz em algum momento no futuro? Ou iria querer que ela se privasse de todas as coisas boas para tentar compensar um erro humano?

— Claro que eu não ia querer isso — digo, rouco, odiando pensar nela infeliz.

— Tenho certeza de que ela também não quer esse destino para você.

— É…

Inclino a cabeça para trás e reparo numa rachadura no teto, que corre através do gesso no topo da parede. Isso me faz pensar nos buracos de voyeurismo na casa de Oscar Stanley.

Ouço um gorgolejo alto no estômago. Eu me ajeito, começando a suar.

A prefeita também não caberia naquele espaço.

A gente não tinha concluído que, por serem dois buracos voltados para baixo na distância de olhos, alguém devia ter ativamente espiado em algum momento? Oscar não caberia ali, nem Rhonda Robinson. Faria sentido que a prefeita quisesse espiar Oscar, já que ele estava ameaçando sua vida dupla, mas...

Mas ela não teria feito isso pessoalmente.

E essa semana, durante o comício, quando Taylor foi atingida na cabeça com o livro, Robinson jamais teria conseguido escapulir sem ser vista na multidão. Mas eu sei quem poderia fazer isso.

Pequeno, discreto. Leal.

— O assistente. O maldito assistente.

— Quê?

Todo o meu almoço tenta voltar pela boca.

— Tenho que ir. Eu...

Taylor está lá fora. Vulnerável. Eu a deixei desprotegida.

Não me lembro de desligar a chamada com meu irmão. Já estou ligando para Taylor, segurando o celular no ouvido enquanto tiro as chaves do bolso e corro até o estacionamento. Ninguém atende. Claro que não. O som de sua voz musical na mensagem da secretária eletrônica quase faz meus joelhos cederem. Meu Deus, ai, meu Deus. Eu posso perdê-la. Para sempre. Não. Não, não consigo respirar.

— Taylor, os buracos de voyeurismo — balbucio, a voz falhando. — Só pode ter sido o assistente da Rhonda. — Mal consigo pensar direito diante do perigo em potencial que ela pode estar correndo. Podemos ter prendido *um* dos culpados, só que havia mais um. O outro está à solta... e é violento. — Vá para algum lugar seguro. *Agora*, querida. Por favor. Você e Jude. E espere por mim. Estou a caminho.

Capítulo 21

TAYLOR

É esquisito como eu choro por causa de um comercial de seguro ou dois idosos de mãos dadas, mas agora, quando meu coração dói mais a cada batida, sou incapaz de despejar uma única lágrima.

Estou sentada na praia, de moletom e os pés descalços, abraçando os joelhos. Viemos para cá depois de deixar os homens entrarem para trocar a janela quebrada no quarto dos fundos e não fomos mais embora. Há um pôr do sol magnífico pintando o céu em tons de rosa e cinza e quero aproveitar a vista, mas estou entorpecida demais. É bom ter meu irmão ao meu lado, calado, se limitando a fazer carinho nas minhas costas de vez em quando ou me mostrando uma concha bonita. Quero perguntar o que aconteceu com Dante, que já tinha ido embora quando voltei para casa, mas se abrir a boca acho que vou começar a falar mal de homens cabeça-dura aos gritos e nunca mais parar.

— Agora dói e parece que não vai parar nunca — diz Jude em voz baixa. — Mas vai ficar mais fácil de ignorar. Um dia, você vai conseguir se convencer de que nunca aconteceu.

Parece que ele está falando por experiência própria, mas não tenho coragem de ressaltar esse fato. Só assinto.

Caçador de recompensas idiota com seu lado sensível secreto e passado atormentado. Eu caí como um patinho nessa. É claro que a professora ia se encantar pela tentação clássica de consertar um homem. Acreditei erroneamente, no fundo do coração, que ele não seria capaz de ir embora. Mas não passou de uma suposição equivocada. Eu sou só uma Bond girl em uma longa linha de Bond girls. Daqui a quinze anos, ele vai se lembrar de mim, semicerrar os olhos e dizer *ah, é, aquela que gostava de sorvete de vó.*

E eu provavelmente terei uma família e estarei contente com uma vida tranquila.

— Contente — murmuro. — Mas não vou só me *contentar*.

Jude ergue uma sobrancelha.

— Hein?

— Bem... — Umedeço os lábios, grata por estar falando de algo que não seja Myles. — Você sabe que eu venho saindo com homens com planos sérios de se casar. Mas acho que não vou mais fazer isso. Acho que talvez... eu só queira viver e ver o que acontece. — Falar isso em voz alta alivia um pouco da pressão em meu peito. — Não tenho que ser prática e nunca correr riscos só porque sempre me disseram que é isso que sou. Sou *eu* que decido quem sou, sabe? Posso não correr riscos em alguns aspectos da minha vida, mas, em outros, talvez eu só queira ajudar a capturar um assassino ou ter um lance com um caçador de recompensas. Sou mais do que uma coisa só. Eu decido meu rumo. Mais ninguém.

Jude está concordando comigo.

— Isso aí.

Pego um punhado de areia e jogo para o alto.

— Droga. Eu não queria falar dele. Não quero falar dele.

— Não temos que falar.

— Mas, já que estamos falando, espero que o cabelo dele fique preso numa torradeira.

— Que crueldade.

— Quer dizer, não de um jeito que o faça ser eletrocutado — me apresso a explicar. — Só de um jeito inconveniente e embaraçoso.

— Verei o que posso fazer.

— Talvez eu devesse olhar para esse caso tórrido como uma coisa positiva. Ele me abalou. Me fez perceber o que preciso ser... o que preciso sentir. Sentir. E agora estou determinada a esperar mais dos meus relacionamentos reais e *funcionais*.

— A gratidão é um jeito saudável de passar por qualquer coisa.

Eu franzo o nariz.

— Gratidão já é exagero. Talvez depois que a hostilidade passar. — Rimos, e aproveito para apertar a mão de Jude. — Você está bem?

Ele solta o ar aos pouquinhos, virado para o mar.

— Não. Mas vou ficar.

Continuamos sentados em silêncio por vários minutos, vendo o céu passar de rosa para laranja, lilás e finalmente azul-escuro. As estrelas começam a brilhar no céu, os arbustos são soprados atrás de nós na ladeira. Risos nos alcançam das varandas ao longo de toda a praia, grelhas brilhando e churrascos fumegando.

Estou inquieta, e sei que é por causa de Myles. Pelo modo como esse ciclo se encerrou. O modo como tudo parece tão terrivelmente inacabado. Sinto falta daquele homem grande e rabugento. Mas não é só isso. Há uma sensação incômoda na minha nuca que não me deixa em paz. Digo a mim mesma que é a consequência de ser atingida na cabeça com uma enciclopédia, ter o melhor sexo da minha vida e pegar uma assassina, tudo no mesmo dia... mas a preocupação continua me atormentando. Por fim, ela desce para o meu estômago. Estou me preparando para expressar as minhas preocupações — provavelmente — infundadas para o meu irmão quando um vento sopra do Atlântico turbulento e ergue os pelos do meu pescoço, me fazendo estremecer.

— Vou pegar uns cobertores e cervejas lá em casa. O que acha? — sugere Jude.

— Acho ótimo. — Eu me apoio nos cotovelos, vendo-o cruzar a areia até a escada. — Pode trazer meu celular também? Eu o deixei carregando na cozinha.

— Aham.

Depois de alguns minutos, eu me permito derreter completamente na areia, sem me importar se ela entra no cabelo ou nas roupas. O dia esfriou agora que o sol está se pondo, e, daqui, posso olhar para o céu gigante. Eu e meus problemas somos minúsculos comparados com...

Há um clique metálico atrás de mim.

É uma arma sendo engatilhada.

Meus músculos se tensionam, minha boca fica seca, mas não me mexo. Estou paralisada.

— Você está bem relaxada para alguém que sai arruinando vidas por aí.

Eu conheço essa voz, mas não é tão familiar. Pertence a um homem jovem.

Onde já a ouvi?

Passos se aproximam, e eu levo um chute nas costelas. Não forte, mas o suficiente para me fazer gritar. Com a mão pressionada no ponto dolorido, eu me sento e recuo sem jeito, os calcanhares se enterrando na areia fofa.

O homem entra no meu campo de visão.

O assistente da prefeita. Kyle?

Não. *Kurt.*

Kurt está apontando a arma para mim — e é claro que esse é o momento em que tudo faz sentido. Muito conveniente.

O assistente tem um pouco mais de um metro e meio. Tudo aconteceu tão depressa hoje à tarde que não parei para analisar as evidências e verificar se batiam com a culpa da prefeita. Mas é claro que Kurt estava envolvido. Ele está sempre ao lado dela, pronto para ajudar. Teria espiado Oscar no lugar dela, facilmente se enfiando naquela área atrás da parede do quarto.

— Está entendendo tudo? Demorou bastante. Talvez você e seu namorado não sejam tão espertos quanto pensam.

Myles.

Ele vai surtar.

Por algum motivo, isso é muito reconfortante.

Ou será, se eu não morrer.

Ele também vai se culpar quando perceber que não pensou nisso. Mas quem poderia ter previsto algo assim? Rhonda não colocou Kurt na cena. Só negou a própria culpa.

Acorde. Pense.

Reféns geralmente sobrevivem quando deixam seu sequestrador falando. Quando agem como ele. Não sou tecnicamente uma refém — ainda? —, mas a mesma lógica deve se aplicar a este caso, certo? Mas se eu mantiver Kurt falando e Jude voltar, meu irmão também vai estar em perigo.

Não, isso não pode acontecer.

Minhas têmporas latejam de maneira quase ensurdecedora, mas me obrigo a respirar fundo.

— Ela sabia?

— Quem?

— Rhonda. A prefeita. Ela sabia que você estava espiando Oscar?

— Não — cospe ele, como se eu fosse idiota por perguntar. — Acha que eu *queria* ver uma transmissão ao vivo daquele saco triste enquanto ele assistia a *Bake Off* o dia todo? Não. Mas era melhor que ficar olhando do armário. — Ele estremece. — Oscar Stanley. Que imbecil. Ele achou que Rhonda ia mesmo aprovar leis que o impediriam de alugar casas? Ela estava dizendo às pessoas o que elas queriam ouvir para garantir a reeleição. É isso que a gente faz. Permanece no cargo a qualquer custo. E é meu trabalho garantir que a prefeita não tenha que se preocupar com os detalhes. É isso que me torna o *melhor* assistente. Depois de mais um mandato como prefeita desse inferno de classe média, ela ia se candidatar ao Senado e eu teria estado lá, indispensável. Ninguém me menosprezaria como se eu fosse uma pulga insignificante.

— Você não é insignificante.

— Não tente me bajular. — Ele apunhala o ar com o cano da arma. — A polícia teria ido atrás daquele pai idiota que espancou Oscar. Ele provavelmente teria sido inocentado, mas a essa altura todo mundo teria se esquecido do assassinato de um homem que ninguém conhecia. A polícia de Barnstable não teria ficado motivada a fuçar e arruinar o arranjo conveniente que estabeleceram com Rhonda. Mas você teve que cutucar. E cutucar. E não prestou atenção nos meus avisos, né?

Lentamente me movo para o lado, esperando que ele gire no mesmo sentido para ficar de costas para a escada.

— Você bateu em mim com o livro. Jogou a boia na gente.

Os dedos dele se mexem no gatilho.

— Eu deveria só ter atirado em você e acabado logo com isso.

— Você vai ser pego.

— Ah, eu sei que vou ser pego. A polícia já está me chamando para testemunhar. Rhonda está somando dois mais dois, sem dúvida. E ela vai valorizar o que eu fiz por ela? Para manter a vida dupla dela longe da imprensa? Não. Tenho certeza de que vai aparecer horrorizada na TV. Mas se descobrisse o que eu fiz e eu nunca fosse pego? Aí ela não teria dito nada. Porque política é isso.

Pelo canto do olho, vejo Jude descendo as escadas.

Não. *Não.*

Está claro que não há como argumentar com Kurt. Ele não tem nada a perder.

Eu puxo o máximo de ar que consigo e grito a plenos pulmões:

— Jude! Corre!

MYLES

É um pesadelo que virou realidade.

Deixei um detalhe passar e agora a mulher por quem me apaixonei está pagando o preço.

Minha moto corre tão rápido pela Coriander Lane que os pneus mal tocam o asfalto. Meu rosto fica todo suado, e um abismo se abre no meu estômago. Nenhuma das luzes está acesa na casa quando estaciono lá fora. Por favor, que eles tenham saído para jantar ou ido para algum lugar que o assistente ainda não encontrou. Kurt. Kurt Forsythe. Confirmei seu sobrenome com a polícia de Barnstable, para quem liguei no caminho. Só me lembro de trechos da conversa. Quase não conseguia ouvir a voz do delegado em meio ao rugido nos meus ouvidos. Depois do que Wright confessou sobre a polícia potencialmente fazer vista grossa com a prefeita, parte de mim queria vir sozinho, mas tive que considerar os riscos — e o risco que eu com certeza não posso correr é com a vida de Taylor.

A porta da casa está trancada.

Um olhar rápido pela janela da frente não mostra sinais de vida...

Há um movimento à direita, ao longe. Alguém descendo as escadas para a praia.

— Por favor, que seja Taylor. Que sejam eles.

Salto da varanda e corro na direção da pessoa. É difícil distinguir quem é agora que o sol abaixou, mas, quando estou a uns cinquenta metros, reconheço o cabelo e o físico de Jude. E imediatamente sei que tem algo errado. Muito errado. As mãos dele estão erguidas e ele está balançando a cabeça. É aí que escuto o grito rouco de Taylor e minhas pernas quase derretem.

— *Jude! Corre! Por favor!*

— O que caralhos está acontecendo? Quem é esse cara? — A voz de Jude está aterrorizada. — Abaixe a arma!

Arma. Taylor. Tem uma arma apontada para Taylor.

Minha pele é só uma camada de gelo, meu coração batendo aos trancos e barrancos.

Não. Não, por favor, Deus. Ela não.

Foco. Você tem que ter foco.

Primeira coisa: se tem uma arma na praia, Jude também está em perigo.

— Jude — rosno, sem reconhecer minha própria voz.

A cabeça dele vira e sua expressão horrorizada ameaça destruir qualquer controle que eu tenha — e já não é muito.

— Myles. — Ele se vira sem jeito e tropeça no degrau de trás. — Tem um cara lá embaixo apontando uma arma para Taylor.

Minha pele degela depressa, e agora estou quente. Fervendo. Com o peito queimando. Não. *Não, não, não.* Uma lembrança de Taylor me convidando para comer tacos me pega de surpresa e um som engasgado escapa de mim. Ela ia querer que eu levasse o irmão para um lugar seguro.

— Jude. Venha aqui. Você precisa vir aqui agora e me deixar cuidar disso. A polícia está a caminho.

Ele está incrédulo.

— Não vou deixar minha irmã lá embaixo!

— *Nós* não vamos deixar sua irmã lá embaixo. É claro que não. Mas, se ela achar que você está em perigo, pode fazer algo impulsivo e se machucar.

Jude xinga e seca os olhos.

— Ele vai atirar nela.

Segure-se. Mantenha o controle.

— É um cara baixinho? De óculos?

— É. É, sim.

— Certo. Você vai trocar de lugar comigo, tudo bem? Eu vou falar com ele.

A estática na minha cabeça está tão alta que, quando finalmente ouço as sirenes se aproximando, não faço ideia de há quanto tempo estão tocando. Mas estão perto. Muito perto.

— Jude! *Vai!* — Taylor berra da praia de novo, o grito se misturando com o bater das ondas. — Por favor!

É difícil. Difícil pensar em termos lógicos quando ela está em perigo. Quando ela parece tão assustada que meu coração quer explodir do peito. Quando se trata de Taylor e sua segurança, meu instinto é animalesco. Quero saltar sobre o corrimão da escada e descer a areia correndo em velocidade máxima para derrubar tudo que está entre mim e ela. Mas um comportamento impulsivo pode levar as pessoas à morte. Preciso ficar calmo agora e *pensar*.

O que eu sei?

Primeiro, Kurt obviamente não se importa em ser pego. Há inúmeras casas ao longo da praia, todas elas voltadas para o mar, e o sol ainda não se pôs por completo. As pessoas estão acordadas. Preparando cachorros-quentes. Provavelmente vendo toda essa cena se desenrolar e chamando a polícia. O próprio Jude o viu apontar a arma para Taylor. Kurt está potencialmente desequilibrado. Ele não vai agir de maneira racional.

Segundo, o motivo de Kurt é vingança. Nós prendemos sua chefe, o que custou o seu emprego. Um ou ambos vão ser acusados do homicídio de Oscar Stanley — dependendo do quanto Rhonda sabia sobre os atos de Kurt. Mas eu estava presente quando a polícia interrogou Rhonda Robinson e, a não ser que seja a melhor atriz do mundo, ela não sabia o que o assistente fez para impedir que a Evergreen Corp fosse exposta. Por lealdade.

Lealdade à prefeita.

Dedicação.

Posso usar isso.

Minhas mãos estão tremendo enquanto escrevo uma mensagem para Wright, rapidamente enfiando o celular de novo no bolso de trás.

— Volte para cá devagar, Jude — peço, tentando soar tranquilo, mesmo que meu coração esteja quase saindo pela boca.

— Vamos trazer Taylor de volta a salvo. Você sabe que vou fazer tudo ao meu alcance para isso acontecer.

Jude hesita por mais alguns segundos, então finalmente recua devagar pelos degraus que faltam e se senta no patamar gramado com a cabeça nas mãos. Luzes vermelhas e brancas piscam ao pé da ladeira. Finalmente. Com as sirenes desligadas, como instruído, os policiais disparam pela rua e param em ângulos aleatórios. Wright sai do veículo primeiro e corre até mim, me entregando um megafone e um celular com uma ligação já conectada na tela, os segundos passando depressa.

Com essas ferramentas em mãos, vou para a escada, rezando para que minha aparição não enfureça Kurt — ou o induza a puxar o gatilho. Se ele foi atrás de Taylor, é por causa do papel dela na investigação. Eu também estava envolvido, mais do que ela. Ele nos viu juntos. Escolheu o único de nós que poderia intimidar, mas não duvido que possa usar violência contra Taylor para me fazer pagar pelo meu papel no caso. Claro, ele não faz a menor ideia de como isso me destruiria. A porra do meu coração pararia de bater.

Eu poderia deixar o delegado assumir a liderança aqui, mas não consigo colocar a segurança de Taylor nas mãos de outra pessoa. Não farei isso. Sobretudo porque há uma chance de a polícia estar planejando encobrir as ações da prefeita e, portanto, estar operando com objetivos moralmente questionáveis.

Dou mais alguns passos, e eles entram no meu campo de visão. Kurt. Taylor. A arma. Meu estômago se revira quando vejo minha Taylor com as mãos erguidas, tremendo. Consigo ver daqui que ela está tremendo. Ela parece tão frágil dessa distância; eu vou matar esse filho da puta. Vou matá-lo. Uma fúria fervilhante começa a se infiltrar em meus pensamentos, borrando-os, mas me esforço para continuar calmo. Controlado. Pensando com clareza. Taylor está em perigo.

Nossa vida juntos está em perigo.

Eu achei mesmo que poderia simplesmente me *afastar* dela?

Eu venderia a alma ao diabo agora para dar um abraço nela. Para abraçá-la para sempre.

— Kurt — chamo, o mais calmo possível. — Aqui é Myles Sumner. Lembra de mim?

Ele dá um passo para mais perto de Taylor, como se pretendesse agarrá-la e usá-la como escudo, e ela recua para longe do seu alcance. Boa garota. Ela vê o que eu vejo: que, apesar de ser um assassino, ele não está confiante empunhando a arma. Mal consegue mantê-la erguida. Está usando a outra mão para segurar o cotovelo.

— É claro que eu me lembro de você! — grita ele para as escadas. — Sei de tudo que acontece por aqui. É meu trabalho. Eu sou bom no meu trabalho.

É isso que eu esperava ouvir. Orgulho do seu trabalho. Dedicação ao emprego e lealdade a Rhonda Robinson.

— Taylor está bem?

— Não vai estar por muito tempo. Eu só estava te esperando. Queria que visse isso.

Um nó fecha minha garganta.

É assim que ele vai me atacar. Não pode me enfrentar numa briga, mas pode me derrotar apertando esse gatilho.

— Você não quer machucar a Taylor. — Estou praticamente arquejando quando falo isso, então me esforço para me recompor. — Você não é um assassino, Kurt. Só um cara que faz de tudo e mais um pouco pelo seu emprego.

— Não vou engolir essa psicologia barata.

— Não tem problema, cara. Mas a prefeita precisa falar com você.

— Quê? — Ele abaixa a arma, surpreso, mas a ergue de novo com a mesma rapidez. — Ela não está aqui. Está presa.

Mas agora ele está dividindo sua atenção entre mim e Taylor. Ótimo.

Eu só tenho que continuar distraindo-o até que sua atenção esteja toda em mim e ela consiga escapar.

Levo o celular ao ouvido.

— Prefeita Robinson?

— Sim — responde ela rapidamente, mas com uma exaustão contida. — Eu não sabia nada sobre Kurt. Eu não sabia...

— Wright lhe informou de tudo? — interrompo.

Ela suspira.

— Sim.

— Bom. — Engulo em seco, inspirando e expirando em meio a uma onda de mal-estar. — Por favor. Preciso que você o acalme. Ele está apontando uma arma para a minha namorada. Se alguma coisa acontecer com ela...

— Eu entendo. Não quero que mais ninguém seja ferido. Me deixe falar com ele.

A confiança súbita no tom de voz dela não faz com que eu me sinta melhor. Nada vai fazer até que Taylor esteja fora da linha de fogo. Rezando para um Criador com quem eu não falo há muito tempo, ergo o celular para o megafone.

A voz de Rhonda reverbera até a praia.

— Kurt?

A cabeça do assistente vira bruscamente.

— Prefeita?

Ela não consegue ouvir sua resposta. Ainda não, pelo menos. Mas continua como se o assistente estivesse escutando.

— Eu soube, no dia em que te contratei, que essa foi uma das melhores decisões que já tinha tomado. E você nunca me decepcionou. Jamais. Não há ninguém na minha equipe em quem eu confie mais. Ninguém que acredite mais na minha visão para esse condado e tenha as ferramentas para me ajudar a executá-la.

— Eu tive que fazer aquilo! — grita ele de volta, achando que Rhonda pode ouvi-lo. — Stanley teria acabado com a nossa chance de reeleição.

Eu abaixo o celular e levo o megafone à boca.

— Kurt, a prefeita tem algumas coisas que gostaria de te falar em particular. Só para os seus ouvidos. Posso levar o telefone aí até você?

Eu prendo a respiração. *Vamos.*

Ele está dividido. Sua atenção passa da escada para Taylor e de volta para mim.

— Deixe suas armas aí em cima. Todas elas. Senão vou atirar nela, juro por Deus.

Não.

Não vou deixar isso acontecer, querida. Confie em mim.

— Tudo bem. — Abaixo o megafone e o celular, tirando a arma da cintura e a colocando no chão. Ergo a barra das calças para mostrar que não tenho nada comigo. — Estou desarmado, ok? Vou descer.

Esse cara pode ser intelectual ou sagaz em termos de política, mas é um idiota por me deixar chegar a três metros dele. Só preciso torcer para que ele não perceba isso conforme me aproximo. Segurando o celular no alto como uma oferta de paz, desço os degraus devagar, o coração ricocheteando nas costelas. Kurt não está são. Quanto mais perto eu chego, mais óbvio isso fica. Ele está murmurando consigo mesmo. De vez em quando, mexe a arma no ar entre ele e Taylor, como se quisesse lembrá-la de quem está no controle. A maré pode virar a qualquer segundo.

Por favor, só me deixe chegar até lá.

— Está pronto para falar com a prefeita, Kurt?

— Me passa o telefone.

A maré está alta, então só estou a uns vinte metros deles e continuo a me aproximar aos poucos, triturando as algas e os seixos.

— Você está bem perto da água, cara. Não sei se é uma boa ideia. — *Respire. Respire. Ela está bem ali. Não pense no pavor que ela deve estar sentindo, senão vai perder a cabeça.* — Tive uma ideia. E se você deixar a Taylor subir as escadas e apontar a arma pra mim? Assim eu posso ir até aí e te entregar o celular com segurança.

— Não. De jeito nenhum. Não sei.

— A prefeita me disse que você nunca machucaria uma mulher inocente. Ela tem razão, Kurt. Eu sei que tem. E ela tem bem mais a dizer para você. Só deixe Taylor ir para casa.

— Myles — geme ela, balançando a cabeça.

— Está tudo bem — digo, rouco. Não consigo olhar para Taylor. Não posso, nem para tranquilizá-la. Há uma arma apontada para ela, e eu não estou bem. Quanto mais tempo ela fica na mira desse criminoso, mais rápido minha sanidade se deteriora. — Kurt?

Quando ele aponta a arma para mim, quase desabo de alívio.

— Vai, Taylor.

Ela hesita.

— Vai. *Por favor.*

Chorando, ela começa a correr. Graças a Deus. *Graças a Deus.* Eu não me mexo um centímetro sequer até ouvir os passos dela sumirem nas tábuas de madeira das escadas, até ouvir a exclamação de Jude e a agitação da polícia. Segura. Ela está segura.

Estendo o telefone na mão direita, a palma da esquerda visível.

Um passo, dois, minhas botas afundando na areia.

— Encontramos a mesma arma na praia — digo, fazendo um sinal com a cabeça para a Glock de Kurt, que ele está tendo dificuldade de manter erguida. — Você planejava atrasar a investigação ou nos fazer ir atrás de uma pista falsa?

Ele está encarando o telefone.

— As duas coisas.

— Bem pensado.

— Não me venha com esse papinho — sibila o assistente, com os dentes cerrados. — Me dê o celular.

Assinto calmamente, dando mais um passo lento. Dois.

— Aqui está. É todo seu.

Ele está tão ansioso para falar com a chefe e absorver mais dos elogios falsos dela que se distrai por um segundo. Mas é tudo de que preciso. Jogo o telefone para o alto, e o olhar dele acompanha o aparelho. Minha mão esquerda aperta o pulso da mão que segura a arma, girando-a na direção do mar. Ela dispara — uma bala atirada nas águas escuras, onde não vai atingir ninguém. Taylor, principalmente.

O lembrete de que esse homem pretendia matá-la me faz atacá-lo com um soco mais forte do que eu pretendia, mas o ruído de cartilagem esmagada não é suficiente. Nada jamais será suficiente. Mas só preciso disso para ele desabar como um saco de batata na areia, o celular caindo ao lado de sua mão estendida. Tiro o pente da arma e a jogo na areia, enquanto minha adrenalina despenca. Por completo. Vejo Taylor voando escada abaixo na minha direção, mas estou balançando a cabeça, ainda relutante a declarar a praia livre de perigos para ela.

Mas ela continua vindo, correndo, e nosso corpo colide, os braços dela envolvendo meu pescoço. Ainda estou tão entorpecido pelo medo de perdê-la que nem consigo levantar os braços para retribuir o abraço. Por um longo momento, tudo que consigo fazer é inspirar seu cheiro de maçã, esfregando o rosto no cabelo dela, até que finalmente meus membros voltam a funcionar e eu a aperto, extasiado por ela estar viva. Viva e sem ferimentos.

— Taylor.

— Eu sei. Eu sei.

— *Taylor.*

Ela beija minha bochecha, meu queixo.

— Eu sei.

Estou tentando processar o fato de que quase a perdi, mas ela parece entender sem que eu diga nada. Parece saber que isso teria me matado. Bom, ela vai entender o resto. Tudo o mais são meros detalhes contanto que ela esteja viva. Estou cercado por policiais que querem meu depoimento. Estão tentando acordar Kurt, que está se remexendo. De jeito nenhum vou confiar em qualquer outra pessoa para algemá-lo e levá-lo para a cadeia. Esse homem ia matar a mulher incrível que estou segurando nos braços. A mulher que confiou em mim para mantê-la a salvo. A *minha* mulher. Vou cuidar disso até o fim.

— Dê a sua declaração para eles — digo, beijando a têmpora dela. — Não vou conseguir relaxar até ele estar atrás das grades, provavelmente após ver um médico.

Ela abre um sorriso doce.

— Graças a você.

Encaixo algumas mechas de cabelo sopradas pelo vento atrás da orelha dela.

— Ele apontou uma arma para você. Tem sorte de não precisar de um médico-legista.

Ela sorri para mim, mas algo está estranho.

Por que ela parece… triste?

Os braços caem do meu pescoço, e suas mãos se enfiam nos bolsos de trás do short.

— Obrigada. Pelo que você fez. Trocar de lugar comigo e… tudo o mais.

— Você não tem que me agradecer.

Depois de um segundo, ela assente.

— Eu sei. Você estava fazendo seu trabalho.

Mas que caralhos…?

— Você é mais que um trabalho.

Ela assente, como se esperasse que eu dissesse isso. Mas acho que ela não está entendendo. Preciso explicar direito para ela.

— Taylor...

— Sumner! — grita Wright. — O delegado tem umas perguntas...

— Um minuto! — rosno por cima do ombro, antes de encarar Taylor de novo. — Ei. Escute o que estou dizendo. Mesmo quando achei que esse caso estava resolvido, eu não consegui ir embora. Eu quero isso aqui. Nós dois. Preciso de você. Escutou? Estou cansado de fugir. Agora eu só fujo se for com você.

— Uau — diz Wright ao meu lado. — Que poético, cara. — Ele funga. — Ah, porra. Preciso ligar para minha ex-esposa.

— Some daqui — resmungo.

— Desculpa, desculpa.

Quando estamos sozinhos de novo, Taylor ainda parece meio resignada, e, Jesus, estou começando a entrar a pânico.

— Você só se sente assim agora, Myles, porque passamos por algo assustador juntos. — Ela aperta meu braço. — Mas amanhã ou depois vai se lembrar de todos os motivos pelos quais isso não pode funcionar, como me disse antes, e vai ter razão...

— Não. Eu fui um imbecil, Taylor. Falei aquelas coisas por raiva e medo.

Esse não deveria ser o final feliz? O cara salva a garota, eles se beijam e se afastam juntos em direção ao pôr do sol? Não era para a garota dizer *não, não, estou bem, obrigada*.

Isso não pode estar acontecendo.

— Era para eu ter vindo aqui. Era para ter conhecido você. A estrada estava me trazendo até *aqui*. Até você. Entende? — Lá vamos nós. A última barreira cedeu. Estou exposto. — Você me fez lembrar que eu amo Boston, porque me lembrou como é ter uma casa. Me fez ligar para o meu irmão, porque me lembrou como é sentir o amor. Você fez isso. Eu não vou me afastar de você. Vamos lutar até acharmos um jeito, Taylor. Fim de história. Você não vai me afastar. Eu vou te levar para conhecer a minha família. Vou te dar tudo a que você tem direito. — Aperto o rosto dela. — Por favor, me deixa fazer isso.

Todo mundo está ouvindo.

Há uma multidão de policiais e detetives atentos a cada palavra que estou dizendo. Tenho quase certeza de que Kurt está interessado no desfecho e a prefeita ainda está escutando do outro lado da linha. Mas pergunte se eu me importo. Se eu me importo quando estou realizando minha própria cirurgia de peito aberto e essa mulher — sem a qual não posso mais viver — ainda parece em dúvida.

— Você já nos superou. Dá pra ver — digo. Me mata reconhecer isso em voz alta. — Você já desistiu de mim. Ok. Diga que sente algo por mim e eu vou dar um jeito de te reconquistar. Vou fazer tudo que for preciso.

— É claro que sinto algo por você — sussurra ela.

Nossa plateia solta um suspiro coletivo de alívio.

Nada se comparado ao meu. É como se eu tivesse ido do fundo do mar para a superfície.

— Graças a Deus — digo, numa exalação trêmula, me inclinando para beijá-la.

Os olhos dela, no entanto, ainda estão anuviados. Ela precisa de mais que palavras. Passei todo o nosso tempo juntos falando que não me comprometo com nada nem ninguém. Só ações vão convencê-la.

Tudo bem.

Entrei nessa pra valer — e ela não vai duvidar disso por muito tempo.

Capítulo 22

TAYLOR

— O que ele está fazendo? — pergunto, olhando para a frente da nossa casa alugada.

Estamos com as coisas arrumadas, prontos para partir, as malas perto da entrada.

Estávamos nos preparando para colocá-las no porta-malas do carro quando avistei Myles do outro lado da rua, sentado na moto. Era como se... estivesse esperando? Com o capacete no colo, os braços cruzados sobre o peito largo. Uma mala de mão presa na garupa.

O que ele está *fazendo*?

Está esperando para se despedir?

De jeito nenhum vou fazê-lo se ater às promessas que fez ontem à noite. Eram palavras encharcadas de adrenalina e medo. Promessas influenciadas por seu senso protetor em relação a mim e porque eu estava em perigo. Agora que o sol nasceu, tenho certeza de que ele voltou à sua mentalidade de caçador de recompensas. Trabalhos rápidos, sem compromisso. É isso que ele quer. Se não se apegar, não tem como se machucar.

— Será que não é melhor você falar com ele? — sugere Jude.

Eu poderia fazer isso. Deveria.

Só não sei se estou preparada para dizer adeus. Porque, apesar de todo o meu esforço, as coisas que ele disse para mim ontem à noite com aquela voz apaixonada... podem ter me dado um pouquinho de esperança. Uma esperança perigosa e idiota. *Ignore.*

— Vamos logo. Quero fugir do trânsito.

Ergo minha mala, hesito por um instante e depois abro a porta. Quando Jude passa por mim, fecho-a e tranco tudo, deixando a chave para Lisa sob a grande estrela-do-mar de cerâmica na varanda. A caminho do carro, franzo a testa para o motoqueiro do outro lado da rua.

— Bom dia! — grito, estendendo a mala para Jude colocar no bagageiro. — Estamos saindo antes que fique com trânsito. Para voltar a *Connecticut.*

Ele assente para mim. *Assente.* Mas não diz nada.

Então coloca o capacete e liga a moto com um rugido.

Hum. Então ele não vai nem se despedir? Talvez a gente esteja facilitando as coisas ao se separar sem nenhum pedido de desculpas constrangedor ou mentiras de que vamos manter contato. Tudo bem. Seguirei o seu exemplo. Não importa que meu coração esteja murchando como uma uva deixada na vinha por tempo demais.

Aumento o volume do rádio e dou ré na entrada de carros, minhas sobrancelhas se juntando quando Myles nos segue pelas três curvas seguintes. É só uma coincidência. Estamos ambos nos dirigindo para a estrada, óbvio.

Quando chegamos lá, Myles pega a mesma saída. Na mesma direção.

Mal deixa espaço entre nós para outros carros mudarem de faixa.

Eu mudo de faixa, ele muda de faixa.

— Ele está me *seguindo*?

Meu irmão solta uma gargalhada.

— Você demorou pra entender, hein.

— Até Hartford? Ah, não. De jeito nenhum.

— Até a sua porta, Taylor. Você *sabe* que é isso que está acontecendo. — Jude se vira no assento para observar Myles pelo vidro de trás, sorrindo de orelha a orelha. — Você precisa admitir que é romântico, vai.

— Não — digo, sem fôlego. — Não é!

— Ele se sacrificou por você na praia ontem à noite e agora está literalmente te seguindo até sua casa. — Jude baixa a voz e fala com um sotaque australiano, como se estivesse narrando algum programa do Discovery Channel: — Isso parece ser um tipo único de ritual de caçadores de recompensas, Taylor. Seja grosseiro com sua parceira em potencial o máximo possível, depois se case com ela quando ela menos esperar.

Ai, meu Deus. Chego a estremecer um pouco. Aquele fiapo de esperança que ele acendeu dentro de mim ontem à noite está crescendo… e isso é perigoso. A ideia toda é perigosa e estúpida.

— Não é isso que está acontecendo aqui. Ele só está garantindo que eu não tropece no caminho de casa e aterrisse no colo de um *serial killer* ou algo assim.

— Ninguém vai te matar… mas alguém vai te namorar.

Aperto o volante com mais força.

— Ele mudou de ideia rápido demais. Se vier para ficar comigo, vai se arrepender disso em algum momento.

— Você o conhece melhor do que eu, mas ele não me parece um cara que muda de opinião assim.

— Não. Não muda. — Mordo o lábio, os olhos toda hora vagando para a figura gigante de capacete. — Mas ele ainda tem um monte de problemas não resolvidos com a família.

— Todo mundo nessa via expressa tem problemas não resolvidos com a família — responde Jude, sem pensar duas vezes. — Você não disse que ele ligou para o irmão?

— Sim. Porque eu o lembrei… lembrei de…

— Você o lembrou de como era sentir o amor.

— Foi a adrenalina falando.

Jude está louco para discutir comigo, mas passamos os minutos seguintes em silêncio — quebrado apenas pelo ronco da moto atrás de nós.

— Escuta, estou do seu lado, T — diz meu irmão, finalmente. — O que você quiser fazer, eu te apoio. Se quiser parar no acostamento e falar para ele dar no pé, é o que a gente vai fazer.

Fico com dificuldade para engolir.

— É isso que quero fazer. É para o próprio bem dele. Ele tem um senso de responsabilidade equivocado em relação a mim e eu vou libertá-lo disso.

— Beleza, legal. Então vamos fazer isso. — Jude semicerra os olhos para ler uma placa se aproximando na estrada. — Encoste em algum lugar para eu poder comprar um café.

Depois de um tempo na rodovia, avisto um McDonald's e pego a saída. Esperando para ver se Myles vai me seguir, minha boca fica seca e minha pulsação dispara. Não há como confundir o alívio que toma conta de mim quando ele vem atrás da gente.

Certo. Eu consigo fazer isso. Consigo ser forte, arrancar o Band-Aid e fazer o melhor para mim mesma e para Myles. Definitivamente não vou ficar ainda *mais* apegada a esse homem só para ele ir embora daqui a um ou dois meses, cansado dos meus acessos de choro e da minha pão-durice. Isso me deixaria arrasada. Eu só o conheço há cinco dias, e a ideia de nunca vê-lo de novo já é quase insuportável. Como seria depois de semanas? Meses?

Não. Eu não vou pagar para ver.

Quando entro no estacionamento do McDonald's, Jude se vira para mim.

— Quer que eu fique enquanto você fala com ele?

— Não. Eu consigo fazer isso sozinha. — Respiro fundo. — Traz um café gelado para mim, por favor. Vou precisar.

— É, isso é fato.

Não tenho a chance de perguntar ao meu irmão o que ele quis dizer com essa declaração agourenta, porque Myles estaciona a moto na vaga ao meu lado, desliga o motor...

E tira o capacete, jogando a cabeleira suada para trás, os bíceps se flexionando enquanto ele o encaixa no guidão. Ele ergue a bainha da camisa, enxugando o suor da testa e brevemente expondo o abdômen musculoso. Os sulcos definidos seguem os movimentos dele, cobertos por uma leve camada de transpiração. *Ai, meu Deus.*

Quando minha visão de Myles perde a nitidez, percebo que minha respiração está embaçando a janela.

Balanço a cabeça para me recompor e saio do carro, minhas pernas subitamente gelatinosas. Aperto as mãos na altura da cintura e endireito a coluna, como se estivesse me preparando para falar numa reunião de pais e professores.

— Myles, isso realmente não é necessário...

A mão grande dele pousa no meu quadril, me interrompendo. Me queimando através do vestido.

— Vem cá — diz ele numa voz baixa, me puxando para si. — Gostei do que você está usando.

— Ah. — O lado direito do meu quadril encontra o interior da coxa dele, e um arrepio quente me percorre, abrindo um caminho de fogo pela minha barriga até meus dedos dos pés. — Eu... hum... Obrigada, mas...

— Não são roupas de férias, são? São suas roupas do dia a dia.

— Exato.

Ele se inclina para espiar meu decote, tão perto que posso praticamente sentir o sal do seu suor. Meus mamilos endurecem na mesma hora. Rápido e dolorosamente. Então, ele pergunta:

— O que é isso? São pequenas pérolas costuradas no decote?

Aquele tom gutural sussurrado no meu ouvido quase me faz montar na sua coxa grande e forte, escandalizando o estacionamento do McDonald's.

— Eu... sim. Acho que são.

— Humm. — Ele agarra o tecido do vestido e puxa delicadamente, até que meus peitos estão a centímetros do dele. — Devo esperar você com vestidos recatados assim o ano todo?

Não entendi a pergunta.

Estou ocupada demais contando os pelos da sua barba. Até as orelhas dele são atraentes. Por que nunca parei para reparar nas *orelhas* dele? O calor emana dos seus ombros largos na minha direção, obrigando-me a fechar as mãos com força para evitar fazer algo desaconselhável, como traçar a saliência do peitoral dele ou afastar seu cabelo do rosto.

— O que você está pensando não está estampado na sua cara de forma alguma, Taylor — diz ele, irônico.

— Ótimo — respondo depressa. Até que as palavras penetram na minha cabeça. — Quer dizer... Quê?

Ele aproveita que está segurando o meu vestido para me puxar mais para perto, encostando a boca no meu ouvido.

— Você é linda, querida. Linda pra caralho.

— Entendi. — Estou tremendo, tentando conter as lágrimas. — Mas você não pode continuar me seguindo, Myles.

— Taylor. — Ele captura minha boca em um beijo longo e bruto. — Eu vou continuar te seguindo.

— Ah. — Encaro sua boca perfeita e única, me perguntando de que forma posso saboreá-la um pouco mais. Sem me comprometer com nada, claro. Essa situação toda é absurda. — Bem, acho que podemos conversar sobre isso em Connecticut e você pode ir embora depois.

— Podemos conversar sobre isso onde você quiser, mas eu não vou embora.

Por que a vontade de subir no colo dele permanece mesmo ele sendo tão obstinado?

— Você sempre foi teimoso assim?

— Sim. Só não com as coisas certas.

— Como assim? — murmuro, o coração galopando. *Pare de galopar. Por favor.*

— Eu deveria ter sido muito menos teimoso quando estava afastando a melhor coisa que já aconteceu comigo. — A voz dele ressoa com sinceridade e arrependimento. — E mais teimoso até garantir que ela fosse minha.

— Eu n-não sou sua propriedade.

— *Eu* sou. Eu sou sua propriedade. — Os lábios dele roçam minha mandíbula. — Por dentro e por fora.

— Humm — gemo, envergonhada, gravitando para mais perto apesar dos meus esforços, mordendo o lábio para conter outro barulho humilhante quando meus peitos encostam no peitoral forte dele. — Agradeço por tudo isso. Por você... dizer essas coisas. Coisas legais. — Ai, meu Deus. Seja coerente. Você é professora. — Só estou preocupada que você esteja querendo entrar rápido demais nesse relacionamento e que mais tarde se arrependa de ter sido precipitado.

O sorriso súbito dele me deixa sem palavras.

— Você chamou de relacionamento.

— Não foque nessa parte.

— Estou focado como um laser, Taylor. — O sorriso dele diminui e se torna uma expressão séria. — Nós vivemos mais em cinco dias do que a maioria das pessoas vive em um ano. Conhecemos as forças, fraquezas, os medos e sonhos um do outro. Depressa. E eu sou atraído por tudo em você. Tudo que te faz ser a Taylor. Graças a Deus você também se sente atraída por mim, ou não estaria quase sentada no meu colo no meio do estacionamento de um McDonald's. Dá um tchauzinho para aquela família fofa, meu bem.

Com uma careta, eu me viro e vejo uma família com cinco integrantes carregando um monte de McLanche Feliz e se apressando até sua caminhonete do outro lado do estacionamento. A mãe está cobrindo os olhos do filho mais novo e balançando a cabeça para mim.

— Tem hora e lugar pra isso, pessoal! — grita.

— Perdão! — Eu me afasto um pouco de Myles, alisando os novos amassados no meu vestido, e ele ri baixinho. — Como eu estava dizendo...

Eu *estava* dizendo alguma coisa?

Ainda há um quê de sorrisinho na boca de Myles, e tanto afeto em seus olhos que sinto um tremor no lábio se aproximar.

— Estou indo com você, Taylor. Para a sua casa. — Ele corre os dedos pelo cabelo. — Talvez no momento um relacionamento pareça loucura para você. Talvez você precise me ver lá para acreditar que está acontecendo. Que *nós* estamos acontecendo.

— Você acha que se eu te vir na minha cozinha... vou ficar mais inclinada a acreditar que isso pode funcionar.

— Já é um começo.

— Talvez você só esteja tentando me levar para a cama.

Ele ri sem humor.

— Eu preciso tanto de você na cama que mal consegui fechar a calça hoje de manhã.

— Uau. — Jude para ao meu lado, balançando meu café gelado até eu pegá-lo. — Realmente sinto que participei intimamente de todo esse processo. Mas estou quase pronto para me retirar.

Com o rosto ardendo, eu me atrapalho com a mão livre em busca da maçaneta do lado do motorista.

— Acho que a gente se vê em Connecticut, então.

— Pode apostar — diz Myles, pondo o capacete de volta.

Jude acena com seu café.

— Por favor, me deixe em casa primeiro.

Já está funcionando.

Só de ver Myles estacionando em uma das vagas para visitantes do meu condomínio, sinto que tudo entre nós é real. Ele está aqui. Não é fruto da minha imaginação. Claro, assim como acontece em todo lugar aonde vai, Myles domina o ambiente. As pessoas no estacionamento, os carros... tudo fica pequeno em comparação. Mas ele não parece notar nada além de mim. Cruza o espaço na minha direção, sua mala de mão jogada sobre o ombro forte, a determinação endurecendo cada linha do seu corpo — e eu já consigo me sentir cedendo. Nem *entramos* em casa ainda.

— Então... — Começo a tirar minhas coisas da mala do carro, mas ele faz isso por mim. Com um dedo. Eu deveria ficar impressionada? Porque fiquei. — Obrigada. Então... — Aceno as chaves na direção do estacionamento de visitantes. — É aí que você estacionaria.

— Estacionaria.

— Aham.

Vou na frente dele, destranco o portão e subo um lance de escadas até meu apartamento. E só deixo as chaves caírem duas vezes porque ele está comendo a minha bunda com os olhos. Também as deixo cair para adiar o momento em que esse caçador de recompensas colossal vai entrar no meu apartamento com decoração *boho-chic* com suas botas com ponteira de aço e lembrar que não temos nada em comum... e então ir embora. De volta à sua vida nômade, sem compromissos.

— Precisa de ajuda para abrir a porta, Taylor?

— Não, eu consigo.

— Suas mãos estão tremendo.

— Estou com frio.

Ele faz a gentileza de não ressaltar que estamos no meio do verão e que está fazendo vinte e sete graus. Finalmente, consigo abrir a porta e ele me segue para dentro de forma que eu possa fechá-la. A casa está bem iluminada pelo sol, então não preciso ligar nenhuma lâmpada. Só mexo no termostato, fazendo o ar circular.

— Taylor.

— Sim?

— Olhe pra mim. — Faço o que ele pede, vendo-o deixar minha mala no chão, seguida pela dele. Lentamente. — Esse sou eu, dentro da sua casa.

Meu coração idiota quase sai pela boca. Só consigo assentir.

Ele tira as botas. Cruza a sala até mim e segura minha mão, me levando para a cozinha.

— Esse sou eu perto da sua geladeira. — Ele bate os nós dos dedos no eletrodoméstico e me dá um sorrisinho. — Vou passar muito tempo aqui. — Minha risada sai esganiçada. Ele se abaixa, estuda meu rosto atentamente, então abafa o som com um beijo longo. — Vou cozinhar para você.

— Quando estiver aqui?

— O que quer dizer com isso? — pergunta ele, paciente, me encarando.

Quase como se *quisesse* que eu faça perguntas.

— Quer dizer... você passaria muito tempo na estrada — digo, umedecendo os lábios. — Trabalhando. Você não disse que às vezes os serviços levam semanas? Portanto, cozinharia nas ocasiões pouco frequentes em que *estivesse* aqui.

Ele solta um murmúrio baixo.

— Bem lembrado. Acho que vou ter que parar de caçar recompensas, então.

Devo ter ouvido errado.

— Desculpe. Quê?

— Vou ter que parar de caçar recompensas — diz ele, afastando meu cabelo. — Não vou passar semanas inteiras longe de você, Taylor. Nem fodendo. Quero estar aqui. Com você.

— Mas...

— Mas o quê? Acha que estou entrando nessa sem pensar ou me preparar? — Ele apoia o braço na geladeira, em um ponto em cima da minha cabeça, a mão livre brincando com as pontas do meu cabelo. — Você se lembra da empresa de investigação particular que eu planejava abrir com meu irmão? Passamos a noite discutindo os detalhes. Ele vai administrar a parte de Boston e eu vou encontrar um escritório e trabalhar daqui. Vamos cobrir uma área maior dessa forma. Ele já contratou alguns detetives aposentados que querem voltar à ativa.

Cada centímetro do meu corpo está zumbindo. Minha pele está toda arrepiada. Mal consigo respirar.

— Você... então você está mesmo...

— Me mudando para cá. — Ele inclina a cabeça. — Achei que estivesse claro.

— Você deixou vários detalhes de fora da história — digo, meio engasgada.

— Imaginei que chegaríamos a eles em algum momento. — Myles desce as mãos até a minha cintura, apertando com força. Ele faz um barulho que vem do fundo da garganta. — Me mostre o resto da casa.

— Hum. O que mais quer ver?

Os seus lábios se curvam.

— Que tal o banheiro?

— Tudo bem.

Deslizo entre Myles e a geladeira, minhas pernas trêmulas enquanto caminho pelo corredor até chegar ao banheiro e acender a luz.

Gesticulo para ele entrar, e ele obedece, mas me puxa junto e me posiciona diante da pia, olhando para o espelho do armário de remédios, e fica atrás de mim.

— Esse sou eu no seu banheiro — diz para o meu cabelo, a ponta dos dedos subindo e descendo pelos meus braços nus. — Consegue nos imaginar escovando os dentes juntos aqui de manhã?

Inclino a cabeça, considerando. Como se não quisesse gritar que sim.

Como se não estivesse a um milissegundo de me lançar nos braços dele e não soltar nunca mais.

Como não respondo de imediato, ele se reclina e tira a camisa.

— Que tal agora? Assim é mais preciso, já que eu durmo pelado.

Cérebro derretido.

— Dorme?

— Você também vai dormir, Taylor. — Ele se abaixa e pressiona o corpo ao meu, aquela sua parte dura separando minha bunda através do tecido do vestido. Ambos gememos, dois pares de mãos agarrando a beirada da pia. — Se dividirmos uma cama... e por "se", quero dizer "quando"... você vai estar exausta demais para usar qualquer coisa fora os arranhões da minha barba e o lençol. — Ele me ergue, me deixando na ponta dos pés, o hálito quente no meu pescoço. — Como está me visualizando agora, querida? Está começando a parecer real?

— Começando. Sim.

Observo o rosto de Myles no espelho e vejo a explosão de alívio. A respiração dele estremece como se estivesse prendendo a respiração desde o estacionamento.

— Graças a Deus. Já é alguma coisa. — Ele me vira para que eu o olhe. — Sei que isso está acontecendo depressa, Taylor. Vou alugar um apartamento aqui perto para não te assustar muito. Estou sendo insistente demais? Você pode me chutar daqui de noite. Mas estarei aqui o máximo que me quiser. E aí, um dia, vamos misturar suas almofadas com franjas com minhas coisas de homem prático e teremos uma casa só. A nossa casa. Quando você estiver pronta.

De jeito nenhum vou deixá-lo alugar um apartamento, mas não chego a ter oportunidade de falar isso para ele — porque sua boca está na minha, e ele está me empurrando para fora do banheiro, pelo resto do corredor até o meu quarto, acompanhando meus passos. Antes de desabar na cama com Myles em cima de mim, ele interrompe o beijo e ergue a cabeça, olhando para o quarto. Respirando fundo. Sentindo o cheiro do quarto, depois cheirando meu pescoço.

— Maçã.

Eu me inclino e esfrego o nariz no pescoço dele.

— Suor.

A risada profunda dele me faz estremecer.

— Melhor eu mudar isso.

— Não. — Eu o deixo tirar meu vestido por cima da cabeça. — Eu gosto.

Ele solta a frente do meu sutiã, abrindo-o com um grunhido e apertando meus peitos, a cabeça se inclinando para a frente como se estivesse desesperado para tocá-los.

— Você devia gostar mesmo. Você é o motivo de eu estar suando o tempo todo.

— Eu?

— É, você — diz ele, rouco. Então para de acariciar meus mamilos com os polegares. — Esse sou eu no seu quarto, Taylor. Consegue me imaginar aqui?

— Consigo — sussurro, completamente sem chão pelo que sinto por esse homem. Como é possível que ele não estivesse na minha vida uma semana atrás? Agora que estou me permitindo acreditar que isso é real, uma emoção esmagadora me faz engasgar. — Consigo te imaginar aqui, sim.

Ele fecha os olhos por um momento, o peito subindo e descendo dramaticamente.

— Ótimo.

Em um instante, minhas costas são pressionadas contra o colchão e seu corpo forte e pesado desce sobre o meu, nossa boca se movendo freneticamente uma contra a outra enquanto ele abaixa minha calcinha até o meio da coxa e então os joelhos, onde eu engancho o dedão no elástico e a puxo para baixo completamente. Nossas mãos colidem num esforço de abrir a calça jeans de Myles, meu âmago pulsando por ele. Precisando dele. Chorando depois de tanto tempo sem ele.

— Tá molhada, amor? — pergunta Myles entre beijos frenéticos, seu pau duro finalmente na palma da minha mão, à espera.

Então, a mão dele assume, no meio de uma carícia.

— Sim — digo, ofegante. E aí ele entra em mim com uma investida potente, gritando meu nome no meu pescoço enquanto o meu grito do nome dele ressoa pelo quarto escuro, a cabeceira da cama rangendo ao se afastar da parede. — *Myles!*

Preciso que ele se mova. Que me domine. Que me dê uma folga dessa tensão que ele causou. Mas ele ergue meu queixo e me olha nos olhos em vez disso, o amor estampado em suas feições. Bem ali para eu presenciar. Sem esconder nada.

— Esse sou eu no seu corpo, Taylor. — Os quadris dele se movem para trás e para a frente, fundo, mais fundo que antes. — Você me sente aqui? — pergunta, rouco, erguendo meus joelhos em direção aos travesseiros.

— Sinto — falo, quase sem ar.

E por ele ter estado vulnerável, por ceder tanto terreno para me fazer acreditar, puxo a testa dele até a minha e dou o maior salto de todos — o emocional — para encontrá-lo no meio do caminho.

— Esse é você no meu coração — digo, a voz trêmula. Beijando-o suavemente. Uma, duas vezes. — Você se sente lá?

— Sinto — diz ele, engasgado, os olhos estranhamente úmidos. — Me mantenha aí, tá bem?

— Não tem como te tirar. Nem quero.

Obviamente comovido, ele arrasta meu corpo para cima e para baixo na cama, metendo naquele ritmo forte que criamos juntos, os membros entrelaçados, nossos gemidos lançados ao ar.

— Você também está dentro de mim de vez, Taylor — diz ele para o meu pescoço, logo antes que o prazer me domine. — Desde o primeiro segundo que te vi até o último segundo que eu viver. Fique comigo. Me deixe provar isso para você.

Epílogo

MYLES
Dois anos depois

Inspire. Expire.

Expanda o diafragma.

Passei horas da minha vida babando na minha namorada enquanto ela fazia ioga no chão do nosso apartamento e parece que absorvi algumas técnicas de relaxamento. Então por que nenhuma delas está me ajudando a ficar calmo, cacete? Estou tão nervoso que meu estômago está colado à porra das minhas costelas.

Ando de um lado para outro na frente da porta, puxando a gravata no pescoço. Talvez não devesse ter usado gravata. Nunca uso esses troços malditos. Ela vai saber que tem algo diferente. No meio de um puxão, paro diante do mural de fotos na parede. Toda vez que entra na nossa casa — um apartamento espaçoso no primeiro andar de um prédio geminado em Boston —, paro para olhar para ela. Para tudo que fizemos juntos ao longo dos últimos dois anos.

No canto superior direito, há uma foto que Jude tirou naquela primeira semana em Cape Cod, nós dois alheios ao fato de que fomos pegos nos encarando, apaixonados, enquanto comíamos burrito no café da manhã. Um pouco para baixo, estamos num jogo dos Celtics com minha família e Taylor está vaiando o árbitro depois de literalmente uma cerveja. Uma. É a minha foto favorita. Ou talvez minha favorita seja aquela em que estamos arrumando a mala dela em Connecticut e nos preparando para nos mudar para Boston. Taylor estava tentando abrir uma garrafa de champagne no para-choque do carro dela, mas ela não conseguia e eu capturei sua boca aberta numa risada.

Meu Deus. Eu amo minha namorada.

Faria tudo por ela e sei disso. Todo segundo é um paraíso.

Tenho medo de imaginar a vida sem Taylor. Talvez seja por isso que sempre paro na frente do mural. Para me lembrar de que nosso relacionamento é de verdade. Que, quando a empresa de investigação particular precisava de mim em Boston em tempo integral, ela concordou em se candidatar a vagas de professora por lá e se mudar comigo. Sem contar hoje — e o dia em que ela foi feita de refém —, pedir a Taylor que se mudasse para Boston foi o momento em que mais fiquei nervoso na vida. E se ela dissesse não? E se eu não tivesse feito o suficiente para provar que vou ser o homem dela até o fim da minha vida?

Ainda consigo me lembrar daquela tarde. Mostrei para ela o apartamento que eu queria comprar para nós no meu laptop, começando a argumentação pelo fato de que Jude teria o próprio quarto, para sempre que conseguisse nos visitar. Apresentei panfletos de várias escolas de ensino fundamental, esperando que alguma parecesse atrativa para ela. Teria ficado em Connecticut, sem sombra de dúvida, se ela se recusasse a se mudar, mas por sorte isso não aconteceu. Ela se apaixonou pela minha família, tanto quanto eles por ela, e queria ficar mais perto. *Acho que Jude precisa de espaço, de toda forma*, ela falou. *Eu topo uma aventura, se você estiver comigo.*

Como se eu fosse estar em qualquer outro lugar.

"Feliz" nem começa a descrever como essa mulher me deixa. Estou grato. Estou pasmo, para ser sincero. Finalmente consigo ver um futuro que não está ofuscado pelo passado. E nunca vou passar um dia sem ela. O que me leva à caixinha no meu bolso e ao anel de noivado dentro dela. Quando fomos morar juntos, dois anos atrás, eu estava com pressa. Queria dar a Taylor tudo com que ela sempre havia sonhado — imediatamente. Uma aliança. Filhos. Ironicamente, foi Taylor quem acabou desacelerando nosso ritmo. *Conheci alguém com quem quero passar um tempo. Vamos aproveitar um pouco.*

Ela disse isso enquanto eu estava no Google procurando "o que é um anel com lapidação princesa".

Ainda bem que não comprei, porque ela gosta mais daqueles diamantes quadrados e boleados nas pontas, estilo *cushion*. E o fato de que sei de cor tipos de aliança de casamento pode dar uma dica do quanto sou realmente louco por essa mulher. Será que ela vai dizer sim?

Ela vai dizer sim, não vai?

Meus joelhos quase cedem ao som de uma chave sendo enfiada na fechadura. Dou um soquinho na parede da sala de estar para aquietar todos esperando do outro lado. O silêncio se instala abruptamente, exceto pelo barulho dos saltos de Taylor quando ela entra no apartamento.

Ah, Jesus. Olhe só ela. Indescritivelmente linda.

Por que ela tinha que usar o vestido rosa-claro hoje?

Nunca consigo pensar direito quando ela usa esse negócio.

— Está em casa? — Sorrindo na minha direção, Taylor joga o casaco no gancho da parede. — Achei que tinha reuniões o dia todo. É por isso que está de terno?

Ela começa a cruzar a entrada, mas para de repente, apontando para o vestido, que só agora reparo que está com manchas verdes na frente.

— A turma de artes ficou empolgada. Não posso te abraçar, senão vou manchar seu terno.

— Não me importo — balbucio.

Faria tudo por ela mesmo. Consigo ouvir meu irmão revirando os olhos daqui.

— Não! Você vai ter que mandar para a lavanderia. Além disso... — Ela me lança um olhar longo e relaxado da cabeça aos pés e envia uma boa parte do meu sangue para baixo. — Você deveria ficar com ele um pouco. Lembra de quando você fingiu me interrogar? O terno poderia tornar a cena mais verossímil...

— Taylor — eu a interrompo depressa, quase certo de que ouvi uma risada abafada do outro lado da parede da sala. — Por que você não vai se trocar e eu...

— Ah, eu tenho uma ideia melhor. — Para meu prazer e horror simultâneos, ela põe as mãos atrás das costas e abre o vestido rosa, deixando-o cair no chão. — Problema resolvido. — Ela sai do vestido em um movimento sedutor, correndo os dedos para cima e para baixo nos peitos. *Jesus Cristo*. Minha língua fica inútil na boca. — Agora posso te abraçar o quanto quiser.

É, simplesmente não tem jeito de impedir meus braços de se abrirem quando ela está vindo na minha direção. É um impulso profundamente enraizado que nunca vai sumir. *Lá vem a Taylor. Abra os braços. Traga-a para o mais perto possível e a mantenha aí.*

Ainda assim, há a questão urgente de que sete pessoas estão esperando na sala para testemunhar meu pedido de casamento. Caralho, eu queria fazer isso numa caminhada no nosso parque favorito, mas meu irmão me convenceu de que ela gostaria de ter amigos e família presentes. De que ela iria querer fotos. Agora ela está de sutiã e calcinha e eu já estou ficando duro. É a última vez que dou ouvidos aos conselhos de Kevin.

— Escute, querida. Tem algo acontecendo aqui.

— Eu sei. — Rindo, ela esfrega a barriga no meu pau. — Dá pra sentir.

— Certo, tem *duas* coisas acontecendo aqui.

Ela está com a mão na minha gravata, me puxando para um beijo, e eu dou, porque não tenho forças para recusar. Não quando sua boca é tão macia, e ela está excitada, e brincalhona, e perfeita. Seria inapropriado levá-la lá para cima por uns quarenta e cinco minutos ou algo assim antes de fazer o pedido, ou...?

É, nem pense nisso.

Reunindo toda a minha força de vontade, interrompo o beijo. Enquanto ela me observa confusa, eu tiro o paletó e o envolvo nela... Bem na hora em que meu irmão sai da sala, jogando um camarão na boca.

— Bora lá. Mãos à obra.

Taylor grita e se esconde contra o meu peito.

Meu irmão nota o vestido no chão e explode numa risada.

— A lua de mel vem *depois* do pedido, vocês sabem, né?

— O que está acontecendo? — pergunta Taylor, arquejando, praticamente me escalando para se esconder. Eu a bloqueio da melhor forma que posso, mas não consigo fazer nada quanto aos espelhos na parede. Ou o fato de que as pernas dela são tão lindas e chamam tanta atenção que deviam ser ilegais. — Por que... Achei que estávamos sozinhos...

Minha mãe e meu pai também aparecem, parando à porta. Assim como Jude. E o marido de Kevin. E o sr. e a sra. Bassey levam um momento para se juntar aos outros, é claro, chegando à mesma conclusão que todo mundo: que estávamos prestes a fazer amor com sete pessoas esperando na sala de estar. E não sei bem se isso é mentira. Maldito seja esse vestido rosa.

— Então ela disse sim? — pergunta o pai de Taylor, nos encarando através dos óculos.

— Com certeza não parece que foi um não — responde a sra. Bassey, como se estivessem conversando sobre uma das instalações artísticas que eles tanto amam.

Meu pai me dá tapinhas nas costas.

— Parabéns, filho.

Isso não está acontecendo. Tive pesadelos sobre esse pedido dar errado, mas nem nos meus sonhos mais loucos imaginei que poderia se tornar um desastre dessas proporções.

— Ainda não fiz o pedido — digo por cima dos ombros, com os dentes cerrados. — Será que todo mundo pode calar a boca e me deixar tentar salvar esse momento?

Antes que as coisas possam piorar, antes que ela se recuse a se casar comigo e eu tenha que me jogar na frente de um carro, eu me inclino e embrulho Taylor com mais segurança no paletó, garantindo que ela esteja coberta do pescoço ao meio da coxa. Depois tiro do bolso a caixinha da aliança e me ajoelho, minha pulsação parecendo ecoar na sala toda.

Com os olhos cheios de lágrimas, ela olha para mim e dá uma risada embargada.

Ela vai dizer sim.

Com esse único som de alegria, ela entende, e eu sei que tudo vai ficar bem.

Que vamos ficar juntos para sempre.

Mas ela ainda precisa ouvir o que eu tenho a dizer, no caso de eu não ter declarado meu amor o suficiente nos últimos dois anos. Spoiler: eu declarei. E nunca vou parar de declarar.

— Taylor Bassey, você se tornou a pessoa mais importante na minha vida da noite para o dia. Eu não tinha pulsação quando te conheci e agora ela nunca desacelera. Porque você existe. Porque, de alguma forma, você é minha. Você não só me lembrou de quem eu costumava ser, mas me fez acreditar que eu podia ser ainda melhor dessa vez. Mas só sou melhor com você ao meu lado. Quero que seja minha esposa. — Minha voz falha, e tenho que parar e pigarrear. — Por favor, aceita ser a minha esposa?

— Aceito — diz ela, sem hesitar nem por um segundo. Como se soubesse que eu não aguentaria esperar. — É claro que eu vou ser sua esposa. Eu te amo.

— Jesus, eu também te amo, Taylor.

Felicidade, alívio e amor estão transbordando de mim, só ficando mais intensos quando eu me levanto e ela se joga bem ali nos meus braços, onde é o seu lugar.

Mas, é claro, o paletó caiu. E temos uma nova foto para acrescentar ao mural.

Continuaremos adicionando momentos ao mural pelas seis décadas seguintes, até ocupar toda a parede e invadir a sala. Uma tapeçaria de alegria.

1ª edição	JUNHO DE 2025
impressão	BARTIRA
papel de miolo	LUX CREAM 60 G/M²
papel de capa	CARTÃO SUPREMO ALTA ALVURA 250 G/M²
tipografia	PALATINO